Sanglante,
sera ta fin

Du même auteur :

- ***L'Affaire Clémence Lange*** *(2008, Odile Jacob)* ;

- ***L'Origine du sexe*** *(2009, Odile Jacob)* ;

- ***La Peur elle-même*** *(2010, Odile Jacob)* ;

- ***La Géométrie du tueur*** *(2011, Odile Jacob).*

laurasadowski.canalblog.com

LAURA SADOWSKI

Sanglante, sera ta fin

ISBN : 978-2-9543928-1-3

1

Quand ça marche comme un canard, que ça ressemble à un canard et que ça caquète comme un canard, alors c'est un canard. C'est ce que Roland Fry, son vieux maître de stage, avait l'habitude de lui dire du temps où il était son élève-avocat et qu'il séchait sur un dossier. C'était sa façon de lui expliquer qu'il fallait qu'il se fie à son bon sens. Franck Farraud avait alors vingt-quatre ans, dix ans s'étaient écoulés depuis et il appliquait toujours ce précepte quand il avait un doute.

Et là ça ressemblait à un canard. Il desserra sa cravate et ouvrit le col de sa chemise. L'affaire que lui proposait le procureur général du Parquet de Paris était un cadeau tombé du ciel. Quatre ans auparavant un type avait braqué des banques dans son pays, l'Amérique, au Texas précisément, dont le dernier s'était fini en carnage. On l'accusait d'avoir abattu trois clients dont une femme enceinte.

— Il dit que ce n'est pas lui, ricana le magistrat en levant les bras. Là-bas comme ici, ils clament tous leur innocence !

Farraud dodelina de la tête. Pas pour être désagréable au procureur Marc Humbert, mais parce qu'un avocat doit toujours avoir l'air sceptique face aux accusations qu'on porte contre un client.

Bref, le type avait réussi à fuir les États-Unis et il était venu se planquer à Paris parce que son père était français. Or, ce matin, la police avait réussi à lui mettre la main dessus.

— Sur dénonciation ?

Cette fois, ce fut le procureur qui dodelina de la tête. Il ne voulait pas répondre parce qu'il n'avait pas à divulguer les méthodes des enquêteurs. Mais il se pencha vers le bureau et poussa légèrement le dossier vers Farraud pour lui signifier que la réponse à sa question était à l'intérieur.

Un mandat d'arrêt courait contre le fugitif, il allait donc être extradé. Pour y être jugé, et vraisemblablement pour y être exécuté aussi. L'avocat leva les sourcils bien haut : la France n'extrade pas une personne vers un pays où elle risque la peine de mort. C'est contraire au droit. Son interlocuteur l'approuva avant de préciser que les autorités du Texas avaient donné des garanties diplomatiques que Teddy Lamar, c'était le type, ne recevrait pas l'injection létale. À ce moment, le procureur Humbert eut un haussement d'épaules :

— Vous savez comme moi que ces garanties engagent mais ne lient pas. Un état reste libre de ses décisions.

Il fit part de sa pensée. Selon lui si Teddy Lamar était livré, il serait condamné à mort.

— Ils ne le laisseront pas respirer, même l'air d'une cellule, après ce qu'il a fait. (Il ajouta après un silence :) Ça peut se comprendre.

Aussitôt après il agita la main :

— De toute façon là n'est pas la question puisque ça ne se fera pas. Vous allez demander l'annulation de la procédure d'extradition.

Farraud ne put s'empêcher d'avancer sur le bord de son siège. Le magistrat vit son excitation.

— Vous avez raison d'être emballé, Maître Farraud ! C'est une chance comme vous n'en aurez pas deux fois dans votre carrière. Toutes les associations de défense des droits de l'homme s'insurgent déjà contre cette extradition. Amnesty International, la Ligue des Droits de l'Homme et *tutti quanti* ! Lorsque vous gagnerez cette affaire, elles feront du bruit autour de votre nom. Vous cesserez du jour au lendemain d'être un obscur avocat pénaliste qui hante les tribunaux correctionnels pour devenir le champion des grandes causes.

Il connaissait le procureur Humbert, il ne s'était pas méfié de lui parce qu'il pensait qu'il lui renvoyait l'ascenseur avec cette affaire. Huit mois plus tôt, Farraud n'avait pas soulevé un vice de procédure gros comme une montagne dans un dossier où un trafiquant de drogue avait été interpellé dans des conditions douteuses. Le jour du procès, le juge lui-même s'était étonné qu'il ne le fasse pas. Farraud avait alors plaidé qu'il préférait disculper immédiatement son client plutôt que de le voir rester suspect aux yeux des services de police pour un vice de forme. C'était une fleur qu'il faisait à Humbert, qui était en charge du dossier et qui l'avait foiré, et un soulagement pour lui parce que son client le dégoûtait. La saloperie qu'il fabriquait avait détruit la vie d'une de ses cousines que des éboueurs avaient retrouvée morte sous un porche d'immeuble où elle se prostituait pour payer ses doses. C'était peut-être pas déontologique, mais c'était justice.

Il ne remercia pas toute de suite le procureur.

Il lui dit qu'au vu des faits qui étaient reprochés à Teddy Lamar il ne voyait pas comment on pouvait contester son extradition. La France et les États-Unis étaient liés par un traité. C'est alors que le magistrat poussa une nouvelle fois le dossier vers lui. Il prit un petit air d'intelligence pour lui faire comprendre qu'il fallait qu'il lise attentivement chaque pièce qu'il contenait.

— Il y en a une qui pourrait… agréablement vous surprendre.

Farraud tendit le bras par-dessus le bureau pour prendre la chemise, mais Humbert posa brusquement la main dessus.

— J'ai besoin de votre réponse avant. C'est oui ou c'est non ?

Comme l'affaire ressemblait à un canard, Farraud accepta. Il pensa que s'il prenait le temps de réfléchir, Humbert refilerait l'occase à un confrère qui lui aussi lui aurait fait une fleur.

Celui-ci retira sa main du dossier, l'avocat s'en empara aussitôt. Il commençait à le consulter quand le magistrat toussota.

— Il y a quelque chose dont vous ne m'auriez pas parlé ? demanda Farraud la voix inquiète.

— Un détail, oui. Rien de grave, rassurez-vous ! (Il marqua un silence avant de lâcher) Votre client ne veut pas d'avocat.

— Pardon ?

C'était trop beau pour être vrai. Humbert se leva et alla refermer la fenêtre qui était légèrement entrouverte. Il n'était pas à l'aise car il se remit à toussoter. Il se rassit enfin en rapprochant son siège. Il posa les coudes sur le bureau.

— Monsieur Lamar ne veut pas se faire

assister d'un avocat car il veut savoir au préalable qui l'a dénoncé à la police. Non content d'être un assassin, il fait le maître chanteur ! On pourrait le prendre au mot et l'expédier aux États-Unis sans qu'il fasse pleinement valoir ses droits. Mais…

— Mais ?

Le cœur de Farraud cognait dans sa poitrine.

— La Chancellerie ne veut pas. La ministre de la justice tient à ce qu'un homme réclamé par un État où l'on applique la peine de mort ait un avocat à ses côtés dans la procédure d'extradition. Elle dit qu'il en va de l'honneur de la France mais je pense plutôt qu'elle a peur du bruit que pourrait faire l'opposition autour de cette affaire à l'approche des élections.

Farraud ne voyait toujours pas où il voulait en venir. Son regard était interrogateur.

— D'un autre côté, poursuivit le procureur, nos services ne peuvent pas donner à Monsieur Lamar ce qu'il demande. La pratique de la police est de taire ses sources. Vous me comprenez ?

Il acquiesça d'un vague signe de tête, mais Humbert fronça les sourcils :

— Non, vous ne me comprenez pas ! Il faut absolument que Monsieur Lamar ait un défenseur. Vous devez… le convaincre de vous prendre.

Le visage de l'avocat s'éclaira subitement. Il venait de saisir :

— Vous voulez que ce soit moi qui lui apprenne le nom de son délateur, c'est bien ça ?

Le procureur garda un silence expressif. Alors Farraud recommença à respirer. Si ce n'était que ça ! Qu'une question de conscience. Il n'aurait pas de scrupules à révéler à son client l'identité de la personne qui l'avait balancé si ça pouvait l'amener à être dans de bonnes dispositions. Il en avait assez de ramer avec des dossiers de petite délinquance, de courir après les aides juridictionnelles et de supplier pour avoir des commissions d'office. Il était le genre d'avocat à qui les confrères refilaient leurs permanences pénales lorsqu'ils avaient un dîner en ville ou lorsqu'ils partaient en week-end dans une station de ski huppée ou sur la Côte. Ils savaient qu'il tirait la langue et qu'il les remplacerait au pied levé pour des gardes à vue ou des auditions.

Il plaidait presque toutes ses affaires en comparution immédiate. Trois à cinq minutes de temps de parole pour rabâcher toujours les mêmes arguments et lancer les mêmes appels à la bienveillance à des juges distraits ou blasés.

La seule chose qu'il possédait et qui avait de la valeur était son cabinet. Il était situé rue Saint-Jacques, à l'angle du bd Saint-Germain, au dernier étage d'un bel immeuble en pierres de taille. Mais cette richesse n'était qu'apparente. Les murs seuls avaient de la valeur. En revanche les armoires contre lesquels elles étaient adossées étaient presque toutes vides de dossiers de clients. Maître Roland Fry, sans enfants et sans associés, lui avait légué son cabinet à sa mort cinq ans auparavant. Comme ça ressemblait à un canard, Farraud avait accepté la succession. Elle était en réalité criblée de dettes et ses clients insolvables pour la plupart. Le jour de son ouverture le notaire lui apprit que Maître Fry, vieux et diminué, avait laissé sombrer son cabinet sans même s'en rendre compte. La seule chose qui lui importait était de défendre les gens, pas de faire fortune. Il était mort en pensant que son ancien stagiaire était comme lui : un défenseur désintéressé.

Farraud aurait pu revendre les locaux à des investisseurs immobiliers. Ceux-ci l'avaient harcelé durant des mois comme des guêpes. Avec l'argent de la vente, il aurait pu régler toutes les dettes léguées et celles qu'il avait faites entre-temps. Il lui en serait resté assez pour acheter un autre cabinet, certes plus modeste et dans un arrondissement moins chic. Mais il ambitionnait de devenir un grand ténor du barreau avec une belle clientèle. Quand ce jour-là arriverait il aurait déjà les locaux à la mesure de sa réussite éclatante.

L'affaire Teddy Lamar allait être la première marche vers la réalisation de ses rêves. Voilà ce qu'il se disait cet après-midi-là dans le bureau du procureur, et ce ne serait pas un problème de conscience qui l'empêcherait de la gravir.

— Alors nous sommes d'accord ? dit Humbert en lui tendant la main.

Farraud la serra vigoureusement :

— Nous sommes d'accord !

— Rendez-vous à la chambre de l'instruction dans ce cas, ajouta l'autre sur un ton léger. Je représenterai le ministère public dans cette affaire. Mais je ne serai pas un problème pour vous.

Son ton l'encouragea à être confiant. C'était comme s'il lui disait clairement que l'audience ne serait qu'une formalité. Que l'affaire était déjà gagnée.

Il prit son imperméable et sa serviette dans une main et son nouveau dossier dans l'autre, et s'empressa de le saluer. Parvenu à la porte, le procureur l'appela.

— Vous ne me demandez pas où se trouve

actuellement votre client ?

Il se sentit rougir jusqu'au blanc des yeux. Son excitation lui avait fait oublier l'essentiel. Il répondit par un vague mouvement de la tête.

— Il est au commissariat de la Chapelle, dans le 18ième arrondissement. Il sera ensuite placé sous écrou extraditionnel à la prison de la Santé après votre entretien avec lui.

Farraud balbutia des remerciements avant de prendre congé. Dans le couloir il mordit son imperméable pour ne pas crier de joie. Puis il dévala les escaliers quatre à quatre. Il traversait la cour du Palais de justice quand il sentit qu'on l'observait. Il tourna la tête et leva machinalement les yeux vers la fenêtre du procureur. Celui-ci le regardait, son téléphone portable à l'oreille. Il tressaillit comme s'il était pris sur le vif puis s'éloigna rapidement de la fenêtre. Farraud ignorait alors qu'il était en train de parler à Jean-François Vettel, l'homme par qui toute cette histoire est arrivée. Humbert devait lui dire quelque chose comme :

— Le con !... Il a mordu à l'hameçon.

2

De Jean-François Vettel il connaissait surtout sa femme avec qui il couchait. C'était son confrère, mais Vettel était un avocat du haut du pavé. Il possédait un des plus gros cabinets d'affaires de Paris, situé non loin des ministères et dont les clients étaient, pour la plupart, des sociétés de La Défense. Il roulait avec un chauffeur dans une berline allemande, portait une robe d'avocat en soie et vivait dans un hôtel particulier dans l'île Saint-Louis. C'est là que Farraud allait rejoindre Victoire Vettel par l'ancien escalier des domestiques.

Il l'avait rencontrée dans un de ces buffets apéritifs que donne l'Ordre des avocats dans les salons d'un grand hôtel, en général pour remettre un prix ou saluer une promotion à la Chancellerie. Il tournait, un verre à la main, parmi les invités cherchant à harponner les responsables des services de l'aide juridictionnelle et des commissions d'office. Il était alors dans une sale passe, il n'arrivait même plus à payer les heures d'une secrétaire que lui envoyait une agence d'intérim deux fois par semaine. Il serrait des mains quand il la vit dans l'embrasure d'une fenêtre. Elle portait une robe de cocktail couleur safran qui découvrait un dos blanc, des épaules fines et des reins cambrés. Sur sa nuque, que sa coiffure dégageait, frisottaient de fins cheveux blonds. Il s'approcha d'elle doucement puis souffla sur ses boucles parce qu'il l'avait prise pour une autre. Elle poussa un petit cri de surprise avant de se retourner, la prunelle bleue étincelante. Elle levait le bras pour le gifler. Mais lorsqu'elle vit son expression stupéfaite et son regard ahuri, elle éclata de rire.

— Je suis désolé !…Je vous ai confondue avec…

— Une ex !

— Eh bien… Oui.

— Et de face, la ressemblance est-elle aussi frappante ?

Il baissa les yeux de confusion. Elle crut qu'il les posait dans l'échancrure de sa robe, elle ne s'en offusqua pas, elle laissa le décolleté bâiller. Ses seins étaient petits et fermes. La peau à leur naissance avait la couleur de sa robe en plus pâle.

— Non.

Sa réponse courte et son air troublé la firent de nouveau sourire. Elle le provoquait moins par goût que par jeu. Elle s'ennuyait à cette soirée. Elle se tenait en retrait des invités, ne cachant pas son indifférence pour ce qui se passait autour d'elle. Ce devait être pareil dans la vie. Elle lui tendit la main :

— Victoire Vettel.

Et avant même qu'il desserre les dents elle ajouta sur un ton impatienté :

— Oui, la femme de Jean-François Vettel !

Il eut un haussement d'épaules :

— Ce n'est qu'un confrère, répondit-il en lui prenant son verre des mains. Rien d'extraordinaire à ça !

Il revint avec deux coupes de champagne. Il s'aperçut qu'elle n'avait plus son air amusé, mais qu'au contraire son visage était sérieux. Elle avait rajusté sa robe également. Elle voulait effacer l'impression qu'elle lui avait donnée. En réalité il était plus embarrassé qu'elle. Intimidé même qu'elle fût l'épouse du grand Vettel, mais il n'en laissait rien paraître afin de ne pas se diminuer à ses yeux. Après avoir échangé quelques banalités sur la réception, les gens qui s'y trouvaient, le snobisme dont ils faisaient étalage, elle sortit de son sac à main un étui, prit une cigarette et proposa :

— Sortons. J'ai envie de marcher un peu.

Ils traversèrent la rue de Rivoli, puis longèrent les grilles des Tuileries. Elle n'avait pas repris au vestiaire son étole, elle frissonnait. Il retirait sa veste pour la lui mettre sur les épaules quand une berline allemande s'arrêta brusquement à leur hauteur. Le chauffeur qui en sortit avait la tête rase et une nuque de taureau. Il s'inclina légèrement devant Victoire, puis sans un mot ouvrit la portière côté passager. Elle y monta sans résistance, mais elle se mordait les lèvres de rage. Farraud allait grimper à sa suite quand le chauffeur lui claqua la portière au nez.

— Vous devriez rentrer chez vous, menaça-t-il à voix basse.

La voiture fit demi-tour et regagna l'hôtel. Cinq minutes plus tard Farraud se repointait à la réception. Il passa ses doigts dans ses cheveux, qu'il avait épais et qu'il peignait en arrière, puis traversa lentement la salle en se dirigeant vers le couple Vettel. Il prit le temps au passage de serrer quelques mains. Vettel était furieux et sa femme souriait. Lorsqu'il n'y eut plus qu'une enjambée entre eux et lui, il exagéra un mouvement de surprise et s'écria :

— Mon cher confrère, comment allez-vous ? Je ne vous ai pas encore salué, excusez-moi !

— Tiens, Farraud ! Ne vous donnez pas cette peine, je ne remarque jamais votre présence.

Farraud serra les mâchoires. Son sbire venait de le menacer, à présent Vettel l'humiliait. Il était sur le point de lui rétorquer quelque chose de cinglant, peut-être même de lui coller son poing dans la figure mais il aperçut, par-dessus l'épaule de Vettel, le responsable du service des commissions d'office qui le fixait. S'il voulait avoir des dossiers ce mois-ci, il fallait qu'il la ferme. Vettel se présentait cette année à l'élection du bâtonnat et il avait toutes les chances de l'emporter. Il allait être leur futur chef à tous les deux.

Farraud s'en alla la queue basse, comme un chien à qui on aurait flanqué un coup de pied.

Il rêva de Victoire Vettel toute la nuit. Il s'en voulait d'avoir été minable devant elle. Il aurait dû prendre Vettel par le revers de sa veste et le secouer, le provoquer. À présent, elle devait penser qu'il était un tocard, le dernier des losers. La rage impuissante qu'il ressentit contre son confrère fut telle qu'il en garda des maux d'estomac toute la semaine.

Le dimanche qui suivit, on sonna très tôt à sa porte. Il vivait dans une partie de son cabinet, tout le monde le savait, l'Ordre fermait les yeux. Il alla à la porte sur la pointe des pieds, redoutant que ce ne fût un huissier qui aurait oublié que ce n'était pas un jour ouvré. On frappa ensuite avec insistance.

— Ouvrez ! C'est Victoire Vettel ! chuchota-t-elle derrière le battant.

Il avait à peine ouvert la porte qu'elle entra précipitamment à l'intérieur. Elle portait un chapeau à larges bords qui dissimulait son visage.

— Personne ne vous connaît dans l'immeuble, dit-il pour calmer sa nervosité.

Elle lui lança un regard profond. Il ne fréquentait pas Vettel, peut-être qu'il était homme à faire suivre sa femme, à l'épier, à la harceler. À placer des mouchards partout sur son chemin. Mais peut-être aussi que Victoire Vettel exagérait les choses, qu'elle était parano, que ses inquiétudes étaient le fruit de son imagination ? Farraud ne savait quoi penser, il demeurait devant elle en caleçon et les bras ballants.

C'est alors qu'elle enleva son chapeau et secoua la tête. Ses cheveux dorés se répandirent sur ses épaules tandis que sa taille se cambrait. Il alla à elle et l'enlaça. Elle passa aussitôt ses bras autour de son cou.

Il n'aurait pas su dire si, ce jour-là, en venant faire l'amour elle pensait à elle, à Vettel ou à lui. Peut-être à eux trois à la fois, cherchant son plaisir, voulant se venger, désirant consoler. Mais si au début leur relation était une tocade, elle devint rapidement une passion. Il leur arrivait de se voir plusieurs fois par jour, de s'étreindre très vite, puis de se promettre de ne plus se revoir tant leur état débordait leur existence. Ils prirent de moins en moins de précautions, ils furent de moins en moins discrets, surtout lorsqu'ils se trouvaient dans l'hôtel particulier de Vettel. Les employés, même s'ils ne laissaient rien paraître, les entendaient. Mais on aurait dit qu'ils étaient emportés par un torrent qui serait sorti de son lit durant un grand orage.

Pourtant, ils ne s'aimaient pas. C'était en tout cas ce que pensait Farraud. Chaque fois qu'ils étaient l'un avec l'autre, il avait l'impression qu'au fond ils ne songeaient qu'à eux. Ainsi cette fois où Vicky avait voulu à tout prix l'avoir avec elle la veille d'un départ en voyage. Elle s'était débrouillée pour le faire inviter à une soirée mondaine qui se donnait vers le Trocadéro. Farraud y était allé contrarié car il commençait à se lasser de ce genre de caprice. Et puis il n'aimait pas les gens qui s'y trouvaient. Il bâillait sur le balcon quand elle surgit derrière lui et l'entraîna par la main vers le hall de l'immeuble. Ils descendirent l'escalier, qui était très large et à double révolution. À son pied, il y avait un renforcement où ils pouvaient se cacher. Elle demanda à faire l'amour, là. Il la prit dans un violent désir. Or à un moment, il lui a semblé que quelqu'un les épiait. Il le lui chuchota à l'oreille, elle le mordit dans le cou pour toute réponse. Des autres, à cet instant-là, elle s'en fichait éperdument. Or il était certain d'avoir entendu des pas glisser sur les marches puis s'arrêter au-dessus d'eux.

3

Il avait donc gobé à l'hameçon. Mais comme il ignorait qu'il était un poisson au bout d'une ligne, il traversa la cour du palais de justice le cœur bondissant. Il était si excité que parvenu aux grilles du palais, au lieu de tourner à droite et de se diriger vers une station de taxis afin de se rendre au commissariat où son client était en garde à vue, il traversa la chaussée et entra au café des *Deux Palais*.

Il avait gardé le dossier de l'affaire Lamar sous le bras. Sa chemise cartonnée était celle des services du Parquet. En poussant la porte, il l'exhiba aux yeux de ses confrères. Le café était, comme à l'accoutumée, plein d'avocats qui sortaient d'audience ou y allaient. Les plus grands ténors, les figures les plus célèbres du barreau venaient régulièrement s'y attabler, certains avec des journalistes.

Il jeta un regard circulaire, il repéra une table de confrères très en vue. Il gonfla la poitrine et se dirigea vers eux en faisant résonner ses pas. Il voulait qu'ils devinent sa bonne fortune à sa tête ; qu'ils comprennent à son air qu'il allait bientôt être l'un des leurs et faire partie de leur cercle. Seuls quelques-uns levèrent à peine les yeux sur lui et d'autres lui tendirent une main molle. La plupart écorchèrent son nom :

— Ferrand, vous allez bien ?...Quoi de neuf, Ferro ?...

Un ou deux l'ignoraient et il dut le leur apprendre.

— Je suis Franck Farraud, du cabinet Farraud et associés.

Aucun ne lui proposa de s'asseoir malgré le dossier rouge brique, coté par le greffe et frappé du sceau de la République qu'il tenait bien en évidence contre sa poitrine.

Il but un café au comptoir pour ne pas avoir l'air idiot en repartant comme il était venu. Il fit semblant de se plonger dans son dossier. Mais il ne lisait pas les pièces, il grinçait des dents de rage. Il jurait de leur rendre un jour, à tous, la pareille. Et tandis qu'il ruminait sa vengeance un jeune homme, son client, était interrogé par la police et défendait seul sa peau. Farraud se disait alors que sa présence pouvait bien attendre une heure ou deux. Que, quoi que Lamar confesse, le moment venu il lui suffirait de sortir du dossier la pièce décisive que lui avait indiquée le procureur pour le tirer de là.

Lorsqu'il ressortit du café, il était dans un tel état de colère et de frustration qu'au lieu de monter dans un taxi et de se rendre au poste de police, il décida de voir Vicky. Il lui envoya un texto. Elle répondit qu'elle était chez elle et qu'elle l'attendait.

Il remonta les quais à grandes enjambées. La perspective de tenir Vicky dans ses bras et la marche rapide le calmaient peu à peu. Arrivé au pont Saint-Louis, il eut des scrupules. Il se dit que cela faisait onze heures que Teddy Lamar était cuisiné sans l'assistance d'un conseil. Qu'il était plus que temps d'y aller. Il jeta un coup d'œil à sa montre, il était dix-sept heures trente.

Il hésita un moment, regardant tantôt l'île Saint-Louis tantôt le cadran de sa montre. Finalement il haussa les épaules : il n'était plus à une heure près. Il traversa le pont presque en courant. Ce n'est qu'une fois qu'il fut devant l'hôtel particulier, qu'il s'aperçut qu'il n'avait pas sur lui la clé de la porte du petit escalier de service. Il ne pouvait pas appeler Vicky et lui demander de lui ouvrir elle-même la porte. C'était toujours un employé de maison qui accueillait le visiteur. Si l'un d'eux la surprenait un scandale éclaterait inévitablement. Vettel exigerait des explications. Une autre fois, il serait reparti. Mais à ce moment-là le désir de posséder Vicky était plus fort que tout. Il avait une envie furieuse de poursuivre dans ses bras la sensation d'ivresse et de triomphe qu'il avait ressentie en quittant le bureau de Humbert. Il sonna. Le majordome vint lui ouvrir, lorsqu'il le vit son sourire plaqué disparut. Cependant il s'effaça pour le laisser entrer.

— Je vais prévenir Madame, dit-il froidement.

Il lui fit signe de patienter dans un petit salon, mais Farraud préféra l'attendre dans la pièce d'en face car les fenêtres donnaient sur la Seine et non sur la cour intérieure. Il en ouvrit une largement. Il étouffait, il avait besoin de respirer l'air à pleine poitrine. Lorsqu'il referma les battants pour retourner dans le petit salon il entendit le majordome qui se trouvait dans le vestibule parler au téléphone avec Vettel. Il lui dit :

— Il est là. Qu'est-ce que je fais, Monsieur ?

La voix furieuse de Vettel dans le combiné résonna dans le hall :

— Laissez-le passer ! Ça n'a pas d'importance. De toute façon c'est la dernière fois qu'il foutera les pieds chez moi.

Ces mots se rapportaient à lui, il le comprit immédiatement. Il en ricana. Si Vettel croyait qu'il pouvait empêcher Vicky de le voir, il se fourrait le doigt dans l'œil. Il entrerait, il reviendrait dans cette maison, il coucherait à nouveau dans son lit.

Vicky vint le chercher et donna le change à ses employés en feignant d'avoir oublié que Farraud devait lui emprunter un livre aujourd'hui. Il vit le majordome sourire à cette excuse. Ils se rendirent dans la bibliothèque. Elle ferma la porte à clé derrière elle. Ils s'enlacèrent aussitôt.

Ce n'est qu'une heure plus tard qu'il fit signe à un taxi. En s'y installant, il poussa un soupir d'aise. Il avait de nouveau son air conquérant :

— Commissariat du 18ième, rue de la Chapelle ! lança-t-il au chauffeur d'une voix éclatante.

4

Quatorze heures plus tôt

On le laissait seul dans la salle d'interrogatoire, le poignet menotté à sa chaise. On avait pris soin de fermer le vasistas alors que celui-ci ne pouvait que s'entrebâiller et laissé la porte grande ouverte sur le couloir. Les policiers passaient devant elle furtivement, en ralentissant le pas et en jetant des coups d'œil rapides dans la pièce. Parfois l'un d'eux osait passer la tête. Il demandait à voix basse :

— Ça va ? Tu veux quelque chose ? Un Coca ? Une cigarette ?…

Il secouait la tête sans la relever. Il n'y avait pas que de la sollicitude dans leurs voix, il percevait aussi leur terreur. Ils auraient aimé qu'il consente une fois, une seule, qu'il dise qu'il aurait voulu un verre d'eau ou manger quelque chose. Et même qu'il aille au-delà de leur proposition, qu'il demande à pouvoir être désentravé, à pouvoir se lever et marcher un peu. Ils s'imaginaient qu'un acquiescement de sa part chasserait leur malaise, rendrait moins pesante l'angoisse qu'ils éprouvaient depuis qu'il était arrivé dans le commissariat. Qu'ils se sentiraient moins coupables d'envoyer un homme dans la chambre des exécutions pour y recevoir l'injection létale. Mais il ne voulait pas les aider à se sentir mieux.

C'est la raison pour laquelle il gardait les yeux obstinément baissés, fixant sans cligner la table devant laquelle deux officiers de police venaient de l'interroger durant quatre heures :

— Ton nom ?

Le flic le lui avait demandé alors qu'il battait le bout de ses doigts avec sa carte d'identité.

— Ton nom ? avait-il répété.

— Teddy... Théodore Louis Lamar.

— Ta date et ton lieu de naissance ?

— 5 juillet 1987 à Dallas.

— Au Texas, c'est bien ça ?

Il avait hoché la tête.

— Il faut que tu le confirmes à voix haute.

— Oui au Texas, aux États-Unis.

À cet instant les deux policiers avaient échangé un regard qui exprimait leur soulagement.

— C'est bien lui ! avait soufflé l'un d'eux en se levant.

Il était allé entrouvrir le vasistas puis, après une hésitation, l'avait refermé. Son collègue s'était mis à frotter ses paumes les unes contre les autres en répétant à plusieurs reprises :

— Tu sais ce que ça veut dire ? Tu comprends ce que ça signifie ?

Avant de se lever à son tour et d'ouvrir la porte en grand.

Il n'avait pas répondu parce que ce n'était pas

des questions, c'était des sortes de bégaiements nerveux. Ensuite ils étaient sortis. Ils avaient dit, pas pour de rire : « Bouge pas, on revient ! », oubliant qu'ils l'avaient menotté à sa chaise. Ça les avait perturbés qu'ils aient mis la main sur un condamné à mort. Surtout le lieutenant Moreno, le plus âgé des deux. Il le contemplait avec des yeux humides comme un chien de chasse qui regrette d'avoir délogé le gibier.

Le regard fixe, Teddy semblait scruter dans le bois de la table les inscriptions gravées par d'autres suspects durant leur interrogatoire. Mais il ne cherchait pas à les déchiffrer. Une question l'obsédait depuis qu'on avait tambouriné contre sa porte et qu'on avait crié : « Police ! Ouvrez ! ». Il se demandait comment on avait pu retrouver sa trace après toutes ces années. Comment les flics avaient réussi à le localiser ici, à Paris, à plus de sept milles kilomètres du comté de Dallas. À force de les regarder, les minuscules graffitis se brouillèrent, se chevauchèrent, puis se mirent à remuer et à courir sur la table comme de petits insectes. Il battit des paupières, mais l'armée de bêtes noires ne disparaissait pas.

Soudain le lieutenant Moreno réapparut dans l'encadrement de la porte accompagné d'un homme en bras de chemise. Ils se parlèrent d'abord à voix basse puis l'homme entra le premier. Il prononça d'une voix métallique :

— Je suis le commissaire de police Martial Guérin. Je vous informe qu'à compter de maintenant vous êtes en garde à vue. Est-ce que vous souhaitez l'assistance d'un avocat ?

Teddy sourit, pas à cause du ton exagérément impersonnel du commissaire ni parce que les événements s'accéléraient, mais parce que l'image des colonnes d'insectes qui s'était fixée sur sa rétine, venait tout à coup de s'effacer.

Le commissaire était un homme massif et rougeaud, avec une abondante chevelure blanche et des yeux bleus très pâles, presque décolorés. Teddy secoua la tête et murmura :

— Je ne veux pas d'avocat.

Les deux hommes furent d'abord déconcertés. Puis le commissaire Guérin prit acte de la volonté de l'interpellé :

— Bien ! dit-il. Si tel est votre choix…

— Comment ça ? s'exclama Moreno qui trouvait son supérieur expéditif.

Il s'adressa à Teddy :

— Écoute mon garçon, le procureur général du Texas a demandé ton extradition au gouvernement français. Tu l'ignores sûrement, mais tu as la possibilité de contester cette demande. Et pour ça tu as besoin de te faire aider d'un avocat.

Sa voix était toujours remplie d'effroi. La pensée que l'individu qu'il venait d'arrêter allait être livré pour être sanglé sur une civière et recevoir la piqûre de la mort, l'horrifiait. Il se pencha vers lui, posant à plat les mains sur la table et entreprit de lui expliquer toutes les voies de recours qui, disait-il, s'offraient à lui. Par moments il relevait une main, appuyant par le geste un mot. Alors Teddy pouvait voir la marque que sa paume humide laissait sur le bois. Le lieutenant Moreno n'était pas à l'aise dans son rôle de pourvoyeur de la mort. Teddy détourna les yeux.

Il fallait comprendre. Trouver comment ils avaient fait pour retrouver sa trace. Depuis qu'il était arrivé en France il se tenait à carreau. Pas une interpellation, un contrôle d'identité, ni même une contravention dans le métro. Ça faisait quatre ans que ça durait. Il était un parisien ordinaire qui se réveillait avec un réveil matin, se douchait, se rasait, déjeunait, partait au travail. Il rentrait le soir chez lui avec les courses. Il n'avait jamais parlé de son passé à quiconque. Sauf à Lola. C'était sa femme, elle ne l'aurait jamais donné. Il ne la traitait pas toujours bien, mais elle n'aurait pas fait ça.

— Teddy !...
Il tressaillit.
— Est-ce que tu mesures la portée de ton refus ?
— Je ne suis plus un enfant, dit-il en fixant Moreno dans les yeux. Faites votre job, je n'ai rien à y redire. Mais ne me parlez pas comme à un gamin !

Il avait une famille, il était papa. Il savait ce qu'il faisait. La seule chose qui le préoccupait en ce moment c'était de savoir qui l'avait vendu à la police. Pas d'avoir un avocat qui le harcèlerait lui aussi de questions :
— Foutez-moi la paix !
— Mais c'est insensé ! s'écria le lieutenant en levant les bras. Ce garçon n'a plus toute sa raison !... Tu risques la piqûre ! La piqûre ! martela-t-il.
Son supérieur fit une moue contrariée :
— Ce n'est pas tout à fait exact Moreno, dit-il sèchement. Vous dramatisez la situation. Monsieur

Lamar sera d'abord jugé, ensuite il pourra faire appel de sa sentence. Et même demander sa grâce au gouverneur du Texas, si j'ai bien tout compris.

— Et si tous ces recours étaient rejetés et qu'il soit finalement exécuté ?

— Ça ne sera pas le cas, rétorqua le commissaire sur un ton exaspéré. Nous ne sommes pas là pour faire des supputations mais pour informer Monsieur Lamar de ses droits. S'il ne veut pas l'assistance d'un conseil, c'est sa décision. Nous n'allons pas lui forcer la main !

Moreno voulait à tout prix convaincre Teddy alors que Guérin désirait s'en tenir à la lettre de la loi. Il était semblable à Ponce Pilate qui ne souhaitait pas de complications. Après tout, devait-il se dire, ce fugitif a commis un triple homicide aux États-Unis. Il n'y a pas si longtemps en France il aurait été guillotiné pour ces mêmes faits. Du reste une partie de l'opinion publique française serait aujourd'hui d'accord avec les Texans. Il sortit de sa poche un mouchoir et essuya ses mains moites, achevant ainsi ses pensées par un geste analogue à celui du procurateur romain de Judée.

Moreno tira son supérieur par le bras :

— Sortons ! J'aimerais vous parler.

De nouveau seul, Teddy se remit à réfléchir. Personne à Dallas ne pouvait savoir ce qu'il était devenu. Pas même sa mère ni sa sœur qui devaient le croire mort après tout ce temps.

Le jour de l'arrestation de la bande, il avait réussi à fuir la ville. Avant, il avait mis le feu à sa caravane, il avait aspergé d'essence tout ce qu'il ne pouvait pas emporter. Il campait alors sur les hauteurs de Greenville, près de Lake Lavon, dans la grande banlieue de Dallas. Il n'avait pas filé immédiatement après avoir craqué l'allumette, il avait tourné autour du brasier pendant un moment, poussant des cris et gesticulant, enivré par l'odeur de l'essence et par la vue des flammes. Petit déjà, il rêvait d'embraser le mobile home de ses parents. Ensuite, lorsque les flammes devinrent si hautes qu'elles léchaient les branches des pins qui surplombaient sa caravane, il avait dévalé la colline avec son gros sac sur le dos et avait rejoint la route 380. Il s'était placé à côté d'un poteau indicateur puis avait déplié une carte routière avec laquelle il faisait signe aux conducteurs qui passaient sur la route. Au bout de quelques minutes une camionnette de livraison s'était arrêtée :

— T'es touriste ? avait crié le chauffeur en baissant la vitre côté passager.

— Oui, avait répondu Teddy en français.

— Ah t'es un *frenchy* ! avait dit le Texan apparemment déçu.

Puis :

— T'es perdu ?

— Oui.

— Allez, grimpe !

Le livreur avait accompagné ses mots d'un geste du bras.

— Merci, Monsieur !

La camionnette avait démarré avant même qu'il ait eu le temps de refermer la portière. Il n'avait pas eu besoin de faire la conversation, le chauffeur parlait tout seul. De lui, de sa famille, de son boulot et de son adolescence. Lui aussi après le lycée avait voyagé à travers les États-Unis en auto-stop.

Teddy avait fait semblant de l'écouter, mais il cherchait dans sa tête où se planquer pour la nuit. Il irait à la *Backpackers Guesthouse*, sur West Irving. Il avait déjà dormi dans cette auberge une ou deux fois avec Otis. En songeant à son ami d'enfance, il avait cessé de sourire bêtement au conducteur et avait étouffé des sanglots. Otis s'était fait serrer ce matin avec les autres. Il allait en prendre pour trente ans. Peut-être plus parce qu'il était Noir.

Le livreur l'avait déposé dans le centre-ville, à Union Station.

5

Jusqu'ici ils chuchotaient dans le couloir. Soudain il entendit le commissaire s'exclamer :

— Pourquoi est-ce que j'aurais sa mort sur la conscience ?

— Imaginez, répondit le lieutenant, que le procureur du comté de Dallas change d'avis ou, qu'entre-temps, il soit remplacé ? Rien ne les empêchera d'exécuter la sentence. De sorte que la France enverrait un homme à la mort sans qu'elle lui ait donné au préalable un défenseur !

— Je vous rappelle que le District Attorney Conrad White s'est engagé par écrit à ne pas requérir la peine de mort. Ce document suffit à tranquilliser ma conscience.

— Ce document n'engage que lui ! s'écria Moreno. Je vous dis qu'il lui faut un avocat !

— Chut !... Moins fort !

Ils recommencèrent à discuter à mi-voix. Par moments des exclamations fusaient aussitôt étouffées. Ces hommes parlaient de lui sans lui. Ils ne le marchandaient pas, ils essayaient de trouver le meilleur emballage pour l'envoyer dans la chambre des exécutions du pénitencier d'Huntsville. Il ne leur en voulait pas, ce qu'il avait fait il y a quatre ans était mal. Il leur en voulait de ne pas être honnêtes avec lui, de ne pas lui dire qui l'avait balancé. Il avait pourtant donné des gages au lieutenant Moreno :

— Je serai régulier. Je ne vous causerai pas d'embêtements si vous me donnez le nom du mouchard.

— À quoi ça te servirait de le savoir, maintenant ?

— Je vais rester dans le couloir de la mort pendant des années. Et durant tout ce temps je ne vais penser qu'à ça. Ça sera pire que l'enfer.

— Désolé, mon garçon. Je ne peux pas, avait soupiré Moreno en baissant la tête.

Il avait beau avoir été sincère cet enfoiré de flic, sa réponse était une saloperie. Teddy allongea son bras libre sur la table et y posa son front. Il ferma les yeux : dans sa mémoire, les images de sa cavale qu'il avait crues enfouies comme des charbons sous la cendre, lui revinrent insensiblement.

Après que le livreur l'a déposé sur le trottoir, il avait sauté dans un train pour se rendre dans la banlieue ouest de Dallas. Il était descendu à Irving. Il était entré dans l'un des fast-foods qui se trouvent en face de la station, avait commandé un café et un cheesecake. Il avait bu le café mais n'avait pas touché au gâteau. Il attendait l'heure de midi avec nervosité, sa jambe tressautait. Il était sûr qu'à ce moment-là le propriétaire de l'auberge ne serait plus dans les lieux.

La *Dallas Irving Backpakers Guesthouse* était

une grande maison qui abritait quatre chambres avec six à huit lits chacune. Ils étaient occupés pour une nuit ou deux par des gens de passage. Ce n'était pas très propre, mais c'était anonyme. Personne ne vous posait de questions, personne ne cherchait à se lier avec vous. On partageait la salle commune de repos et les douches, c'était tout. Otis et lui étaient venus deux ou trois fois s'y cacher après des cambriolages. La planque était sûre. À l'aube, il filerait à la gare routière et sauterait dans le premier bus pour El Paso. Avant la fin de la journée, il aurait traversé la frontière de l'état et serait au Nouveau Mexique. Wayne, son ex-beau-frère, vivait dans cette ville. Il pourrait le cacher le temps que sa traque par les flics et les chasseurs de prime se calme un peu. Ensuite Wayne l'aiderait à passer la frontière. Il le conduirait jusque dans l'Utah d'où il n'aurait que l'Idaho à traverser pour gagner le Canada. D'ici là, ni Otis ni les frères Bellamy ne craqueraient face aux flics et lâcheraient son nom.

Il sursauta. Moreno et Guérin se tenaient devant lui, il ne les avait pas entendus revenir. Le commissaire tira une chaise et joignit ses mains sur la table.

— Voilà ce que je vous propose, Monsieur Lamar. Vous acceptez d'avoir un entretien avec un avocat. Si ensuite vous persistez dans votre refus, eh bien…

— Vous me foutrez la paix, après ?

L'autre dodelina de la tête. Il avait de l'écume aux coins des lèvres et des gouttes de sueur sur les tempes. Sa voix était basse à force d'avoir chuchoté.

— Je n'allais pas formuler les choses ainsi mais oui, vous serez libre après de faire comme bon vous semblera.

— Alors, qu'en penses-tu ? ajouta le lieutenant d'un ton engageant.

Teddy regarda tour à tour les deux hommes.

— J'accepte à la condition que vous me disiez qui m'a balancé, répondit-il.

— Je vous demande pardon ! s'exclama le commissaire.

— Ouais ! C'est comme ça !

— Allons Teddy, intervint Moreno. Tu penses bien qu'on ne peut pas faire une chose pareille. Nous ne sommes pas en train de négocier avec toi.

— J'ai refait ma vie, moi ! s'entêta le jeune homme. J'ai un gosse !

— Je ne vois pas le rapport, continua de s'indigner Guérin. Je ne vous donnerai pas cette information. Je ne vous révélerai pas le secret de l'enquête.

— Dans ce cas, je ne veux pas d'avocat, rétorqua Teddy. Ce n'est même pas la peine d'en discuter.

— Eh bien, allez au diable ! s'emporta le commissaire avec un large geste du bras. Au Texas, il vous attend déjà.

Moreno s'éclaircit longuement la voix mais ne parla pas. Il dévisageait le prisonnier qu'il ne parvenait pas à cerner. Celui-ci n'était pas grand, mais musclé comme un gymnaste, les pommettes criblées de tâches de son, le teint rose pâle et le cheveu roux. Il avait vingt-quatre ans mais il paraissait bien plus jeune, un homme à peine sorti de l'adolescence.

— Finissons-en ! s'exclama Guérin. On ne va pas y passer la journée !

Moreno fit une dernière tentative :

— Pourquoi penses-tu que c'est un informateur qui a permis ton arrestation ? Il y avait un mandat d'arrêt international te concernant. La police t'a localisé, voilà tout.

Teddy ricana. Ses dents étaient fines et pointues comme celles d'un chat.

— Vous me prenez pour un demeuré ou quoi ? Jamais on ne m'aurait alpagué s'il n'y avait pas eu derrière un mouchard.

Guérin interrogea des yeux son subordonné, mais Teddy n'aurait pas su dire s'il le poussait à livrer l'information ou s'il jaugeait avec lui son obstination. Il dit sur un ton brusque et en se levant :

— Vous croyez que de l'apprendre ça changera quelque chose à votre situation ? Vous aurez un nom, et puis après ? La belle affaire !

— Monsieur le Commissaire a raison. Tu ne seras pas plus avancé.

Il plongea ses yeux dans les siens :

— En revanche on avance autrement avec un avocat, crois-moi !

Teddy soutint son regard. Il parut comprendre le sous-entendu, mais secoua une nouvelle fois la tête. Son attitude obtuse choqua le commissaire. Il la trouvait provocante. Il se dirigea vers la porte en faisant signe à Moreno de le suivre :

— Au revoir, Monsieur Lamar ! lança-t-il. *And good luck* !

Les deux hommes étaient sur le seuil quand Teddy s'écria :

— Ok !

— Ok, quoi ? demanda Guérin.

— Je veux bien voir un avocat...

Il pensa, si c'est la seule façon de savoir.

— Tu as pris la bonne décision, mon garçon ! s'exclama Moreno avec un large sourire.

Un haussement d'épaules fut la seule réaction du commissaire. Les deux hommes s'éloignèrent, une porte claqua dans le couloir, Teddy ne les reverrait plus. Il fut d'abord soulagé à cette idée, puis il ressentit un grand froid qui le fit se tasser sur sa chaise. Il se retrouvait seul avec les images de son passé.

La gare routière grouillait de flics. Impossible pour lui de monter dans le bus à destination d'El Paso. Il se ferait repérer tout de suite au guichet. Il préféra tenter sa chance à la gare ferroviaire. À cette heure-ci, elle se remplissait de tous les gens qui partaient travailler dans la grande banlieue de Dallas. Il se fondrait dans la foule. Mais lorsqu'il se retrouva devant le panneau d'affichage des horaires, il blêmit. Il n'y avait pas de train direct pour El Paso. Il fallait changer à la gare de San Antonio après une attente de sept heures. Une éternité pour un homme en cavale.

Désemparé, il alla se réfugier dans les toilettes de la gare où il s'enferma dans un WC. Il ne pourrait pas y rester longtemps, les agents d'entretien venaient régulièrement nettoyer les lieux. Assis sur la lunette, la tête dans les mains, il cherchait à trouver un moyen de sortir de là, mais la peur le faisait éclater en sanglots. Il connaissait bien un type à Waco qui pourrait lui trouver de faux papiers qui lui permettront de passer les contrôles à l'aéroport et d'embarquer pour le Canada. Mais ça prendrait trop de temps et puis il n'avait pas l'argent.

Il vida ses poches et le contenu de son portefeuille ; il compta cent soixante-neuf dollars et soixante-quinze cents. De quoi aller jusqu'à El Paso. Pour fuir plus loin, il espérait l'aide de Wayne.

Sa fortune se montait à cent soixante-neuf dollars et soixante-quinze cents. Sur les cinq braquages, il n'avait empoché que cinq cents dollars sur sa part du butin. Bob Bellamy disait qu'ils feraient le partage plus tard, après le braquage de la banque du centre commercial de Preston Valley, celui qui venait de mal finir. Il disait que ce serait le dernier. Son frère Julius, qui était chargé de compter les billets et d'en faire des petits tas qu'il plaçait dans des sacs plastique, était d'accord avec lui. Il était toujours d'accord avec son frère. Teddy et Otis ne bronchaient pas, mais ce plan ne convenait pas à Teddy. D'abord parce qu'il ne savait pas où les frères Bellamy cachaient l'argent des attaques. Sûrement dans le sol d'un des nombreux lopins de terre qu'ils possédaient du côté d'Hagerman à deux cents kilomètres de là, tout près de la frontière avec l'Oklahoma. Ensuite parce que Teddy voulait tout arrêter après le troisième hold-up. Julius Bellamy devenait bizarre avec les clients qu'il mettait en joue. Surtout avec les femmes. Il ne leur demandait pas seulement de se coucher par terre et de ne pas bouger, il leur faisait des trucs de tordu qui l'excitaient. Ça le faisait grogner comme un sanglier sous sa cagoule. Une fois, il y en a une qui a uriné sur elle. Elle était allongée sur le ventre, le visage dans la moquette et elle pleurait. Otis et Bob vidaient les caisses tandis que Teddy surveillait les employés. Julius a demandé à la femme d'enlever sa chemise, ensuite il a promené le canon de sa carabine sur son dos. Il répétait tout le temps : « Arrête de chialer, salope ! ». Puis avec le viseur du canon il lui a dégrafé son soutien-gorge. C'est à ce moment-là qu'elle a uriné. Teddy le voyait faire et ne se sentait pas bien. Après ça, il ne voulait plus continuer. Il n'y avait pas eu de morts encore. Mais les frères Bellamy avaient l'argent des précédents braquages, et Julius lui faisait peur.

6

Un policier entra avec un sac en papier dans les mains. Il dit :

— Voici un repas chaud pour toi.

Il ouvrit la menotte qui l'attachait à sa chaise puis ajouta :

— Je t'ai pris un hamburger et un Coca. Comme t'es américain, je m'suis dit que ça te ferait plaisir.

— Je suis français, rétorqua Teddy. Et je n'aime pas les hamburgers.

— Il y a une portion de frites aussi, reprit le policier sans s'émouvoir.

Il ouvrit le sac et sortit le cornet. Des frites se répandirent sur la table. L'odeur de l'huile végétale chaude écœura Teddy. Il tira du sac la canette de soda qu'il but à petites gorgées tout en marchant dans la pièce. Le policier, qui s'était posté près de la porte, le regardait faire à la dérobée. On l'épierait ainsi le jour de son exécution. Il demanda si l'on pouvait ouvrir le vasistas. Le policier secoua la tête.

— Ce sont les ordres. Désolé, mon gars.

Teddy lui tourna le dos et se plaça sous le vasistas contemplant le morceau de ciel gris que traversait parfois un oiseau solitaire. Un ciel bas et froid comme ça, on n'en voit pas au Texas. Lola pensait qu'il était toujours bleu avec un soleil brûlant vissé au milieu comme une ampoule électrique.

— Ma femme est au courant ? demanda-t-il sans se retourner.

Il redoutait la réponse.

— Ah, j'sais pas ! Mais j'crois pas.

— Tant mieux, murmura Teddy en baissant la tête.

Il avait rencontré Lola dans un bar de la Bastille. Elle était éméchée quand il y était entré un soir de cafard. Elle grimpait pieds nus sur la banquette, piétinant les mains de ses amis assis à côté d'elle, chaque fois que le groupe de Gypsies, qui jouait en passant entre les tables, avait fini un morceau. Elle se mettait alors à agiter un grand boa rose au-dessus de sa tête et à pousser des cris de supportrice de *soccer*. Elle faisait rire la salle qui l'applaudissait. Teddy la trouvait ridicule. Elle lui gâchait sa tequila et la musique. Il était là parce que son pays lui manquait. Mais à force de la regarder se trémousser, il finit par la trouver, comme il lui dira après, « bandante ». Elle était habillée d'un jean moulant et d'un haut court qui laissait voir son nombril auquel était accrochée une perle qui sautillait au rythme de ses bonds.

À un moment elle passa devant lui pour aller aux toilettes. Teddy lui lança avec la vivacité des timides :

— Tu as une jolie perle !

Elle lui rétorqua sur un ton blasé :

— Te fatigue pas. Elle est fausse.

Puis elle éclata de rire parce qu'il rougissait jusqu'aux oreilles. Ça faisait presque un an qu'il était à Paris, et il n'avait jamais dragué une Française.

Lorsqu'elle revint, elle s'assit d'elle-même à sa table. Elle se mit à battre l'air de ses mains et à souffler dessus tout en disant :

— C'est chiant ces WC ! Y'a jamais rien pour s'essuyer les mains !

Ensuite elle questionna brusquement :

— Tu viens d'où ? T'as un accent.

— Je suis… Canadien. Enfin, j'ai grandi au Canada, mais en fait, je suis français. Je suis d'ici.

Il dit cela d'une façon embarrassée, rougissant de nouveau. Il craignait de paraître suspect. Lola de son côté crut qu'il se troublait encore à cause d'elle. Elle finit par essuyer ses mains sur son jean.

— C'est pour ça que t'as ce tatouage sur le cou ? dit-elle. Je ne m'y connais pas beaucoup, mais je crois bien que c'est américain. Je dirais que c'est le drapeau de la Californie, un truc comme ça.

Teddy porta vivement la main à son cou. À la base était tatoué un crucifix derrière lequel flottait le drapeau texan. Il avait un autre tatouage, sur l'avant-bras gauche, qui représentait un poulain qui se cabrait. Il le lui montra en se forçant à rire :

— Ce sont des trucs de gosse ! J'ai fait ça quand j'avais seize ans.

Elle le dévisagea avec gravité puis lâcha en se levant :

— C'est jeune pour faire de la taule.

Elle est allée ensuite rejoindre ses amis sans plus lui jeter un regard. De son côté il commanda un autre verre de tequila pour se donner une contenance et ne pas paraître vexé. Pour consoler son amour-propre il se disait qu'à Dallas, cette fille, il ne l'aurait même pas remarquée. Certes, elle n'était pas mal quand elle ne s'agitait pas. Et même plutôt jolie avec ses longs cheveux bruns et ses yeux noisette. Mais elle était trop maigre. Des petits seins, des hanches étroites, les épaules saillantes. En plus, elle était plus grande que lui. Teddy n'aimait pas sortir avec des filles plus grandes que lui.

Trois semaines après, Teddy retourna dans le bar. Il était encore plus déprimé que la première fois, le mal du pays le faisait pleurer dans sa chambre dès que la nuit tombait. Ses amis lui manquaient, sa mère et sa sœur aussi qu'il n'avait pourtant pas revues depuis des années, et même sa caravane qu'il avait brûlée. Cela faisait presqu'un an qu'il était loin de chez lui. Il était d'autant plus découragé qu'il n'avait pas trouvé cette semaine-là à se faire embaucher sur des chantiers de construction. Il avait payé la veille le loyer de sa chambre meublée, il ne lui restait plus qu'une dizaine d'euros dans la poche.

Dans ces moments-là, il repensait au magot planqué par les frères Bellamy quelque part entre la réserve naturelle d'Hagermann et le lac de Texoma. Avant qu'ils ne montent leur premier coup et alors qu'ils ne faisaient qu'en parler, Bob disait que ses lopins de terre seraient la cache idéale pour mettre à l'abri le magot car s'ils venaient à être repérés par les flics, ils n'auraient plus qu'à aller le déterrer et à franchir, à quelques kilomètres de là, la frontière de l'Oklahoma où ils ne seraient pas poursuivis. Après il s'était rétracté, disant que ce n'était pas le bon plan. Mais l'argent des braquages devait y être. Pour échapper à la condamnation à mort, ses complices avaient déclaré sous serment que c'était Teddy qui l'avait et que c'était lui qui avait tiré sur les trois clients de la banque alors que la police donnait l'assaut. Au moment de la tuerie, Julius, qui faisait feu, se tenait dans un angle mort que les caméras de la banque ne filmaient pas. Sa version des faits aujourd'hui n'y changerait rien. Moreno et le commissaire Guérin se leurraient s'ils croyaient que les jurés de Dallas n'allaient pas lui donner rendez-vous avec le diable.

Il retourna s'asseoir. Il tira quelques frites du cornet qu'il se mit à mastiquer lentement. Le policier, qui se curait les ongles avec l'extrémité d'une clé, dit sans relever la tête :

— Elles doivent être froides.

Teddy ne lui répondit pas, il préférait songer à Lola. À leur deuxième rencontre au bar de la rue de Lappe. Elle était assise sur la même banquette, entourée des mêmes amis, son boa rose autour du cou. Il s'installa au bar en lui tournant le dos. Il commanda un rhum parce qu'il n'avait pas assez pour une tequila. Il avait un serrement de cœur dont il n'aurait pas su dire à cet instant s'il était dû à la nostalgie ou à Lola. Il s'emparait de son verre quand il sentit une présence à côté de lui. Il fit semblant de ne pas la reconnaître immédiatement.

— Je l'ai changée, s'exclama-t-elle de but en blanc.

— Quoi ?

— Eh bien, la perle !

Elle recula d'un pas et lui montra son nombril. La pierre qui pendait était fine et violette.

— Tu sais ce que c'est ?

Il secoua la tête. Les bijoux, c'est un truc de filles et de tapettes.

— C'est une améthyste. Elle est vraie ! ajouta-t-elle avec vivacité.

Il eut un petit sourire qui la vexa.

— Tu rougis moins aujourd'hui, dit-elle froidement.

À son air dépité, il comprit qu'elle avait pensé à lui durant les trois semaines qui s'étaient écoulées. Elle était peut-être venue tous les soirs dans ce bar pour l'y chercher. Son cœur triste se gonfla d'orgueil. Il détourna aussitôt les yeux vers la salle pour qu'elle ne vît pas son émotion :

— Les Gypsies ne jouent pas ce soir ?

— C'est un peu tôt, répondit-elle. Ils ne viennent qu'à dix heures. Et encore, pas tous les soirs.

Soudain quelqu'un de son groupe d'amis l'appela :

— Reviens, Lola !...

— C'est qui, lui ? demanda Teddy avec brusquerie.

L'homme était brun et fort, avec une voix grave qui portait.

— C'est mon petit ami, dit-elle avec indifférence. Il est baryton.

Teddy pouffa de rire parce que c'était la première fois qu'il en voyait un. Il le lui dit, elle rit aussi. Lola n'alla pas rejoindre son chanteur d'opéra ce soir-là. Un mois plus tard, ils emménageaient dans un petit appartement du côté de Belleville.

Lola travaillait quelques heures par semaine dans un salon de beauté situé dans le 18ème arrondissement. Elle racontait qu'elle avait fait une formation de maquilleuse artistique et que, si elle n'était pas sur les plateaux de cinéma et de télévision, c'était parce que jusqu'ici elle n'avait pas rencontré les bonnes personnes. Teddy continuait ses jobs au noir sur des chantiers de construction. Lola lui avait demandé pourquoi il travaillait avec les clandestins alors qu'il était français. Il commença par répondre qu'il avait des ennuis, puis fut sur le point de tout lui raconter quand elle s'exclama :

— J'ai tout de suite su que tu sortais de prison !

L'idée ne la choquait pas. Elle semblait même lui plaire parce qu'elle donnait de Teddy l'image d'un voyou qui cherchait à s'amender. Aussi il se tut et ne révéla rien de son passé. Dans les premiers temps ils furent heureux comme on ne peut l'être qu'au paradis. Un soir Lola lui annonça qu'elle était enceinte. Il eut alors l'impression qu'il n'était heureux que tout seul. Le salon de beauté renvoya Lola dès que sa grossesse se vit. Elle ne retrouva pas d'emploi. Elle passait ses journées dans leur appartement de Belleville à essayer toutes sortes de produits de maquillage qu'elle commandait sur Internet. Elle voulait, disait-elle, ne pas perdre la main et être prête pour le jour où les studios de tournage l'embaucheraient après la naissance du môme. Il aimait ce mot : « môme », qu'il ne connaissait pas avant Lola. Il aimait la façon qu'elle avait de le prononcer.

Ça faisait presqu'un an qu'ils étaient ensemble. Les fêtes de fin d'année approchaient. Teddy ne trouvait plus de travail. Les contremaîtres ralentissaient les travaux en hiver. Les choses commencèrent alors à se détraquer entre eux. Il lui reprochait ses dépenses, elle raillait sa condition.

— Tu vas être père. Que fais-tu avec les Sans-papiers ? Tu as une carte d'identité que je sache !

Un soir qu'ils se disputaient et qu'elle lui jetait ce grief à la tête, il craqua. Il lui avoua tout, son passé, ses crimes, la chasse à l'homme dont il avait fait l'objet durant un mois sur quatre états des États-Unis, sa fuite vers Paris, et sa vie clandestine depuis.

— T'es américain alors ?

— Mon père est français. J'ai réussi à obtenir la nationalité française quelques mois après mon arrivée en France.

— Comment ?

— En récupérant l'acte d'état civil de mon père à la mairie de son lieu de naissance. En Bretagne. Pour qu'on me fiche la paix, j'ai déclaré que j'étais de mère inconnue.

— Et ça a marché ?

— Pour preuve ! dit-il en tirant sa carte d'identité de sa poche et en l'exhibant.

Lola se jeta dans ses bras et le couvrit de baisers comme s'il avait échappé aux flammes de l'enfer. Ils furent heureux cette nuit-là comme avant. Un peu aussi les jours suivants. Mais la nouvelle année vint sans que Teddy trouvât à être embauché. Il battait pourtant le pavé dès l'aube, cherchant à être employé sur les marchés, dans les entrepôts de textile ou dans les halles. Il trouvait seulement à faire la plonge dans des restaurants de quartiers populaires. Il faisait la vaisselle sans desserrer les dents et en essuyant ses yeux avec le caoutchouc de ses gants car il repensait à son passé dans ces moments-là.

Une nuit il était rentré soûl. Dans l'après-midi, devant les halles de Pantin, il était tombé sur Eli, un clandestin, avec lequel il avait travaillé sur son premier chantier de construction. Celui-ci lui avait alors donné de précieux conseils pour survivre dans la clandestinité à Paris. Eli ce soir-là lui apprit que lui aussi allait être papa. Les deux hommes décidèrent de fêter sur le champ leurs futures paternités. Ils burent jusqu'à rouler par terre car l'alcool leur faisait oublier la peur qui tenaille les fugitifs.

Lorsque Lola le vit surgir dans la chambre débraillé et l'œil étincelant, elle hurla. Il allait se jeter sur elle. Elle sauta hors du lit et voulut fuir, mais l'enfant qu'elle portait la ralentissait. Il lui barra le chemin en plaçant ses bras en croix, et lorsqu'elle se baissa pour passer en dessous, il lui asséna un coup-de-poing entre les omoplates. Elle tomba sur les genoux. Il continua de la battre. Même après la naissance du gosse, il a continué. Son père se comportait comme ça tout le temps avec sa sœur et avec lui. Peut-être que la veille, avant l'arrestation, il a cogné Lola un peu trop fort… Brusquement il porta ses mains à sa bouche et y vomit les frites qu'il avait mangées.

7

Teddy et le policier revinrent dans la salle d'interrogatoire menottés l'un à l'autre. Le prisonnier avait les cheveux mouillés, il avait passé sa tête sous l'eau du robinet des toilettes. Lorsque l'agent le désentrava pour l'attacher à la chaise, il lui dit :

— T'as pensé à pisser ?

Il hocha la tête.

— Ouais, continua le policier, parce que tu vas passer encore un bout de temps sur ta chaise !

Quelque chose le fit alors sourire, quelque chose que Teddy devina. Celui-ci pensait avoir fait un jeu de mots sans le vouloir. Il ressortira son calembour tout à l'heure à ses collègues tout en s'esclaffant, ce soir à sa famille, demain à ses amis. Jusqu'à ce qu'il apprenne que ce n'est plus comme dans les films, qu'on n'assoit plus le condamné sur une chaise, mais qu'on l'allonge sur une civière et que les produits des laboratoires pharmaceutiques ont remplacé les décharges électriques de cinq cents volts. Alors il trouvera que sa plaisanterie était facile, mauvaise même s'il avait un peu de cran.

— Lola… ma femme, elle sait toujours pas pour moi ?

Son interlocuteur raccrochait la clé des menottes à un anneau fixé à son ceinturon.

— Tu veux savoir si on a contacté ta femme depuis ton arrestation ?

Teddy acquiesça d'un signe de tête.

— Je pense pas. Un avocat pourrait le faire, reprit-il. Mais j'crois bien qu'on n'arrive pas à t'en trouver un. Ça se bouscule pas au portillon. Tu parles ! Aucun avocat n'a envie de faire le croque-mort.

Puis, devant l'air assombri du jeune homme, il ajouta :

— Faut pas t'en faire. Tu resteras pas tout seul. Si aucun avocat du barreau ne veut se désigner, ils en commettront un d'office. C'est la loi. Il sera obligé d'être à tes côtés jusqu'à la fin.

Ses paroles ne chassant pas l'angoisse de son visage, l'autre ajouta :

— Si c'est pour ta femme que tu te fais de la bile, c'est pas la peine. Elle finira par l'apprendre tôt ou tard par la télé et elle rappliquera. Ils ne l'empêcheront pas de te voir.

Teddy répondit par un sourire désabusé. Et qu'est-ce qui les en empêcherait ? Les flics pouvaient tout faire. Il savait depuis l'adolescence de quoi ils étaient capables.

— Voila qui est mieux !

Le policier ramassa le sac du fast-food dans lequel il jeta la canette pas tout à fait vide et le cornet de frites. Il quittait la pièce.

— Je pourrais garder mon Coca, s'il vous plaît ?

Le policier plongea la main dans le sac puis se ravisa. Il le dévisagea attentivement :

— Dis-moi ! T'aurais pas une idée derrière la tête, toi ?

Teddy ne chercha pas à le détromper. À quoi bon ? De toute façon ils ne pensaient pas à la même chose. Le flic pensait qu'il voulait se taillader les veines alors que lui était à l'affût de n'importe quel objet qui pourrait l'aider à se libérer.

La première idée qui lui était venue en sortant de la gare fut de se faire teindre les cheveux. En la traversant, il avait vu chez les marchands de journaux son portrait placardé à la Une du *Dallas Morning News* avec cette mention « Recherché – Homme dangereux et armé ». Otis et les frères Bellamy l'avaient finalement donné. Il se rappela qu'à trois blocs de là il y avait un vieux coiffeur chinois qui parlait mal l'anglais. Il était peu probable qu'il ait lu le journal. Cependant la photo de son permis de conduire devait passer en boucle sur toutes les chaînes de télévision, - c'était risqué. Il poussa néanmoins la porte de sa boutique, le *Wei barber shop*. Le vieux coiffeur n'eut aucune réaction en le saluant. Il fut seulement surpris qu'il ne voulût pas garder sa couleur naturelle qui allait avec son teint et ses tâches de rousseur. Teddy insista. Il ressortit une demi-heure plus tard avec les cheveux teints en noir. Il acheta au bout de la rue une paire de lunettes de soleil chez un marchand ambulant. Mais ce travestissement ne tromperait pas longtemps la police. Au premier contrôle d'identité, il serait reconnu. Il n'y avait qu'une façon pour lui de quitter Dallas au plus vite c'était de se faire prendre en stop à la bretelle de l'autoroute 20. Celle-ci menait tout droit à El Paso. Avec un peu de chance le routier qui le ramasserait irait jusqu'à cette ville.

— Je vais à Abilène, dit le camionneur qui s'arrêta. Ça t'intéresse ?

Teddy lui demanda de répéter sa destination, moitié en anglais moitié en français. Il était déçu car Abilène est à plus de deux cents kilomètres de Dallas, mais à six cents d'El Paso.

— Tu viens de Paris ? questionna le chauffeur qui sentait l'odeur des agrumes qu'il transportait.

— Oui, répondit Teddy avec un large sourire.

L'autre lui posa ensuite des tas de questions. Il ne comprenait pas pourquoi un touriste européen allait à El Paso. Pour quoi faire ?

— *What for* ? insistait-il.

Teddy eut peur de lui paraître suspect. La radio, qui était allumée, diffusait des flashs infos où l'on parlait du braquage sanglant, de la course-poursuite qui s'en était suivie entre les malfaiteurs et la dizaine de véhicules de police à travers les rues de Dallas, et de leur arrestation. Les flics avaient réussi à immobiliser la Ford de Bob, lancée à toute allure, en jetant une herse sous ses roues. Les quatre pneus avaient éclaté presqu'en même temps. Teddy avait eu l'instinct de ne pas s'enfuir avec eux à bord de la voiture. Il avait préféré s'échapper en passant par une fenêtre des toilettes de la banque puis s'était engouffré dans le centre commercial où il s'était mêlé à la foule. La journaliste ne donnait heureusement pas la description du fugitif.

Teddy déplia sa carte et désigna un point à l'ouest de l'état. Le visage du routier s'éclaira :

— Ah ! s'exclama-t-il. Tu veux faire l'ascension du Mont Guadalupe ! Eh bien, tu en as du courage ! Le sommet est à 2.667 mètres, tu sais ça ?

— Oui.

À Abilène, le routier fit tout pour trouver, sur le parking du restaurant où il s'était garé, un collègue qui allait dans la direction d'El Paso.

— Ricky, je te présente… Au fait, c'est quoi ton nom ?

Teddy donna le prénom de son père.

— Thierry.

Ricky lui tendit la main. Celle-ci, molle, moite, s'attarda dans la sienne. Teddy eut une désagréable sensation à son contact qui le poussa discrètement à essuyer sa paume sur son jean.

— C'est pas vraiment la saison pour faire l'ascension de la cime, observa ce dernier.

Mais il l'invita à grimper dans la cabine sans insister davantage.

Celle-ci était tapissée d'effigies du Christ, de la Sainte Vierge et de Saint-Christophe qu'entouraient des guirlandes de couleurs vives. Au plafond étaient suspendus des ex-voto qui se balançaient au rythme des mouvements du camion. La cabine était une chapelle dans laquelle il ne manquait que les cierges et l'encens. À peine installé, Teddy se sentit mal à l'aise. Ce n'était pas à cause de la bimbeloterie qui se trouvait au-dessus de sa tête, mais du type qui le conduisait à El Paso. Celui-ci disait qu'il sillonnait le Texas et le Mexique depuis dix ans et prétendait les connaître comme le fond de sa poche. Il avait les yeux petits et rapprochés, le front luisant, la peau grasse et la chair flasque. Il ne cessait de nettoyer ses dents avec sa langue et de cracher par la vitre. Il ne transportait rien, il allait charger du bois précieux dans une zone industrielle d'El Paso.

En revanche il n'était pas curieux. Il ne posait pas de questions, ne cherchait pas à savoir qui il était, d'où il venait, pourquoi il allait dans une ville située en bordure de la frontière. Il était visible qu'il ne croyait pas à cette histoire d'ascension du pic de Guadalupe. C'était la saison des pluies, les montagnes du parc naturel accrochaient de gros nuages noirs, les agences d'excursion et les bureaux des guides avaient fermé le mois dernier. Mais il était content de faire la route avec quelqu'un : il aimait la compagnie. Il était souvent seul, il n'était pas marié, n'avait pas de foyer, vivait dans les motels. Sa radio était branchée sur la fréquence d'une station de la ville mexicaine de Ciudad Juarez. On n'y parlait pas du fugitif de Dallas mais, entre deux morceaux de musique, des tueries que connaissait quotidiennement cette ville, livrée aux violences des narcotrafiquants. Teddy se rassura et se détendit. Sa tête roulait sur l'appuie-tête, ses paupières devenaient lourdes, son corps s'engourdissait. Cela faisant vingt-quatre heures qu'il n'avait pas dormi.

Le soir descendait. Ricky tira de derrière son siège une couverture et la lui étala sur les jambes. Ses gestes étaient lents et caressants, il prenait soin d'envelopper sa taille. À un moment, Teddy, glissant dans le sommeil, repoussa une main qui s'attardait sur sa cuisse.

Il se réveilla dans un fracas qui lui fit pousser un cri. La radio jouait à tue-tête une salsa. Il se trouvait à l'arrière du camion. Il était couché sur le ventre, nu, les mains attachées dans le dos. Ricky venait de rouvrir les portes arrière et abaissait le hayon. Le ciel était noir derrière lui, la nuit était tombée, la remorque n'était éclairée que par les feux arrière du camion. Ricky y grimpa comme un iguane, en tirant la langue et en soufflant très fort. Il était torse nu. Teddy comprit aussitôt qu'il allait le violer. Il voulut se jeter sur le côté pour lui faire face et le repousser avec ses pieds, mais sa tête retomba douloureuse sur le plancher. L'autre l'avait assommé avant de le jeter à l'arrière.

Soudain il sentit deux mains moites et glissantes s'emparer de ses mollets, et les écarter brusquement. Dans un ultime effort, Teddy se dégagea et fit la prise du ciseau : il enserra la tête de son assaillant entre ses cuisses et d'un coup sec lui brisa la nuque.

Il se releva, il avait les genoux en sang et les cuisses écorchées, il s'avança jusqu'au camionneur et lui cracha dessus en le traitant de « porc » en anglais, en espagnol et en français. Celui-ci n'aurait pas hésité à l'égorger après qu'il en aurait eu fini avec lui. Il aurait ensuite balancé son cadavre de l'autre côté de la frontière, au Mexique. Il sauta hors du camion, les feux n'éclairaient qu'à quelques pas, mais il comprit, au sable qu'un vent froid soufflait sur son corps, qu'il était dans un désert.

Il essaya de couper la corde qui liait ses poignets à l'arête du hayon. N'y parvenant pas, il chercha tout autour du camion un bord tranchant. Il se décida pour le pare-chocs avant. Il le plia d'abord en lui assénant des coups de talon, puis se plaçant de dos, il s'accroupit devant. Son agresseur l'avait ligoté en croisant ses poignets. Il tira jusqu'à la douleur sur le lien qu'il réussit à distendre. Il le posa sur le bord tranchant puis le fit lentement aller et revenir, redoutant, en cas de faux geste, de se couper les veines. La corde céda. Il était couvert de sueur et il grelottait. Ses mâchoires refusèrent longtemps de se desserrer.

Il grimpa enfin dans la cabine, se rhabilla à la hâte, la fouilla, à la recherche d'eau et d'une lampe torche. Il ne trouva que la lampe. Il laissa l'argent et les objets de valeur qu'il avait découverts. Il ne voulait rien emporter qui pût appartenir à ce porc.

Il s'éloigna dans la nuit, braquant sur le sol le faisceau de la lampe. Derrière lui, le moteur du camion tournait. Il l'avait mis en marche après avoir percé le réservoir. Quand le filet d'essence fut assez distant du véhicule, il avait craqué une allumette et l'avait enflammé. Il fut tenté de rester devant jusqu'à ce que les flammes, dansant à la lumière des phares, atteignent la carrosserie et l'embrasent. À cet instant, il avait senti monter en lui une excitation incontrôlable, mais subitement la radio s'était tue dans un long chuintement. L'absolu silence, qui lui fit peur, l'arracha à sa fascination.

8

Peu après, il vit dans le noir de la nuit un gigantesque flash orange et bleu qu'accompagna une détonation. De surprise, il éteignit sa lampe. Il eut alors la vision du corps de Ricky en train de brûler dans la carcasse incandescente du camion et ce fut à cet instant qu'il réalisa qu'il venait, pour la première fois de sa vie, de tuer un homme. Il écarquilla les yeux dans l'obscurité cherchant à comprendre ce sentiment inconnu qui nouait sa gorge et lui donnait envie de pleurer. Son sac à dos lui parut tout à coup lourd à porter et l'air difficile à respirer. Il se laissa tomber à terre et éclata en sanglots. Il enfonçait ses doigts dans le sable et le creusait, cherchant à étouffer sa culpabilité. Il avait failli être violé et pourtant il aurait donné n'importe quoi pour faire revenir cet homme à la vie. Pourquoi est-ce que tuer paraissait si facile à Julius ? Pourquoi est-ce qu'il semblait si heureux après ?

Il tressaillit. Quelque chose venait de bouger près de lui, il percevait encore le bruit de l'écoulement du sable. Il eut peur d'un serpent. Il ramassa à la hâte son sac, oubliant la lampe, et repartit droit devant lui au hasard. Ce fut une erreur. Il erra toute la nuit dans le désert, tâtant le sol pour essayer de trouver son chemin.

Finalement il s'affaissa, épuisé et déshydraté. Il ferma les yeux et ne les rouvrit pas. Il pensa, dans quelques jours on me retrouvera recroquevillé et racorni comme un coyote crevé.

La femme qui le ramassa au bord de la route 20 était affolée. Elle demandait :

— Vous m'entendez ?... Est-ce que vous m'entendez ? tout en le secouant.

Elle avait réussi à l'allonger sur la banquette arrière de sa voiture et lui donnait à boire de l'eau de sa gourde de joggeuse. L'eau avait un goût.

— Réveillez-vous !...   Réveillez-vous, Monsieur !

Elle prononçait « monsieur » en français car il devait délirer dans cette langue lorsqu'elle l'avait trouvé. Ce fut une chance pour lui. Elle le conduisit au dispensaire de l'Armée du salut de Saragosa où elle dit aux bénévoles :

— Je crois que c'est un touriste français ou canadien qui s'est égaré à Manohans.

L'une d'elles partit prévenir la police dans le cas où des proches le recherchaient. Il réussit à déguerpir du dispensaire avant que les flics ne débarquent. Il se terra toute la journée sous des bancs d'un terrain de basket dans la périphérie de Saragosa. Il attendit que le jour tombât avant de rejoindre la station de bus. Il monta dans le dernier car, celui de 22 heures à destination d'El Paso.

Celui-ci le déposa au centre d'El Paso. Il n'avait jamais rendu visite à son beau-frère, il savait seulement qu'il habitait sur Alabama street près d'une montagne. Le taxi qui le conduisit à l'adresse lui coûta vingt-quatre dollars. Ce dernier s'arrêta devant une petite maison basse de parpaings qui n'avaient pas été recouverts de crépi. Des plantes grasses et des cactus poussaient tout autour. Des roues de voitures, des carcasses de motos, des bidons d'huile étaient abandonnés sur le carré de pelouse qui menait à la véranda. Le drapeau national flottait devant, sa hampe ficelée à la balustrade. Il était minuit passé, Teddy pouvait entendre depuis la rue la télévision qui braillait. Il dut frapper plusieurs fois contre le chambranle avant que Wayne n'apparaisse devant la moustiquaire :

— T'es qui ? aboya-t-il.

— Tu ne me reconnais pas ?... C'est moi, Teddy !

— Putain de merde !... C'est toi ? Qu'est-ce que t'as fait à tes cheveux ? T'es brun comme un métèque ! Ce que t'es laid !

Même lorsqu'il était roux, il lui disait ça. « T'es moche. Tu ressembles à un cochon de lait ». Wayne était un barjo. Il aimait torturer mentalement les gens. Il avait martyrisé Cassy, sa sœur, durant leurs trois années de mariage sans qu'elle se rebelle. Il faut dire que leur père lui avait bien préparé le terrain à ce fêlé en la battant à tour de bras, tout comme lui, jusqu'à ce qu'elle quitte le foyer paternel.

— Allez, entre ! invita-t-il. On va se boire une bière.

Teddy fut surpris que son beau-frère ne lui posât aucune question sur sa présence à El Paso ni pourquoi il trimbalait un sac à dos aussi gros. Celui-ci alla le plus naturellement du monde à la cuisine chercher des bières fraîches et des chips au maïs avant de revenir s'installer dans le canapé, devant sa télévision dont il baissa à peine le son. Mais Wayne était un type bizarre, on ne savait jamais ce qu'il avait dans le crâne.

— Tu dors ici ? demanda-t-il sans quitter des yeux l'écran.

— Je veux bien, oui.

Il lui proposa alors de prendre son lit. Teddy refusa. Il expliqua que le canapé lui conviendrait très bien, qu'il n'était là que pour la nuit.

— Que cette nuit ? interrogea Wayne en tournant vers lui ses petits yeux marron.

Cassy avait l'habitude de dire que Wayne avait la tête d'un rat. Qu'il en avait l'odeur aussi. Qu'il ne pouvait donc être qu'un rat. Elle disait ça même avant leur divorce.

— Oui. Je passe au Nouveau Mexique demain.

Cette fois encore son beau-frère ne posa pas de questions. Quelqu'un d'autre aurait demandé pourquoi il voulait traverser la frontière de l'état, s'il avait des ennuis ou quelque chose de particulier à y faire. Rien. Ça ne le concernait pas. Il insista seulement pour qu'il prenne la chambre.

Ce qu'accepta finalement Teddy. Il dormait depuis une heure environ lorsqu'il entendit des aboiements de chien. Son instinct le fit se précipiter à la fenêtre. À travers les lamelles du store, il aperçut des voitures de patrouilles, avec des chiens excités à l'arrière, qui se garaient devant la maison. Des policiers en sortirent avec leurs armes à la main.

Wayne était au courant de sa traque. Il avait attendu qu'il s'endorme pour appeler les flics. Il voulait toucher la rançon mais pas faire le sale boulot. C'était bien un rat.

La même intuition qui l'avait fait se ruer à la fenêtre au premier bruit, l'avait déjà alerté lorsqu'il avait laissé Wayne devant son match de boxe et qu'il était parti se coucher. Il s'était allongé tout habillé avec ses rangers aux pieds, son argent et ses papiers dans ses poches. Il avait gardé près de lui son sac à dos.

9

Il surgit hors de la chambre en traînant son sac derrière lui. Comme il réalisa qu'il le ralentissait, il l'abandonna dans le couloir. Il courut à la cuisine où une porte donnait sur l'arrière de la maison. En l'entrebâillant il vit des policiers en embuscade. Il rebroussa chemin, effrayé, affolé ne sachant pas par où s'échapper. Les policiers pénétrèrent violemment à l'intérieur. Il ouvrit la dernière porte du couloir, c'était celle de la salle de bain. Sa fenêtre à guillotine était ouverte. Il monta sur la lunette des WC et se faufila par le châssis.

Il retomba dans le jardin voisin. Il se mit à courir droit devant lui, sautant sans les jauger les obstacles, se laissant gifler par les branches des arbres, tombant et se relevant, courant toujours comme si la mort le talonnait. Soudain il entendit les chiens. On venait de les lâcher après lui. La terreur d'être taillé en pièces lui donna la force d'escalader un grillage qui clôturait un jardin. Il retomba sur le dos et se cogna la tête. Mais lorsqu'il vit la meute de rottweilers se jeter contre le grillage, gueules ouvertes et baveuses, il se releva d'un bond et reprit sa course.

Il s'arrêta dans un patio, haletant, palpitant, en sueur. Les aboiements résonnaient au loin, le grillage avait arrêté les molosses. Il pouvait reprendre son souffle. Mais à cet instant des sirènes retentirent tout autour de lui. Cette fois, on le prenait en chasse en voitures. Il comprit que courir ne servait à rien, que les flics allaient le serrer à la clôture du dernier jardin de la rue. Il tournait sur lui-même, éperdu, quand il aperçut la trappe d'une cave ouverte. Il s'y glissa aussitôt et se laissa tomber dans la pénombre. Il atterrit sur des rouleaux d'isolant thermique. Il ne bougea plus ensuite, retenant dans le noir sa respiration. Dehors des cris et des claquements de portières se mêlaient aux hurlements des sirènes.

10

Elle était déjà passée deux ou trois fois, en marchant, comme maintenant, sur la pointe des pieds pour ne pas faire résonner ses talons dans le couloir. Cette fois, elle ralentit le pas et passa la tête :

— C'est vous ? chuchota-t-elle.

Teddy fronça les sourcils.

— C'est vous ? répéta-t-elle à voix basse. Le condamné à mort ?... (Elle se reprit). Le type qui va être extradé vers les États-Unis, c'est vous ?

Elle parlait tout en jetant des coups d'œil inquiets dans le couloir.

— Vous êtes qui ?

Elle battit l'air des deux mains :

— Chut !... Moins fort !

— Pourquoi ?

Elle lança un dernier regard par-dessus son épaule, puis se risqua à entrer. Elle referma doucement la porte derrière elle en prenant soin d'amortir le bruit de la serrure. Elle vint à lui toujours sur la pointe des pieds. Elle remarqua son poignet menotté à la chaise.

— Il n'y a personne pour vous surveiller ?

— Le gardien a dit qu'il allait revenir.

— Faisons vite alors ! s'exclama-t-elle.

Elle ouvrit à la hâte une besace de toile qu'elle portait en bandoulière et en tira un bloc-notes et un crayon, puis murmura pour elle-même :

— Non, ce serait trop long…

Rangea le tout pour finalement sortir un téléphone portable de la poche de son manteau. Elle le braqua sur lui et, sans rien lui demander, le prit deux ou trois fois en photo. Ensuite elle avança l'appareil vers sa bouche et questionna précipitamment :

— Avez-vous une déclaration à faire ?

C'était une femme élancée, d'une trentaine d'années, avec des yeux clairs pétillants et des cheveux blonds coupés courts qu'elle faisait onduler avec un gel coiffant. Sa peau était hâlée comme si elle revenait du bord de mer et ses lèvres dessinées au rouge à lèvres carmin.

— Vous êtes journaliste ?

— Oui, oui, répondit-elle avec impatience. Je m'appelle Audrey Lartigue. Je suis reporter à Paris Match.

Elle replaça le micro de son portable devant lui :

— Monsieur Lamar, dans quel état d'esprit êtes-vous depuis votre arrestation ?

— Pas content.

Elle leva un sourcil, mais poursuivit.

— Monsieur Lamar, que comptez-vous faire pour ne pas être extradé vers le Texas où, je le rappelle, vous risquez la peine de mort ?

— Rien.

Son pouce appuya sur une touche de son téléphone. Elle poussa un soupir contrarié :

— Vous devriez réfléchir à la chance que je vous offre, Monsieur Lamar. Vous avez la possibilité de donner votre version des faits.

— Quelle version ? rétorqua-t-il. Il n'y en a qu'une. J'ai braqué une banque il y a quatre ans. Il y a eu trois morts. Chez moi quand une personne prend une vie, elle doit la payer de la sienne.

Sa réponse la stupéfia. Il lui avait coupé le sifflet. Normal, elle ne pouvait pas comprendre, elle était Européenne. En Europe, les idées, les grands mots priment sur les actes. Ça n'empêche pas de commettre des barbaries, mais on les explique par des idéaux. On ne colonise pas des peuples, on leur apporte la civilisation. On n'exploite pas des esclaves, on offre à des migrants la chance d'avoir une vie meilleure. Et cætera. Elle était née quand la peine de mort a été abolie en France. C'était il n'y a pas si longtemps. Ses propres parents pensaient sûrement que lorsqu'un individu avait commis un acte ignoble, il devait être retranché définitivement de la société parce qu'il n'y a plus sa place. Quelqu'un méritait d'être décapité. Ensuite, son pays s'est dit que c'était contraire aux droits de l'homme alors il a démonté la guillotine et a construit plus de prisons. Maintenant, il est choqué des mœurs des autres. Pourtant elle est logique la règle qui veut qu'une vie prise soit compensée par une autre vie. Qu'un type qui en tue un autre, sachant le châtiment qui l'attend, soit puni en conséquence. C'est ce que pensait Teddy. Il faisait une exception pour les handicapés. Pour les mineurs aussi, mais à l'époque des faits il n'était plus un enfant.

Après l'avoir contemplé, Audrey Lartigue lui demanda :

— Je sais bien que vous ne serez extradé qu'à la condition que le Texas ne vous exécute pas. Mais il n'y a pas de garantie à cent pour cent. Le District Attorney peut changer d'avis et demander la peine capitale au cours de votre procès. Ça ne vous fait rien de savoir qu'on va peut-être vous conduire dans le couloir de la mort ?

Il frissonna. C'était pas pareil quand une femme en parlait.

— Si…, balbutia-t-il. Mais en ce moment, je ne pense pas à moi, je pense à mon môme. Après je crois que oui, j'aurai peur !…

La journaliste se troubla.

— Vous avez un enfant ? questionna-t-elle doucement.

— Oui, un fils. J'ai une femme aussi.

Tout à coup il se leva à moitié et s'écria :

— Vous n'en parlez pas surtout ! Vous ne parlez pas d'eux dans votre papier !

Elle posa la main sur son épaule :

— Chut !... Pas si fort !... Je vous le promets, je ne dirai rien. Mais ne vous leurrez pas, ça va se savoir. Toute votre vie sera bientôt étalée au grand jour.

Il retomba sur sa chaise. Il était pâle et sa jambe droite se mit à tressauter. La journaliste bouillait d'impatience, mais gardait le silence. Puis :

— Et si vous me racontiez toute l'histoire ? La vraie, la vôtre. Celle que vous aimeriez que votre fils entende plus tard.

Il leva vivement les yeux sur elle et eut un sourire ironique. Elle avait déjà anticipé son exécution, la garce.

— Plus tard…, se reprit-elle en rougissant, je veux dire durant vos années de détention. Vous avez une tout autre version des faits, j'imagine.

Il la dévisagea, essayant de déchiffrer ses intentions. Elle faisait allusion à la version du braquage qu'avaient donnée Julius et Bob Bellamy, et Otis aussi. Pour échapper à la peine de mort, ils avaient fait un arrangement avec le procureur général du comté. Le jour où l'on capturerait Teddy, ils témoigneraient sous serment à son procès que c'était lui qui avait tiré sur la femme enceinte et les deux autres clients. De sorte qu'aujourd'hui, il n'existait plus d'arrangement possible pour lui avec personne. Il lui demanda comment elle connaissait la déposition de ses complices.

— J'ai visionné leur audience devant le grand jury ainsi que les vidéos des reportages qui ont été tournés sur ce fait divers. J'ai également lu sur Internet quantité d'articles de la presse américaine.

Teddy siffla en levant bien haut les sourcils tandis que la journaliste se mordait la langue. Elle venait de faire l'aveu qu'un contact, forcément du commissariat, l'avait prévenue de l'arrestation de Teddy. Peut-être même avant qu'il ne soit conduit au poste. Car comment expliquer qu'elle ait eu le temps de faire toutes ces recherches avant de venir fouiner ici. Quelle garce décidément !

Elle laissa s'écouler deux ou trois minutes. Quelqu'un passa alors dans le couloir. Ils braquèrent en même temps leurs regards sur la porte… Les pas se rapprochaient.

— Est-ce que vous êtes responsable de la tuerie ? interrogea-t-elle précipitamment. Répondez-moi !... C'est important ! Tous les témoins de la fusillade ont confirmé les dires de vos complices. Tous, sauf un.

— Un, c'est pas beaucoup.

— Sauf que, reprit-elle, ce témoin est la seule personne qui a pu véritablement assister à la scène. Tous les otages étaient couchés, face contre terre, avec des armes pointées sur eux. Pas lui. Il voyait tout à ce moment-là.

Elle se penchait vers lui, le poing serré, le visage déterminé. Elle semblait avoir à cœur de connaître la vérité. Mais Teddy ne savait pas s'il pouvait lui faire confiance. Il regretta alors de ne pas avoir d'avocat, avec lui on ne se pose pas la question. Tout à coup il serra les mâchoires et devint rouge de colère. La journaliste venait de lui demander ce qu'il avait fait de l'argent des braquages.

— Je ne l'ai pas ! Je ne l'ai jamais eu !

— Ce n'est pas ce qu'on m'a dit. (Elle corrigea aussitôt) Je veux dire, ce qu'on a dit dans les médias.

Teddy, tout à sa colère, ne releva pas. Il poursuivit sur le même ton :

— Vous croyez que si j'avais ce fric je me cacherais ici, à Paris, et vivrais comme un clodo ?

C'était fini, la porte venait de s'ouvrir, un officier de police faisait irruption alerté par les éclats de voix du suspect.

— Bon sang ! Vous êtes qui, vous ? cria celui-ci en fonçant sur la journaliste. Qui vous a laissé passer ?

Puis tournant la tête vers le couloir, il hurla :

— Putain de merde ! Qui a laissé passer cette bonne femme !...

Il saisit ensuite son bras et la tira vers la porte. Celle-ci résista et continua de s'adresser à Teddy :

— Vous avez les trois millions de dollars ! Je sais que vous mentez ! Vous devriez dire la vérité. Ça n'arrangera pas vos affaires si vous persistez à nier. Pensez à votre fils ! Pensez à Zach !

La question de savoir comment elle connaissait le prénom de son fils ne traversa pas l'esprit de Teddy. Il était trop furieux pour s'y arrêter. Il répétait : « J'ai pas l'argent ! » en tirant sur ses menottes.

L'officier de police poussa brutalement Audrey Lartigue dans le couloir :

— Ça suffit !... Ça suffit comme ça !...

Il était paniqué. La conversation que la journaliste avait eue avec le gardé à vue venait de ruiner toute la procédure d'interrogatoire. Si son futur avocat venait à l'apprendre, il la fera annuler aussi sec. Dans le couloir, il cria :

— Foutez-moi cette pouffiasse dehors !

Avant de revenir précipitamment s'assurer que le prisonnier était toujours attaché à sa chaise. Une femme policier vint le rejoindre l'instant d'après.

— C'est fait ! On l'a virée, dit-elle. On lui a également saisi son portable.

Mais elle ne rassurait pas son supérieur. Celui-ci demeurait fébrile, grattant nerveusement sa joue.

— Putain de merde ! jura-t-il à mi-voix. Quand son baveux va apprendre ce merdier, il va foutre par terre l'interrogatoire et la procédure d'interpellation. Le proc va nous écharper !

— Encore faut-il qu'il ait un avocat, objecta la policière en donnant un coup de menton vers Teddy. Et pour l'instant, il n'en a pas.

L'officier de police et sa subordonnée échangèrent un regard d'intelligence avant de se mettre à contempler Teddy avec un demi-sourire.

— Qui sait même s'il en aura un avant son départ ! lâcha l'officier entre ses dents.

11

Teddy était resté terré dans la cave jusqu'au départ des policiers au petit matin. Les chiens n'avaient pas reniflé sa présence à cause de l'odeur d'urine des rats qui avait trompé leur flair. Il avait profité du passage des bennes à ordures dans la rue pour sauter dans l'une d'elles et fuir El Paso. Il avait été vidé avec les détritus dans une décharge publique située à l'est de la ville, à une vingtaine de kilomètres de la frontière avec le Nouveau Mexique.

Lorsqu'il aperçut la borne qui indiquait la limite de l'état, son cœur se serra. Il quittait le Texas pour la première fois de sa vie, et le quittait pour ne plus y revenir. Des mouches, attirées par les souillures de son corps, volaient tout autour de lui et le harcelaient depuis qu'il avait quitté la décharge. Il l'avait longtemps fouillée à la recherche d'eau et de nourriture. Il avait trouvé une bouteille de thé glacé et un paquet de biscuits périmés. Il avait bu et mangé sur place, accroupi comme les Indiens qu'il apercevait parfois dans cette position au milieu des déchets des dépotoirs sauvages de l'état. Il n'a jamais su s'ils se reposaient d'avoir cherché depuis l'aube des objets à monnayer sur les marchés ou s'ils rêvaient à leurs ancêtres, premiers maîtres de cette terre.

Il traversa le Nouveau Mexique tantôt marchant, tantôt faisant du stop. Il ne voulait pas dépenser son pécule dans les bus et les trains. Son but était d'atteindre Los Angeles, à mille kilomètres de là.

Il arriva sous la pluie dans la ville de Tucson, en Arizona, débarqué par un étudiant en médecine qui s'émerveilla qu'un touriste français comprît si bien l'américain et le parlât si mal. Il le déposa à la gare routière de Greyhound où il lui indiqua Congress street, tout près, comme étant la rue bon marché de la ville. Il était sur le point de redémarrer quand tout à coup il l'interrogea :

— Mais où sont vos bagages ? Vous voyagez sans bagages ?

Teddy ne se démonta pas. Depuis qu'il avait quitté le Texas dix jours auparavant, on lui avait plusieurs fois posé la question :

— Ils sont à Phoenix. Je les ai fait partir devant moi. Je n'ai que ça ! ajouta-t-il en riant.

Il montrait un sac marin qu'il avait acheté, avec quelques affaires de rechange, dans une localité située à la frontière de l'Arizona. Il l'ouvrit tandis qu'il parlait et sortit un ciré qu'il enfila. L'autre n'insista pas, il lui conseilla néanmoins de faire attention aux détrousseurs car il le trouvait naïf.

La pluie ne cessait pas. Elle tombait sans discontinuer accompagnée des grondements de l'orage. Il n'avait pas le choix, il lui fallait prendre une chambre pour la nuit. Il ne pouvait pas dormir, comme à son habitude, sur un des bancs des abribus de la compagnie Greyhound et ensuite, au matin, utiliser leurs toilettes pour se laver. Il compta son argent, il lui restait soixante-treize dollars et quarante-cinq cents.

Il descendit la 4ième Avenue et tourna au croisement pour prendre Congress Street. La rue était animée malgré le mauvais temps. Il entra dans un restaurant péruvien, qui avait la forme d'un hangar, parce que les menus affichés étaient bon marché. Il s'installa au comptoir et commanda, en espagnol, le plat le moins cher. Des haricots rouges aux piments séchés.

— Trois dollars, demanda la serveuse tout en lui servant un verre d'eau.

Elle revint avec la monnaie et dit :

— Tu parles espagnol comme un Texan. Je suis de San Antonio, et toi ?

Il se troubla et se mit à tousser, feignant de trouver le plat trop épicé.

— Ça va, j'ai compris ! rétorqua la serveuse en riant. T'es en cavale, ou quelque chose dans le genre. Ne t'inquiète pas, c'est pas moi qui irai te dénoncer. Les flics ont mis mes deux frères derrière les barreaux.

Elle partit servir un client puis revint avec une bière pression :

— Tiens ! C'est la maison qui offre.

Elle s'éloignait :

— Moi, c'est... Ted. Tu ne connaîtrais pas un endroit où dormir pas cher ?

— Je m'appelle Angelina. Mais tout le monde

m'appelle Lili.

Elle désigna du pouce un lieu par-dessus son épaule :

— Un peu plus bas, tu trouveras l'*Hôtel Congress*. La place en dortoir est à vingt dollars. C'est propre, mais pas toujours calme.

Elle vit sa déception.

— Tu n'as pas les vingt dollars ou tu ne supportes pas le bruit ?

À cet instant, un homme installé au comptoir quitta son tabouret et heurta en passant Teddy sans s'excuser. Celui-ci bondit du sien prêt à lui coller son poing dans la figure.

— Vas-y, dit l'autre en posant sur son adversaire un regard amusé. Qu'est-ce que tu attends ?

Il faisait trois têtes de plus que Teddy et pesait le double de son poids. Lili tira en arrière Teddy par la capuche de son ciré :

— C'est bon, Ted ! Laisse tomber ! Il ne l'a pas fait exprès.

Et comme Teddy gardait les mâchoires serrées et le regard étincelant, elle ajouta :

— J'ai du boulot et un lit pour toi, si tu veux.

Le jeune homme se tourna d'un bloc vers elle. Voyant qu'il se désintéressait de lui son adversaire s'éloigna non sans lui donner un nouveau coup d'épaule.

— Tu as le tempérament vif, s'exclama Lili. C'est pas bon pour un homme en fuite. Tu vas très vite te faire cueillir dans une bagarre. C'est comme ça qu'ils ont attrapé mon frère Diego. Suis-moi !

Elle l'emmena dans les cuisines du restaurant. Devant les brûleurs, les fours et les plans de travail s'agitaient une demi-douzaine d'employés qui préparaient les commandes. Elle le conduisit vers deux énormes bacs en faïence à côté desquels se trouvaient des égouttoirs à vaisselle. Elle lui tendit une paire de gants en caoutchouc et un tablier en plastique.

— Li, le plongeur, a eu un accident ce matin. Je n'ai pas réussi à le remplacer. Ce sont les autres qui font la vaisselle à tour de rôle. Ce n'est pas pratique. C'est payé cinq dollars la soirée de plonge. Et si tu aides à nettoyer le restaurant après la fermeture, tu as cinq dollars de plus. Qu'est-ce que tu en dis ?

— Le resto est à toi ?

Lili éclata de rire. Elle avait un rire sonore qui faisait frétiller sa langue rose entre ses dents éclatantes. C'était une jeune femme d'une vingtaine d'années, un peu ronde, d'un mètre soixante-cinq environ, avec de beaux cheveux bruns brillants qui lui tombaient jusqu'aux reins et un léger strabisme dans le regard :

— S'il était à moi, je ne serais pas derrière le bar à servir de la bière à des cow-boys comme toi ! La patronne est à Pasadena pour un mariage, ajouta-t-elle. Elle me l'a confié parce que je suis la plus ancienne ici.

Il retira son ciré, enfila le tablier et plongea ses mains gantées de caoutchouc jusqu'aux coudes dans un bac rempli d'une eau sale et fumante.

Il aida ce soir-là au nettoyage du restaurant et des cuisines. À deux heures du matin, il fit la fermeture avec Lili. Il s'étonna qu'elle n'eût pas peur qu'il l'attaquât ou volât la caisse. Elle répondit en riant :

— Un type qui porte un ciré jaune fluo alors qu'il a les flics aux fesses n'est pas redoutable.

Il rougit. Puis s'expliqua. Il l'avait acheté afin que les automobilistes le voient sur la route la nuit ou sous la pluie. Il n'avait pas songé qu'il pourrait attirer l'attention sur lui.

— Tu devrais t'en dénicher un plus discret. Et même, abandonner l'idée de cavaler à pied. Jusqu'ici tu étais au Nouveau Mexique. Il n'y a pas grand monde. Mais à partir de Tucson, c'est la route pour la Californie. C'est bourré de flics au millimètre carré jusqu'à Los Angeles. Tu n'auras plus la chance de passer à travers les mailles.

Il la remercia mais ne détourna pas les yeux. Ils se regardèrent. Elle lui sourit, il lui rendit son sourire. Ce fut au tour de Lili de rougir. Elle dit un peu brusquement :

— Viens, je vais te montrer où tu vas dormir. Celui qui fait la plonge est aussi celui qui réceptionne les livraisons à six heures du matin. En général, il dort sur place. Tu gagneras dix dollars de plus pour ce job, ajouta-t-elle en ouvrant la porte d'un local sans fenêtre.

Dans un coin, il y avait un lit de camp avec une couverture pliée et un oreiller posés à la tête du lit. Dans un autre, se dressait une petite table sur laquelle se trouvaient une télévision et une cafetière électrique. La vue de cette petite pièce spartiate émut le fugitif. Cela ne faisait que deux semaines qu'il errait et pourtant il avait l'impression de vivre sur les routes depuis des années. Lorsqu'il avait acquis, d'occasion, sa caravane et qu'il l'avait installée sur un bout de terrain à la sortie de Dallas, il avait éprouvé la même émotion. Il ne s'était jamais senti chez lui chez ses parents. La punition préférée de son père était de le mettre à la porte et de le laisser passer la nuit dehors à la merci des petites frappes du quartier. Alors pour s'en protéger, Teddy se cachait sous les marches de bois du mobile home, jusqu'à ce que sa mère sorte le chien le matin et lui dise de rentrer.

Le bras de Lili touchait presque le sien. Ils se tenaient sur le seuil de la pièce. Un sentiment de reconnaissance l'encouragea à lui prendre la main. Elle ne la retira pas.

Lili était très amoureuse de Teddy. Les employés du restaurant s'en amusaient mais pas Mme Consuelo, la patronne. Elle se méfiait de ce jeune homme taiseux, perpétuellement sur le qui-vive et qui jetait des regards inquiets vers la porte du restaurant chaque fois que celle-ci s'ouvrait. Mais elle aimait Angelina comme sa propre fille. Elle n'avait jamais pu avoir d'enfant ; elle avait fait plusieurs fausses couches. De sorte qu'elle prit des renseignements sur son compte et découvrit que sa tête était mise à prix et que la police fédérale était à sa poursuite. Une nuit elle poussa la porte du local alors qu'il dormait et lui demanda de partir sur le champ, sans revoir Lili. S'il refusait, elle le dénoncerait.

— Tiens, voilà cent dollars pour toi. C'est plus que ce que je te dois. Alors maintenant fiche le camp, sale voleur ! Et ne reviens plus !

Teddy ramassa ses affaires sans un mot, sans une réaction. Mais il suspendait parfois son geste et fermait les yeux. Quelque chose lui déchirait la poitrine, un hurlement, qu'il étouffait. Il se trouvait bien avec Lili. Quand ils s'embrassaient furtivement derrière la porte des cuisines ou quand ils s'endormaient dans les bras l'un de l'autre, Teddy se demandait si c'était l'amour qui gonflait son cœur dans ces moments-là. Sous le regard impitoyable d'Irèna Consuelo, il le sut.

Il prit quelques heures plus tard le bus pour Phoenix. Avant de quitter le restaurant, Mme Consuelo l'avait interpellé en agitant le ciré jaune au bout de son bras :

— Eh ! Tu oublies ça !

Il avait secoué la tête :

— Ce n'est pas à moi. Lili sait à qui il appartient.

Il espérait que la patronne répète ces mots à Lili et que celle-ci comprenne qu'il était parti contre sa volonté.

12

On avait placé deux policiers en faction devant la porte de la salle d'interrogatoire après l'incident avec la journaliste. Tous deux échangeaient de brefs propos. Ils parlaient de leurs femmes, de leurs enfants, de la cherté de la vie, des lieux de vacances où ils partiraient cette année. C'était la vie que Teddy avait avant que la police ne vienne ce matin enfoncer sa porte. Il venait de la perdre. Quelqu'un venait de la lui voler en le dénonçant.

Il remua sur sa chaise.

— Tu veux bouger ? lui proposa le gardien.

Teddy secoua la tête.

— Tu veux pas aller aux toilettes ? insista l'autre.

— Non.

Le policier s'approcha de lui.

— Dis-moi, chuchota-t-il. Comment t'as fait pour sortir des États-Unis ? Ça a dû te coûter pas mal d'argent ! T'en as fait quoi du fric des braquages ?

Teddy ricana :

— Il n'y a que ça qui vous intéresse tous ! Le reste vous vous en foutez !

— Ils en parlent déjà à la radio, poursuivit l'autre. Il paraît qu'il y a toujours une forte récompense offerte à celui qui aurait des informations sur le butin. Les assurances offrent dix pour cent de la somme retrouvée !

— Ma tête vaut plus chère.

— Plus maintenant, tu ne crois pas ?

À l'instar de la journaliste, ce dernier cherchait à passer un marché avec lui. Teddy fronça les sourcils :

— Qu'est-ce que vous vous voulez ?

Son interlocuteur jeta plusieurs coups d'œil par-dessus son épaule avant de proposer :

— Écoute, dit-il à voix basse. Ce fric ne te servira plus à rien maintenant. Tu pourras même pas payer ton avocat avec, vu que c'est l'argent du crime. T'es d'accord avec moi ?

— Continue.

— Eh bien, je me disais que peut-être quelqu'un pourrait le récupérer ce pognon et en faire profiter les tiens après ton… ta condamnation.

Comme Teddy gardait le silence, l'agent renchérit :

— Ce serait comme une sorte d'héritage que tu leur laisserais, tu comprends ?

— Et toi tu servirais de notaire !

L'autre remua la tête :

— Pas exactement moi, non. Mais je connais des gens que ça intéresserait. Ma proposition est honnête ! objecta-t-il. Chacun aura sa part du gâteau. Ta famille aura le tiers.

— Et la tienne sera de combien ?

— Faut que je voie avec les autres, répondit-il avec un clin d'œil complice.

Il était content de la tournure que prenait la discussion. Apparemment il s'attendait à ce que le condamné à mort se montre plus réticent à révéler la cache. Un peu plus tôt, il avait entendu le lieutenant Moreno et le commissaire Guérin discuter dans la salle de repos. Ils avaient parlé de trois millions de dollars. Le commissaire avait même ajouté « Au bas mot !».

— Voilà ce que je te propose, dit-il en se rapprochant de lui. Je te file un morceau de papier et un crayon, et tu indiques l'endroit où est enterré le butin.

— Comment tu sais qu'il est enterré ? coupa Teddy.

— Je sais pas... Je disais ça comme ça…

Il reprit :

— Ensuite nous, on s'occupe du reste. T'auras plus à t'en faire pour ta femme et ton gosse. Ils seront à l'abri du besoin. Tu pourras partir tranquille.

Teddy hocha la tête. La journaliste lui avait dit quelque chose de similaire. Les charognards planaient déjà au-dessus de lui.

— Je te signale que le fric se trouve à sept mille kilomètres d'ici et qu'il faut franchir l'Atlantique. Et même des déserts et des montagnes.

— Ne t'en fais pas…, commença le policier.

Mais à cet instant son collègue pénétra dans la salle :

— Il veut quelque chose ? demanda-t-il.

— Non rien, répondit l'autre en s'éloignant de

la table. Je faisais un brin de conversation avec lui.

Son collègue agita l'index :

— T'as entendu les ordres ? On n'a pas le droit de parler avec lui. Je veux pas avoir les mêmes emmerdes que Pierrot, moi !

Il parlait de l'agent qui avait quitté son poste et laissé Teddy seul dans la pièce, ce qui avait permis à la journaliste de se faufiler jusqu'à lui.

— Faut pas être inhumain ! Ça fait des heures qu'il est attaché à sa chaise !

— Il n'avait qu'à pas buter des gens ! rétorqua son collègue.

— D'accord ! Je vais mettre ma pitié dans ma poche et un mouchoir par-dessus.

Tout en prononçant ces mots le policier fixait Teddy. Qu'essayait-il de lui faire comprendre ? Mais ce dernier lui fit signe qu'il ne saisissait pas le sous-entendu.

— Oui, reprit l'autre, un mouchoir dans ma poche.

Il détachait les mots. Soudain le visage de Teddy s'éclaira.

— J'aimerais aller aux toilettes, dit-il.

Le policier s'exclama aussitôt :

— Je t'accompagne !

Il l'escorta tandis que son collègue resta dans le couloir. À peine eut-il refermé la porte derrière eux, que celui-ci sortit un morceau de papier de sa poche et un crayon.

— Dépêche-toi ! dit-il en les lui tendant.

Il le désentrava puis le poussa dans un WC.

— T'as deux minutes pour tout noter, chuchota-t-il. Ensuite l'autre va rappliquer !...

Lorsque Teddy ressortit, le policier lui arracha

des mains le morceau de papier.

— Tire la chasse, bon sang !... Mon collègue va trouver ça louche !

Le policier était si ému qu'il en oublia de menotter le prisonnier. Ce dernier jetait des regards de tous côtés, mais il n'y avait pas d'issue par où s'échapper. Il fallait nécessairement passer par le couloir où se tenait le second gardien. Il pensa un bref instant désarmer son escorte. Mais l'idée d'une prise d'otage et la perspective qu'il y aurait des échanges de coups de feu avec d'autres policiers du commissariat lui firent peur. De sorte que lorsque l'agent ouvrit la porte des toilettes, Teddy blagua un rien désabusé :

— Tu n'oublies rien ?

L'autre tressaillit en voyant son prisonnier agiter son poignet auquel pendait une menotte ouverte :

— Merde !... J'oubliais ! Merci, Teddy !

Il se hâta de lui passer le second bracelet, le visage baigné de sueur et soufflant comme un bœuf. Le jeune homme fit une moue dédaigneuse. Le flic l'appelait par son prénom et le voyait déjà comme son complice. Il flairait l'odeur de l'argent et pensait l'avoir berné.

Il fut reconduit à sa chaise. Le policier donna le change un moment en engageant une nouvelle conversation avec son collègue sur le pas de la porte. Mais la sueur qui trempait le col de sa chemise trahissait sa nervosité. Soudain il s'exclama :

— Je vais me chercher un jus !....

Et il fila comme une balle. Lorsqu'il revint, son visage était blême de rage et ses yeux exorbités par la fureur. Oubliant la présence de son coéquipier, il fonça sur le prisonnier les poings serrés et lâcha :

— Salaud !... Tu vas me le payer !...

Teddy lui répondit par un sourire narquois. Au lieu de lui dessiner la carte au trésor, il lui avait écrit ces mots : « Tu auras ta part si tu m'aides à m'évader ».

— Que se passe-t-il ? demanda le collègue, intrigué.

— Rien, rétorqua l'autre. Ce salopard a laissé la chasse couler !

C'est alors qu'on entendit des bruits de pas et des voix dans le couloir. L'instant d'après un homme et une femme firent irruption dans la salle. Teddy reconnut l'homme, c'était l'officier de police qui avait traîné hors de la pièce la journaliste. La femme qui l'accompagnait était grande et massive. Elle avait la cinquantaine, les cheveux mi-longs auburn et les yeux bleus. Elle était habillée d'un pantalon de toile vert et d'un pull en laine gris. Son visage était tendu. L'officier fit signe à ses hommes de sortir. Ensuite :

— Monsieur Lamar, voici le Docteur Oriane Giuccelli. Elle vient vous examiner.

Teddy posa sur le médecin des yeux étonnés.

— Oui, reprit celle-ci, je sais que vous n'avez pas demandé à être examiné par un médecin, mais nous souhaitons quand même nous assurer que tout va bien.

À son tour elle fit signe à l'officier de quitter la pièce puis tira une chaise.

— Comment vous sentez-vous depuis votre arrestation ?... Une sensation d'oppression ? Des vertiges ? Des nausées ?

Elle donnait des coups de menton pour l'engager à parler. Après un silence, elle continua :

— Si on ne vous traite pas correctement, il ne faut pas hésiter à me le dire. Je ne vous suis pas hostile, vous savez. Dans la procédure, je suis même de votre côté.

Teddy ne desserra pas les dents. Il se mit à la fixer, cherchant à croiser son regard qu'elle dérobait. Elle évitait de poser les yeux sur lui parce qu'elle était mal à l'aise. Elle plus que les autres parce qu'elle était médecin et que son métier ne consistait pas à s'assurer que les gens vont bien avant qu'ils ne soient envoyés à la mort. Elle s'éclaircit la voix :

— Eh bien, répondez-moi ? Est-ce que vous avez des remarques ou des observations à formuler sur les conditions de votre garde à vue ?...

Elle suspendit sa phrase ; elle se troublait de plus en plus. Teddy ne la lâchait pas des yeux. Il ne se disait pas seulement qu'elle devait assumer son rôle, il se vengeait également sur elle de la lâcheté des autres.

— Écoutez, finit-elle par prononcer après une longue inspiration. Ce n'est pas facile pour moi. Je n'ai jamais été confrontée à ce genre de situation. Je désapprouve si vous voulez le savoir. Je désapprouve totalement votre extradition. Je suis contre votre… exécution.

Comme il ne disait toujours rien, elle se leva :

— Je vais vous laisser puisque vous n'avez pas besoin de moi.

Elle prit congé de lui avec des mouvements et des paroles embarrassés. Quand elle fut à la porte, Teddy l'appela :

— Docteur ?

Elle se retourna aussitôt, un sourire sur les lèvres :

— Oui !

— Ce n'est pas facile pour moi non plus ! lâcha-t-il, féroce.

13

Il sursauta. La porte de sa cellule s'ouvrait dans un fracas de clés agitées et de verrous tirés :

— Lamar ! clama le policier depuis le seuil. Parloir pour vous !

Le prisonnier demeurait assis sur le bord de sa couche, hébété.

— Vous n'avez pas entendu ! s'impatienta le gardien. Il y a quelqu'un pour vous au parloir !

— C'est Lola ?... s'écria-t-il. Lola est ici !

Il se rua vers le couloir. L'autre l'arrêta par le bras.

— Attendez !... Où vous allez comme ça ?... Il faut d'abord mettre vos chaussures, ensuite je dois vous menotter. Ce n'est pas un hôtel ici !

Ses rangers, comme l'exige la procédure, étaient à l'extérieur de sa cellule, déposés près de la porte. Il était si ému qu'il les lâcha plusieurs fois avant de parvenir à les enfiler :

— C'est Lola, hein ? balbutiait-il. Lola est ici ?... C'est elle, n'est-ce pas ?

L'autre haussait les épaules et répondait qu'il n'en savait rien.

Ils remontèrent ensuite le couloir :

— C'est Lola ! répétait le prisonnier avec un visage animé. C'est ma femme, j'en suis sûr !... C'est ma Lola qui est venue avec le petit !

Au bout du couloir, un autre policier se joignit à eux. Ils montèrent un escalier. Teddy continuait de s'agiter entre ses deux gardes. Ils pénétrèrent enfin dans la salle d'interrogatoire. Quand Teddy découvrit la personne qui s'y trouvait, il poussa un râle de déception, puis se débattit :

— J'en ai marre ! dit-il. J'en ai assez de vos questions ! Je ne veux plus parler à personne ! Je veux voir Lola !...

Ses gardiens le bousculèrent à l'intérieur de la pièce :

— Vous vous calmez, Lamar ! ordonnèrent les policiers. Il est huit heures du soir, vous n'allez pas faire du chambard à cette heure-ci dans le commissariat !

Farraud intervint pour qu'ils n'entravent pas le jeune homme. L'entretien d'un suspect avec son avocat, dit-il, doit se dérouler sans menottes. Après avoir rétorqué qu'ils connaissaient la procédure, les policiers attachèrent Teddy à la chaise avec des gestes brusques. Ils sortirent de la pièce, mais se postèrent devant la porte sans la refermer.

L'avocat restait debout tenant à la main une serviette en cuir marron et de l'autre un imperméable noir. Il attendait que son client se calme. Ce dernier lui jetait des regards furieux et remuait sur son siège.

L'homme était de taille moyenne, mince, les yeux marron clair et les cheveux châtain foncé qu'il peignait en arrière. Il avait dans les trente-cinq ans, peut-être moins. Il avait une cicatrice sur l'arcade sourcilière gauche et une belle gueule d'acteur. Il devait plaire aux femmes.

— Je suis Maître Franck Farraud, dit-il enfin. J'ai été choisi pour vous défendre.

Il tendit une main que Teddy ne serra pas. Alors il posa ses affaires sur la table, tira sur son nœud de cravate avant de s'asseoir.

Teddy examina son costume qui n'était pas de marque, sa chemise de coton froissée, et sa montre étanche au bracelet élimé. Il eut un sourire désabusé :

— Vous êtes un commis d'office !

— Si vous voulez dire par là que je ne suis pas un avocat d'un important cabinet qui a pignon sur rue, répondit Farraud en ouvrant sa serviette et en tirant un dossier, alors oui, je suis un commis d'office. Je n'ai même pas de secrétaire.

— C'est tout ce que le barreau a trouvé pour moi ! s'exclama le jeune homme avec amertume.

Farraud sortit de la poche intérieure de sa veste un stylo à plume dont il dévissa lentement le capuchon :

— Vous pouvez me récuser. Le bâtonnier vous désignera quelqu'un d'autre.

— Pourquoi c'est vous qu'on a choisi ? Hein ? Y avait personne d'autre ?

Farraud pensa : « C'est le résultat d'un petit arrangement entre amis », mais répondit :

— Parce que le procureur général pense que je peux gagner votre confiance.

Le jeune homme ricana :

— C'est-à-dire me rouler dans la farine ! Il me prend pour un con. Ils me prennent tous pour un con. Tout ce qu'ils veulent, c'est sauver les apparences.

Ça la foutrait mal pour la patrie des droits de l'homme qu'un type soit exécuté sans qu'on ait donné l'impression qu'on a tout fait dans les formes.

— C'est exact.

La réponse franche de l'avocat décontenança son interlocuteur qui se tut. Il le dévisagea, cherchant à savoir à qui il avait à faire. Est-ce que l'avocat bluffait en jouant la carte de la sincérité ? Ou est-ce qu'il était vraiment réglo ? Est-ce qu'il n'essayait pas de l'embobiner lui aussi ? Après tout ils étaient tous du même bord ces gens de la justice. Ils se couvrent, ils se rendent des petits services, ils se serrent les coudes. Il en avait fait les frais quand il était passé devant le juge à l'âge de quinze ans pour un cambriolage. Lui n'avait été que le guet, posté dans la rue. Il avait pourtant écopé de la même peine que ses deux copains qui avaient vandalisé la maison. Sa commis d'office, une jeune avocate toute tremblante devant le marteau du juge, n'avait même pas contesté la décision. Elle avait dit « Merci, votre Honneur. Nous mettrons à profit notre détention pour nous amender et donner une nouvelle direction à notre vie ». Tu parles ! Il s'était retrouvé enfermé dans la prison d'Huntsville avec les pires criminels de l'état qui n'avaient fait que le conforter dans ses projets d'avenir.

Farraud se laissait examiner par son client qu'il sentait sur la défensive. Il ne chercha pas à le brusquer. Il fallait lui inspirer confiance, lui laisser l'initiative de demander à être défendu. Il était frappé par l'extrême jeunesse de son visage, il avait l'impression d'avoir un adolescent en face de lui qui aurait commis un vol de voiture plutôt qu'un assassin qui aurait abattu froidement trois personnes. Le décalage entre l'individu et les faits qui lui étaient reprochés le déstabilisait.

Cependant il n'était pas inquiet. Il empêcherait l'extradition d'avoir lieu. Dans le taxi qui le conduisait au commissariat, il avait de nouveau parcouru le dossier mais cette fois avec application. Une pièce avait attiré son attention, celle que lui avait adroitement désignée Humbert. Elle ferait à elle seule annuler toute la procédure. Aussi sa seule préoccupation était de nouer des liens avec son client.

Contre toute attente, ce dernier lança avec un éclair de défi dans le regard :

— De toute façon, vous perdez votre temps. Je n'ai pas l'intention de m'opposer à mon extradition.

— Pourquoi ?

— Parce que je ne commencerai à y réfléchir que si on me dit qui m'a balancé aux flics.

Teddy fixa alors le dossier sur lequel Farraud appuyait ses coudes et ajouta :

— Je sais que le nom de cet enfoiré est là-dedans ! Je veux savoir quel est le fils de…0

— Je ne suis pas ici pour donner des noms ou trouver un accord, coupa Farraud. Je suis là pour vous soustraire à ce qui vous attend. La peine capitale au pire, la prison à vie au mieux !

— Rien d'autre ne m'intéresse pour le moment, rétorqua le jeune homme sans quitter des yeux la chemise cartonnée. Rien d'autre. J'en ai assez d'être baladé. Maintenant je veux qu'on me dise. Je veux qu'on me l'apprenne enfin !

Teddy avait le front rouge de détermination.

Farraud, qui devant Humbert n'avait pas trouvé choquant de révéler au suspect l'identité de son mouchard, était à présent gêné. Il était prêt à tout pour gagner cette affaire et être au sommet de la réussite, mais pas au point de devenir un salaud sans conscience. Lui révéler le nom qu'il demandait allait l'anéantir. Lui-même en le découvrant avait été ébranlé. Il s'éclaircit la voix :

— Ce n'est qu'un banal informateur de la police, dit-il sans conviction.

Teddy serrait toujours les lèvres. Alors il fit le geste d'ouvrir le dossier, mais se ravisa. Il ne voyait pas comment il pouvait le lui apprendre. Il se rejeta contre le dossier de sa chaise :

— Écoutez, mon garçon… commença-t-il.

— Pas de ça avec moi ! Soit vous me le dites soit vous partez ! N'essayez pas de m'entuber vous aussi !

Farraud se massa la nuque. Comment vaincre l'obstination de son client tout en ne dénonçant pas sa compagne ?

— Et lorsque vous le saurez, qu'en ferez-vous de ce nom ?

— Ce sont mes oignons.

— Vous comptez vous venger un jour ?

— Pourquoi pas.

— Avouez que ça serait difficile si l'on vous fait l'injection létale.

— J'attendrai le salopard en enfer !

Farraud baissa les yeux.

— Je ne peux pas, murmura-t-il. Je ne peux pas vous dire qui c'est…

— Pourquoi ?

Farraud s'emporta :

— Parce que c'est impossible ! Im-po-ssible. Vous comprenez ? Je fais ça pour vous ! Pour vous protéger !

Teddy fronça les sourcils et tritura le lobe de son oreille. Il sembla un instant le croire, mais il releva brusquement la tête :

— Gardiens ! appela-t-il. Je veux retourner dans ma cellule !

Les policiers surgirent dans la salle. Farraud se dressa :

— Non, attendez une minute ! Je n'ai pas fini de m'entretenir avec mon client.

Mais le prisonnier insistait de sorte que les agents le détachèrent. Lorsqu'ils furent à la porte, celui-ci lança à Farraud :

— Et je ne suis pas votre client !

L'avocat donna un coup de pied dans sa chaise d'exaspération et cria :

— C'est votre femme ! C'est Lola !... Voilà, vous êtes content ?

Il vit le jeune homme se figer tandis que ses gardiens, qui n'avaient rien remarqué, continuaient d'avancer. Il demeurait étonnamment immobile, les avant-bras collés au corps à cause des menottes. Brusquement il fut secoué par une convulsion qui le fit chanceler. Les policiers se précipitèrent pour le soutenir.

— Ça va pas ? T'es pâle comme la mort ! s'exclama l'un d'eux. (Puis à son collègue :) Fais venir le médecin de permanence, vite !

Teddy le retint par la manche :

— Je n'ai rien. J'ai trébuché, c'est tout.

Il se releva.

— Je veux retourner à ma chaise, dit-il d'une

voix blanche. Il faut que je parle à mon avocat.

Les policiers échangèrent un coup d'œil inquiet. Farraud intervint :

— Faites ce qu'il demande. Je prends la responsabilité de ce qu'il pourrait arriver.

Lorsque son client fut de nouveau assis en face de lui, l'avocat fut saisi par l'expression de son visage. Il avait vieilli d'un coup. Il avait perdu son étonnante jeunesse, ses traits s'étaient durcis. Soudain des larmes apparurent aux coins de ses yeux. Un battement de paupières les fit couler sur ses joues. Il dit dans un murmure :

— Je crois que je l'ai frappée un peu fort la dernière fois…

14

L'avocat parlait en lui mettant sous les yeux un document. Il lui montrait quelque chose, son index pointé sur la feuille. Mais Teddy entendait d'autres mots. « Pensez à Zach » avait dit la journaliste. Comment connaissait-elle le prénom de son fils ? Les policiers ne le lui avaient pas demandé… Il n'y avait qu'une explication possible, elle avait rencontré Lola. Elle avait parlé à Lola, et c'est Lola qui lui avait dit qu'il savait où était caché l'argent des braquages. Ses yeux s'agrandirent démesurément devant l'atroce vérité, son interlocuteur crut qu'il examinait la pièce du dossier :

— Vous avez acquis la nationalité française, martela Farraud, par conséquent vous ne pouvez pas être extradé. La France ne livre pas ses ressortissants à des autorités étrangères exceptés aux États de l'Union européenne.

Teddy hocha lentement la tête. Il était en train de mesurer toute l'étendue de la haine que Lola nourrissait contre lui. Une haine sourde qu'elle avait ravalée sous les coups et étouffée en même temps que ses frustrations, mais qui n'en grandissait pas moins dans le silence. Lorsqu'il l'avait rencontrée elle était semblable aux moineaux du ciel de Paris, un être libre. Elle se posait de-ci de-là, une nuit sur la banquette d'un bar son boa rose autour du cou, un jour devant son éventail de maquillages rêvant tout haut aux artistes qu'elle embellirait. Elle était tombée amoureuse de lui, bernée par ses tatouages d'ex-détenu, pensant, lorsqu'elle les contemplait, qu'elle avait affaire à un être épris de liberté comme elle.

Encouragé par le regard fixe de son client, Farraud expliqua :

— Cette copie de l'extrait de naissance de votre père prouve que vous êtes français par filiation puisque votre père n'était pas naturalisé américain. La carte d'identité française que vous avez obtenue n'est pas un faux comme le soutiennent les services de police.

Teddy hocha vaguement la tête.

— Voilà, poursuivit l'avocat, le moyen de droit que je vais soulever devant la chambre de l'instruction afin d'obtenir l'annulation de la procédure d'extradition.

Mais Teddy ne l'écoutait pas. Il songeait au bonheur qu'il avait connu avec Lola lorsqu'ils habitaient encore la petite chambre de bonne à Belleville. Jusqu'à ce qu'un soir il rentre d'un chantier et qu'elle ne soit pas là à l'attendre. La pièce était froide et humide. De la vaisselle baignait dans l'évier qui leur servait aussi de lavabo. Peu de temps après elle avait surgi dans l'encadrement de la porte avec des yeux effrayants et le visage déformé par la colère :

— Qu'est-ce qu'il y a ?... Qu'est-ce que tu

as ?

— Il y a que je suis enceinte ! Voilà ce que j'ai ! avait-elle crié avant de claquer la porte derrière elle.

Teddy était resté muet de surprise. Il contemplait son ventre.

— Oh ! Ce n'est pas la peine de me regarder comme ça ! De toute façon, je vais le faire passer.

Il s'était alors jeté à ses genoux, avait enlacé sa taille et embrassé son ventre. Il l'avait tant suppliée, lui avait fait tant de promesses qu'elle avait cédé et accepté de garder l'enfant. Le mois suivant ils avaient quitté la chambre de bonne pour emménager dans un studio situé sous les toits, rue Riquet, dans le quartier de la Chapelle.

— Ainsi vous ferez votre peine ici, dans une prison française, où votre femme pourra vous rendre visite, conclut l'avocat avec un large sourire, cherchant à lui communiquer son enthousiasme.

— Ma femme ? articula Teddy en se frottant les yeux.

Farraud fit une moue :

— Oui, je sais à quoi vous pensez. Vous vous dites que si vous êtes dans cette situation c'est à cause d'elle. Mais nous ignorons dans quelles conditions Lola vous a dénoncé. Le procès-verbal d'audition ne le mentionne pas. (Il ajouta après un silence :) Selon moi, elle y a été contrainte par la police. On a exercé des pressions sur elle pour qu'elle vous trahisse.

Teddy croisa son regard. L'avocat non plus n'y croyait pas.

— Ne vous sentez pas obligé, Maître.

— Mais… ce n'est pas le cas ! Je penche pour cette version. Sinon, pourquoi aurait-elle fait une chose pareille ?

Teddy ne répondit pas et Farraud pensa qu'il l'approuvait. Mais le jeune homme songeait à l'argent des vols. Lola était persuadée elle aussi, comme les autres, qu'il savait où il était caché. Elle n'avait jamais cru à ses dénégations. Or la prime de deux cinquante mille de dollars, initialement proposée par les assureurs des banques dévalisées, était toujours offerte à qui livrerait une information à la police permettant de retrouver le butin et de capturer le braqueur en fuite.

Et tandis que son conseil se replongeait dans la lecture du dossier, Teddy tourna la tête vers le vasistas. On ne voyait plus le ciel à travers, c'était la nuit, la vitre reflétait la pièce où il se trouvait prisonnier. Était-il possible qu'elle ne l'ait pas seulement dénoncé, mais également vendu ?

.

À l'aube Lola s'était levée sans faire de bruit. Elle avait réveillé Zach et l'avait habillé. Un cri de l'enfant l'avait fait sursauter dans son lit.

— Qu'est-ce que tu fais ? avait-il demandé dans un bâillement. (Il avait jeté un coup d'œil au radio-réveil) Il est six heures du matin !…

— Rendors-toi ! J'emmène le petit à son vaccin.

— À cette heure-ci ? s'était-il étonné.

Lola s'habillait à son tour. En y resongeant, elle n'était pas comme d'habitude. Elle était nerveuse et elle évitait de le regarder en face.

— Il se fait vacciner à l'hôpital, avait-elle dit. Il

y a toujours une file d'attente à n'en plus finir. Je préfère y aller tôt, comme ça Zach passera le premier.

Il lui avait alors proposé de l'accompagner puisqu'il était réveillé. Elle avait crié : « Non ! » avec un geste brusque du bras. Ça l'avait surpris. Mais Lola avait expliqué que le petit et elle étaient déjà prêts tandis que lui était encore nu. Elle avait ensuite tiré d'un coup sec la fermeture éclair de l'anorak de Zach puis l'avait pris dans ses bras avant de se précipiter à la porte. Elle avait hésité un bref instant avant de l'ouvrir. Teddy était sur le point de lui demander si elle n'avait pas oublié quelque chose, mais elle s'est élancée dans les escaliers. Il s'était alors pelotonné sous les couvertures et s'était rendormi. Une demi-heure plus tard la police enfonçait sa porte.

15

La présidente de la chambre de l'instruction Anne-Marie Demetz avait délibérément choisi une petite salle du tribunal pour l'audience de Teddy Lamar. Elle voulait maintenir hors des murs la centaine de journalistes français et américains qui s'étaient massés dans la salle des pas perdus du palais de justice de Paris. Le procureur Humbert s'était fait remplacer à la dernière minute par son adjoint. Il venait d'avoir un accident de voiture sans gravité sur le périphérique, avait-on dit à Farraud. Ce contretemps n'avait pas troublé Farraud ; il ne s'en faisait pas. D'autant qu'il avait échangé quelques mots avec son remplaçant, un homme terne et fuyant mais complaisant.

Elle entra à petits pas pressés, ses deux assesseurs marchant sur ses talons, le buste raide, les épaules droites, le profil effilé comme une lame. Farraud n'avait jamais plaidé devant cette juge. La première impression qu'elle lui fit en prenant place dans son siège lui donna des sueurs froides :

— Eh bien ! lâcha-t-il. Ça ne va pas être de la

tarte !

— Vous disiez, Maître ? releva la juge.

L'avocat avait oublié l'exiguïté de la salle. Il rougit jusqu'aux oreilles :

— Rien, Madame la Présidente !... J'enlevais un morceau de tarte coincée entre mes dents.

— Et vous parlez tout haut en faisant cela ?

Farraud devint cramoisi sous les rires du public :

— C'est une de mes manies, Madame la Présidente. Je vous prie de m'excuser.

Anne-Marie Demetz eut un vague mouvement de tête pour signifier que l'incident était clos. Puis elle tourna ses poignets pour faire redescendre les manches de sa robe de magistrate.

— Commençons !

Elle récapitula, une feuille à la main, les conditions de l'arrestation de l'accusé et son placement sous écrou extraditionnel à la maison d'arrêt de la Santé. Pendant ce temps, le jeune homme prostré dans le box fouillait des yeux la salle. Il cherchait Lola. Elle n'était pas venue le voir à la prison, elle n'avait pas répondu à ses lettres, ni aux messages téléphoniques que son avocat lui avait laissés sur son répondeur. Teddy avait réfléchi tout au long de ces deux semaines tandis qu'il était enfermé dans sa cellule. Il avait fini par douter des intentions dégueulasses de Lola. Il en était revenu à sa première idée : elle l'avait dénoncé parce qu'il s'était montré brutal avec elle. Il s'en voulait. À présent il pensait que les torts étaient partagés. C'était ce qu'il voulait lui dire. Et aussi qu'ils pourraient se marier. Pour Zach. Son avocat disait que si la demande d'extradition était rejetée, il serait jugé en France et accomplirait sa peine ici. Qu'il ferait vingt-cinq ans de prison au maximum. Huit ans de moins s'il se tenait à carreau... Il sursauta, son avocat le secouait par l'épaule :

— Madame la Présidente vous pose une question ! chuchota-t-il très vite. Arrêtez de penser à Lola ! Elle ne viendra pas. Elle ne reviendra plus jamais !...

Devant le visage de son client qui se décomposait, Farraud décida de répondre à sa place. Il se leva :

— Oui, mon client est bien de nationalité française par filiation légitime comme l'atteste la pièce numéro deux versée au dossier, dit-il avec force.

— Mais au moment des faits qui lui sont reprochés, est-ce que votre client l'était ? interrogea la juge.

— Excusez-moi, Madame la Présidente ? bredouilla Farraud. Je ne comprends pas...

La magistrate lui adressa un sourire ironique. Au contraire il voyait fort bien où elle voulait en venir.

— Je vais formuler ma question autrement, dit-elle néanmoins. Tandis qu'il braquait des banques et tirait sur des clients, était-il alors français ou américain ?

Farraud blêmit, il chercha aussitôt à contrecarrer le raisonnement juridique de la juge.

— Mais... les deux, évidemment ! répondit l'avocat. Il était américain *et* français.

— A-t-il effectué les démarches administratives pour acquérir la double nationalité ?

— Non, Madame la Présidente. Ce n'était pas la peine puisque son père avait la possession d'état et que ce dernier n'était pas naturalisé américain.

Elle se tourna vers l'adjoint du procureur :

— Que dit le ministère public ?

— Que la France ne saurait accueillir toutes les crapules du monde, dit-il en se levant à moitié. Faire droit aux demandes de la défense reviendrait à désavouer l'engagement du gouvernement dans la lutte internationale contre la criminalité.

La présidente hocha brièvement la tête puis délibéra avec ses deux assesseurs à voix basse. Enfin, elle prononça :

— La cour n'est pas de votre avis, Maître. À l'époque des faits reprochés la qualité de citoyen français n'était pas reconnue à votre client. Administrativement, il était un ressortissant américain. En conséquence la cour, se fondant sur l'arrêt *Tannoury* du Conseil d'État du 7 décembre 1990, rejette ce moyen de droit. En avez-vous un autre, Maître ?

Farraud essaya de contester la décision, mais d'un geste de la main Anne-Marie Demetz l'arrêta. Il fut si décontenancé par la brusquerie du jugement qu'il demeura un moment figé, les narines frémissantes et les lèvres serrées. Il ravalait sa colère. Si la cour lui était manifestement hostile et son procureur malveillant, c'était parce qu'ils avaient reçu des consignes, des ordres émanant forcément de la Chancellerie. Il fallait, dans cette affaire, privilégier l'entraide pénale entre la France et les États-Unis. On devait affirmer sa solidarité dans la guerre contre le crime. Un message fort devait être lancé par le biais du cas Lamar : le pays ne saurait être un asile pour les criminels impunis. C'était la raison pour laquelle la présidente se montrait si tranchante et si expéditive. Le sort judiciaire de Teddy était scellé.

Derrière lui, il entendait les mines des stylos des journalistes courir sur les feuilles de leurs blocs-notes. On leur avait interdit l'usage des téléphones portables afin qu'ils ne puissent pas envoyer de textos à leurs rédactions et faire courir des rumeurs, lancer des spéculations avant que la chambre de l'instruction n'ait émis son avis sur l'extradition de son client. Ces bruits furtifs lui donnèrent soudain une idée :

— Nous soulevons un deuxième moyen, Madame la Présidente !

La juge ne manifesta aucune émotion alors que la salle s'agita :

— La cour vous écoute, Maître.

— Nous invoquons la violation de l'article 6-1 de la Convention Européenne des Droits de l'Homme qui stipule que chaque accusé a droit à un procès équitable, clama l'avocat.

La magistrate fit des yeux ronds. Elle ne voyait pas ce que cet article venait faire dans la défense de l'avocat. Elle fronça les sourcils :

— Serait-ce une manœuvre dilatoire, Maître ?

— Si tel était le cas, Madame la Présidente, elle en vaudrait une autre !   rétorqua-t-il.

Ils se fixèrent. Farraud accrocha un sourire narquois à ses lèvres. Il n'était pas dupe, cette audience était une mascarade, le verdict qui allait être rendu serait conforme à la raison d'État. Anne-Marie Demetz lisait ses pensées dans ses yeux, mais préféra afficher le contraire :

— Je ne vous suis pas. En quoi la demande d'extradition porterait atteinte au droit de votre client à avoir un procès équitable. L'Amérique, que je sache, est un état de droit. Son système judiciaire est aussi impartial que le nôtre.

Farraud quitta sa place et s'avança au milieu du prétoire. Il tenait dans les mains des coupures de journaux.

— Si le pays l'est, on ne peut pas en dire autant de tous ses médias, répliqua-t-il. Mon client a fait l'objet de plusieurs dizaines d'émissions télévisées qui le présentaient comme un tueur sanguinaire et un assassin sans scrupule. Il a même été la victime d'une véritable chasse à l'homme à la suite d'un reportage diffusé sur une chaîne nationale à une heure de grande écoute. L'émission s'intitulait : « The Most Wanted »…

Il allait traduire, la juge lui fit signe que c'était inutile.

— Et que dire des journaux américains qui préjugent de sa culpabilité ! poursuivit-il en agitant au-dessus de sa tête les coupures de presse qu'il avait glanées. Il n'y a qu'à prendre ceux du quotidien le plus lu au Texas, *The Dallas Morning news*. Tous surnomment mon client : « Le diabolique de Dallas ». Tous appellent à lui administrer l'injection mortelle.

Anne-Marie Demetz battit l'air de la main pour tempérer ses déclamations.

— Nous avons compris, Maître.

— Je ne crois pas ! rugit Farraud.

Il se bagarrerait jusqu'au bout. Si les juges ne voulaient pas lui donner raison, l'opinion publique, elle, le ferait. Les journalistes présents dans la salle étaient en train de noter fiévreusement ce qu'il disait. Tout à l'heure, ce soir, demain, la France entière se rangerait de son côté après avoir lu leurs articles et écouter leurs reportages. Cette alliée pourrait peser sur la décision des magistrats de la Cour de cassation. Car déjà il comptait faire appel.

— Je ne crois pas ! reprit-il en faisant face à la salle. Les campagnes de presse incessantes influencent les citoyens texans. Or c'est parmi eux qu'on choisira les douze jurés qui décideront de la culpabilité de mon client. On leur posera une question. (Il leva l'index). Une seule et unique question ! Teddy Lamar est-il coupable ? S'ils répondent « oui », la condamnation à mort est automatique !

L'auditoire murmura.

— C'est à la cour que vous devez vous adresser, Maître ! s'exclama la juge. Et je vous prierais de le faire sur un ton moins mélodramatique.

De nouveau, elle délibéra à voix basse avec ses deux assesseurs puis rendit sa décision :

— La cour estime qu'il n'y a pas d'éléments décisifs établissant le déni de justice. Aux États-Unis comme en France, il est d'usage que les médias rendent compte selon leur sensibilité des faits divers. Mais ici comme là-bas lorsque le jury populaire se retire pour délibérer sur la culpabilité d'un accusé, il le fait après avoir écouté les acteurs d'un procès et non ceux d'une émission télévisée, conclut-elle cinglante.

Elle appuya son propos d'un regard pénétrant qu'elle lança à la salle, puis qu'elle posa sur Farraud :

— Avez-vous un autre moyen de droit à faire valoir devant cette cour, Maître ?

L'avocat accusa le coup. Il serra les mâchoires et regagna sa place. Dans le box, Teddy avait la tête dans les mains. Rien de ce qui se passait autour de lui, rien de ce qui se disait sur son compte ne semblait l'intéresser. Il donnait l'impression d'un homme qui acceptait par avance le sort qu'on lui réservait. Cette attitude le desservait, elle lui donnait l'air coupable. Elle nuisait également à Farraud dont la défense faisait l'effet d'une vaine gesticulation. Ce dernier la veille lui avait pourtant dicté le comportement qu'il devait avoir. Se lever chaque fois qu'il le pouvait et protester de son innocence, supplier qu'on ne le renvoie pas au Texas où il était promis à une mort certaine, et surtout s'exprimer. Il fallait que les juges l'entendent parler français. Il le parlait comme si elle était sa langue maternelle avec seulement un accent nasal et traînant. Ainsi il aurait renforcé son argumentation, à savoir qu'il était de nationalité française même s'il n'avait pas rempli et signé les formulaires de l'administration pour l'acquérir officiellement.

Thierry Lamar avait toujours parlé en français à ses enfants, et il exigeait d'eux qu'ils lui répondent dans cette langue. Ils avaient été forcés de l'apprendre. Peut-être que leur père s'imaginait alors qu'ils ne resteraient pas dans ce pays où il avait échoué comme un miséreux après avoir longtemps erré comme matelot dans le Golfe du Mexique ? Qu'un jour il retournerait en France en emmenant ses enfants avec lui ? Ou peut-être que c'était sa façon à lui de les rendre différents des autres, en les obligeant à s'exprimer dans sa langue maternelle afin de pouvoir mieux les contrôler ?

Farraud hésita à poser la main sur l'épaule de son client et à le secouer. La petitesse de la salle et le silence absolu qui y régnait ne lui permettaient pas de l'exhorter à se défendre sans qu'il ne fût entendu par les personnes présentes. Les juges de la cour toussotèrent et remuèrent sur leurs sièges pour faire comprendre à l'avocat qu'ils s'impatientaient. Celui-ci sortit alors la dernière feuille de son dossier de plaidoirie, la feuille qu'il réservait à l'argument de la dernière chance. Il lut ces mots qu'il avait écrits en lettres capitales : « *aut dedere, aut judicare* ». Il passa sa langue sur ses lèvres, prit une longue inspiration avant d'abattre son ultime carte :

— Nous demandons à la cour de substituer à la demande d'extradition un jugement en France, selon le principe : « soit remettre, soit juger ». Ainsi l'accusé sera jugé par la cour d'assises de Paris.

— Ce n'est pas un principe de droit, Maître, mais un adage ! siffla la magistrate.

L'avocat fit mine de ne pas avoir compris et continua en ces termes :

— Les tribunaux français ont une compétence universelle. Ils peuvent juger des délinquants étrangers arrêtés sur le territoire national. Teddy Lamar ne constituerait pas une première, Madame la Présidente.

Il s'empara d'un jeu de feuilles agrafées entre elles qu'il remit à l'huissier.

— Voici la copie de l'arrêt rendu par la cour d'assises de Paris le 24 novembre 1978 où, dans l'affaire dite des *Black Panthers*, des auteurs d'un détournement d'avion dont l'extradition avait été refusée aux États-Unis, ont été jugés et condamnés ici même, dans l'enceinte de ce palais de justice.

Anne-Marie Demetz arracha des mains de l'huissier le document. Elle le parcourut rapidement, mais en réalité elle ne le lisait pas. Farraud remarqua qu'elle n'avait pas mis ses lunettes ce qu'elle faisait toujours jusqu'ici pour lire. Il étouffa un juron.

Comme à son habitude, la juge consulta ses deux assesseurs qui, de toute façon, acquiesçaient de la tête chaque fois qu'elle leur parlait. Au bout de quelques minutes elle tourna son visage vers l'avocat et déclara :

— Après en avoir délibéré, la cour rejette cette requête !

Elle joignit les mains sous son menton et expliqua sa décision davantage à l'intention des journalistes que de l'avocat :

— L'ambassade des États-Unis et le gouverneur du Texas ont donné des assurances au gouvernement français que la peine capitale ne sera pas requise à l'encontre de monsieur Théodore Louis Lamar. En conséquence, il encourt la prison à vie sans possibilité de liberté conditionnelle.

Elle coinça une mèche de cheveux derrière l'oreille puis croisa de nouveau les doigts sous le menton :

— Or, poursuivit-elle, cette peine ne peut être prononcée en France car elle n'existe pas dans le code pénal français. Les crimes pour lesquels est poursuivi Monsieur Lamar sont punis en France d'une peine incompressible maximale de vingt-deux ans. De sorte que la cour rejette ce moyen de droit au motif qu'il n'y a pas entre le code pénal français et le code pénal texan une identité du régime des peines.

— Mais c'est absurde !..., s'exclama Farraud stupéfait. Vous acceptez l'extradition d'un homme parce qu'on vous dit qu'il ne recevra pas l'injection mortelle, et qu'à la place il passera le restant de sa vie derrière les barreaux ! Mais c'est une autre forme de condamnation à mort ! C'est une mort lente derrière les murs d'une prison !...

— Ce n'est pas le juge qui fait les lois mais le législateur, rétorqua sèchement la présidente.

— Je vous en prie, écoutez-moi ! La peine de prison sert à punir le coupable, mais aussi à lui donner le temps et la chance de s'amender et de changer de comportement. S'il a évolué dans sa personnalité, comme ce pourrait être le cas de mon client qui n'a, je vous le rappelle, que vingt-quatre ans, pourquoi le maintenir définitivement derrière les barreaux ? Quel serait l'intérêt de la société ? Quel serait le sien ?

Anne-Marie Demetz répondit d'abord par un regard condescendant, puis prononça :

— Nous sommes à une audience, Maître, pas à une réunion d'un syndicat des avocats. Si vous n'avez aucun autre moyen de droit à soulever, permettez alors à la cour de se retirer pour délibérer sur la demande d'extradition de votre client.

— Je ne vous retiens pas ! Faites donc ! rétorqua-t-il en accompagnant ses mots d'un grand geste du bras.

Il avait envie de pleurer de rage. Il avait été si certain de l'emporter devant les juges. Le procureur Humbert le lui avait assuré. « Ça sera du gâteau ! » avait-il dit en lui serrant la main. À présent, il n'y croyait plus à cette histoire d'accident de voiture sur le périphérique. Ce fumier s'était défaussé sur son adjoint qui n'était là que pour réciter sa réplique. Il ne se faisait même plus d'illusions sur ses chances d'obtenir l'annulation de l'extradition devant la Cour de cassation. Celle-ci se soumettra également à la raison d'État et sacrifiera le jeune homme. Il se rassit sur son banc ; il était aussi abattu que son client.

Après s'être absentés un petit quart d'heure de la salle, les trois juges revinrent prendre place. Anne-Marie Demetz chaussa ses lunettes et lut la décision suivante :

— Après en avoir délibéré, la cour émet un avis favorable à la demande d'extradition de Théodore Louis Lamar formulée par les États-Unis. Il sera remis aux autorités du comté de Dallas, état du Texas, dans les plus brefs délais. L'audience est levée !

Aussitôt la salle se vida dans un énorme chahut : les journalistes se bousculèrent aux portes et le public commenta à voix forte le verdict. Deux personnes restèrent prostrées sur leurs bancs, Farraud et son client.

16

La dernière fois que Farraud avait fait une valise c'était il y a trois ans pour aller au Havre. Il s'y était rendu pour enterrer sa mère et vider la petite maison en briques rouges au toit d'ardoises qu'elle avait occupée pendant un quart de siècle.

Il n'était pas parvenu ce jour-là, comme aujourd'hui, à la remplir. La valise était restée ouverte sur un coin du lit avec des piles de chemises, des tas de chaussettes, un amas de pulls et de caleçons de chaque côté du couvercle. Au Havre il avait prévu d'y rester une semaine et comme il était en deuil, il n'avait sorti des tiroirs et décroché des cintres que des vêtements noirs. Mais à Dallas il ignorait combien de temps il séjournerait et quels habits emporter.

L'avocate américaine qu'il avait eue au téléphone, sa correspondante pour le procès, lui avait dit qu'en juin il faisait très chaud mais que ça dépendait des années. L'année dernière par exemple ils avaient eu un été pourri, pluvieux et venteux, avec des températures qui ne dépassaient pas les vingt degrés. Et devant son embarras, elle avait éclaté de rire, lui rappelant qu'il venait dans un état qui est le plus grand producteur de coton des États-Unis et, qu'en cas de nécessité, il trouverait bien sur place de quoi s'habiller selon le temps. Elle avait un rire communicatif. Elle s'appelait Alicia Ortiz.

Cependant il tenait à emmener des affaires qu'il avait l'habitude de porter. Il ne se sentait bien que dans des costumes qu'il avait mis des dizaines de fois, des chemises dont il avait assoupli le col, des jeans qu'il avait usés, des pulls qu'il avait distendus. C'était pareil avec les chaussettes et les chaussures, il ne les aimait pas neuves. Anne, son ex-femme, disait que c'était une question de confiance en soi, que son attachement pour le linge déjà porté le rassurait.

Qui rassure Teddy en ce moment ? se demanda-t-il en se dirigeant dans la salle de bain. Alors qu'il passe sa dernière nuit dans une prison française, à qui confie-t-il sa peur ? Lola n'était jamais réapparue durant les quatre mois de procédures d'appel menées devant la Cour de cassation pour empêcher l'extradition de son compagnon. Leur studio de la rue Riquet était fermé et le courrier s'entassait dans la boîte à lettres. Personne dans l'immeuble ne les avait revus, elle et le petit, et aucune de ses connaissances n'avait eu de leurs nouvelles. Teddy réalisa alors qu'il savait peu de chose d'elle. Qu'elle était née dans le sud de la France, qu'elle avait sa famille là-bas, qu'elle était arrivée à Paris avec une amie, à leur majorité, pour devenir des maquilleuses de studio.

— Et c'est tout ? s'était écrié son avocat.

Le jeune homme avait haussé les épaules en

guise de réponse. Qu'est-ce que ça pouvait faire à l'époque de savoir qui elle était, d'où elle venait, quel avait été son passé ?

Farraud revint avec son nécessaire de toilette et le rangea dans un compartiment de sa valise. À partir de là, il la remplit avec les affaires qu'il avait disposées sur le lit, sans hésitation ni questions. À la pensée que son client se trouvait seul dans la nuit de sa cellule à attendre l'heure où les gardiens viendront le chercher pour le conduire à l'aéroport, il eut honte de ses petites manies qui le faisaient tergiverser devant des tiroirs et des placards ouverts.

Lui aussi avait peur. Il allait accompagner un prisonnier dans son pays et aider son avocate à empêcher qu'il ne soit exécuté. Il ne savait rien du Texas, ni du système judiciaire américain, ni comment on plaide l'immoralité de la peine de mort. Le code pénal avec lequel il se battait dans les prétoires ne prévoit pas ce châtiment. Il n'avait jamais eu la responsabilité de devoir défendre la vie d'un homme. Il songea à sa consœur de Dallas, Alicia Ortiz. Prenait-elle ce dossier par conviction ou bien seulement parce qu'elle avait été commise d'office comme lui ? Il s'arrêta tout à coup de dépendre un pantalon et resta un moment les yeux dans le vide. Comment allaient-ils faire pour bâtir une défense commune ?

Le système judiciaire des deux pays interdisait à Farraud de prendre la parole dans un tribunal américain. Il devait agir de concert, selon l'expression, avec un membre du barreau du comté de Dallas qui seul est habilité à plaider devant un jury. Maître Alicia Ortiz, avocate postulante dans cette affaire, était la véritable représentante de

Teddy à présent, et Farraud son assistant.

Il enferma son pantalon dans une housse.

Rien ne l'obligeait à accompagner Teddy au Texas. Sa mission s'était achevée à compter du moment où le jeune homme avait épuisé toutes les voies de recours pour demeurer en France. Ce n'était pas non plus le sentiment du devoir qui lui dictait d'entreprendre ce voyage qu'Anne avait qualifié d'absurde et d'insensé.

Il sourit en se souvenant de l'expression du visage de son ex-femme lorsqu'il lui avait annoncé sa décision d'accompagner Teddy au Texas. D'abord Anne avait cru qu'il lui demandait de réserver pour lui les billets d'avion parce qu'il n'avait pas de quoi les payer et qu'il n'osait pas directement la taper. Elle s'était aussitôt emparée de la souris de son ordinateur et l'avait interrogé sur les dates.

— Pour le retour, je ne sais pas.

Elle avait levé sur lui des yeux interrogateurs. Il lui avait alors expliqué qu'il faisait plus que faire un aller-retour aux États-Unis : il continuerait à y défendre son client.

— Là-bas ?... En anglais ? s'était-elle exclamée.

— Tu oublies que j'ai fait l'université de Cambridge.

— Mais elle se trouve en Angleterre ! C'était il y a quinze ans !... Et tu n'y es resté qu'un an !...

— Quinze mois, rectifia-t-il, vexé. J'avais des dispositions pour cette langue. Ça reviendra vite.

C'est à ce moment-là qu'elle avait mis son index sur sa tempe et dit :

— Mais c'est absurde ! C'est insensé !... Qui

va s'occuper du cabinet durant ton absence ?

— J'ai transmis les affaires en cours à des confrères. S'il y a un problème, ils s'adresseront à toi. Si tu le veux bien, avait-il ajouté.

Anne était avocate également. Elle avait répété sans enlever son doigt de sa tempe :

— C'est insensé, cette histoire !... Qui va payer les frais du voyage, du séjour, du… ?

— Moi. J'ai emprunté à droite et à gauche.

— Pourquoi une telle folie, Franck ?

Que lui répondre ? Qu'il s'était fait piéger par le procureur général ? Après son échec devant la chambre de l'instruction, il avait essayé de le voir des dizaines de fois pour lui demander des explications. Mais on lui répondait qu'Humbert était soit en réunion, soit en audition, toujours occupé, jamais visible. Il le reçut enfin, entre deux portes, lorsque le pourvoi en cassation fut rejeté.

— Vous m'avez refilé un dossier flambé d'avance !

— Pas du tout. C'est vous qui l'avez perdu.

Il s'était retenu de ne pas lui flanquer son poing dans la figure.

— Vous m'avez joué un sale tour. Je veux savoir pourquoi !

Son ton déplut au procureur :

— Faites attention, Farraud. Vos insinuations peuvent vous coûter cher.

— Je n'insinue pas, j'affirme. Maintenant, dites-moi pourquoi vous m'avez fait ça. Aujourd'hui je suis traîné dans la boue par les médias qui me mettent déjà la mort de Teddy Lamar sur le dos et traité comme un pestiféré par mes confrères qui pensent que je suis la honte du barreau à cause de vous !

Son nez touchait presque celui du magistrat. Ce dernier sortit un mouchoir et donna l'impression d'essuyer des postillons sur son visage. Farraud, humilié, bouillait.

— Il vous reste une chance de vous rattraper, avait-il dit alors. Accompagnez votre client au Texas et sauver sa tête. Vous reviendrez comme César en vainqueur.

— Si ce n'est qu'on n'est pas dans un péplum, Monsieur le Procureur ! On est dans la vraie vie où j'ai perdu ma réputation et ma crédibilité.

Humbert avait alors plongé ses yeux dans les siens et avait répliqué d'une voix sourde :

— Vous les perdrez totalement si vous n'y allez pas. J'y veillerai personnellement, Farraud.

Ce dernier fut déconcerté par la menace. Il recula, incrédule. Il entrevoyait soudain que « l'affaire Lamar » n'était pas un mauvais coup qu'on lui avait fait pour se venger. À un moment il avait pensé à la revanche d'un substitut du parquet, Brice Lefort, contre lequel il avait gagné pas mal de dossiers. En réalité, c'était une machination qui allait au-delà d'une affaire d'ego. Quel en était le but ? Le ridiculiser ? C'était déjà fait. Le déposséder de quelque chose ? Il n'avait rien. L'évincer ? Il ne briguait aucun poste, aucune place. Alors ?

— Qui est derrière tout ça ? demanda-t-il brusquement.

— Je ne comprends pas.

— Vous n'avez pas monté cette combine dans votre propre intérêt. Je ne vous ai rien fait. Qui tire les ficelles ?

— Vous allez trop loin, Farraud.

Ce qu'il ne comprenait pas c'était pourquoi on tenait à ce qu'il parte aux États-Unis. Pourquoi chercher à l'éloigner de Paris ? Hormis coucher avec la femme d'un autre, il ne faisait rien qui pût gêner qui que ce soit. Cela dépassait l'entendement. Il était sur le point de le dire à son interlocuteur, mais celui-ci, qui avait posé la main sur la poignée de la porte de son bureau, lança :

— Je ne parle pas en l'air, Farraud. Vous irez au Texas. Vous défendrez ce criminel. À défaut, je ferai en sorte que vous soyez radié de l'Ordre. Vous serez un homme fini.

Il était procureur général. La loi lui donnait le pouvoir de mettre à exécution sa menace.

— Vous entendez ? Un homme fini !

Il souligna son propos par un geste de la main qui trancha l'air puis rentra dans son bureau dont il claqua la porte.

Farraud resta un long moment dans le couloir, le dos appuyé contre le mur. Sonné, il cherchait à deviner entre les mains de qui il était le jouet. Ensuite, il se laissa glisser jusqu'à terre présageant cette fois les conséquences d'un second échec aux États-Unis :

— Je suis dans la merde jusqu'au cou !

S'il perdait l'affaire il serait rejeté définitivement par ses confrères du barreau. Et plus aucun client, même ceux des permanences pénales, ne voudrait de lui comme défenseur parce que l'odeur de la mort, celle de Teddy Lamar, l'accompagnerait partout. Il eut un ricanement amer. Ainsi aucune autre issue ne s'offrait à lui : il devait sauver cette petite crapule qui avait servi d'appât au piège qu'on lui avait tendu. Il dit à voix haute :

— Si on l'exécute, je suis un homme mort !

Anne répéta avec véhémence :
— Pourquoi cette folie, Franck ?
Il se força à sourire :
— Pour l'honneur de la robe.
— Tu parles ! Tu n'y as jamais cru à ces choses-là !

17

Le prisonnier avait été amené à midi à l'aéroport Roissy-Charles de Gaulle escorté par quatre gardes lourdement armés. On l'avait maintenu dans une pièce où ont lieu habituellement les fouilles corporelles des passagers. On l'avait menotté au tuyau d'une canalisation.

Son avocat n'avait pas été admis à attendre l'embarquement dans la même pièce que lui. On lui avait interdit tout contact avec son client. Il devait rester dans la salle d'embarquement avec les autres passagers qui prenaient le vol Paris-Dallas de 20 h 45 de la compagnie American Airlines. Le vol durerait 10 h 40.

La salle d'embarquement était pleine, mais la plupart des personnes restaient debout, tournant autour des sièges. Elles se préparaient à rester assises à peu près la moitié d'une journée. Presque tous parlaient anglais. Farraud s'était installé au bout d'une banquette, face aux baies vitrées qui donnaient sur le tarmac. Des avions manœuvraient lentement dans le soir, tournant leurs becs vers leurs pistes d'envol. Dans le ciel une masse sombre venue de l'ouest avalait une à une les étoiles et engloutissait la nuit bleue du firmament. Demain il pleuvrait sur Paris.

Il avait enregistré ses bagages. Il n'avait gardé avec lui que sa serviette et un petit sac à dos. Il roulait dans ses mains *L'Équipe*. Il n'avait pas voulu prendre d'autres journaux, ils parlaient tous de Teddy avec des gros titres et son portrait placardé à la Une. L'extradé allait monter dans l'avion le premier, une demi-heure avant les autres passagers. On l'installerait au fond de l'appareil, dans l'un des derniers sièges, où on l'entraverait au poignet d'un policier. Un autre se placerait derrière lui. On avait refusé à Farraud qu'il se mette à proximité du prisonnier pour la sécurité des passagers. Il n'avait pu réserver qu'une place en première classe et ne pourrait apercevoir son client qu'en se rendant aux toilettes.

Ça faisait un moment qu'il se sentait gêné par le regard insistant d'une femme aux cheveux blonds courts, coiffés avec du gel, et aux lèvres carmin. Quand il regardait dans sa direction elle lui souriait aussitôt avec une amabilité exagérée. Il était sûr de ne l'avoir jamais vue.

À côté d'elle était assis un homme brun, barbu, avec une calvitie précoce qui laissait voir un front luisant. Il portait en bandoulière un gros sac noir qu'il ne cessait d'ouvrir afin de manipuler à l'intérieur des objets qu'il ne sortait pas, puis de le refermer. De temps en temps, il donnait un coup de coude à sa voisine qui posait alors les yeux sur l'objet dissimulé dans le sac. Ils échangeaient quelques mots puis la jeune femme se remettait à fixer

Farraud.

Il en eut assez de cet examen, il se leva. Il alla à un distributeur de boissons, mais s'aperçut qu'il n'avait pas la monnaie pour un café.

— Vous permettez ?

Il sursauta. L'inconnue avait surgi dans son dos sans bruit et glissait une pièce dans la fente. Elle appuya sur un bouton. Tandis que le gobelet se remplissait, elle se présenta :

— Audrey Lartigue, reporter à Paris Match. Je couvre l'affaire Teddy Lamar à Dallas.

Elle souleva le couvercle en plexiglas et sortit le gobelet qu'elle lui tendit :

— Et vous vous êtes Franck Farraud, l'avocat de Teddy ! Tenez !

Il secoua la tête.

— Pourquoi non ? s'étonna-t-elle.

— Je n'aime pas le café sucré.

Il s'éloigna de quelques pas, se retourna :

— Et je n'aime pas les journalistes non plus !

Il voulut retourner à sa place, mais elle était prise. La journaliste le collait, il montra son exaspération :

— Vous auriez tort de m'envoyer balader, Maître. Je pourrais vous être très utile !

— C'est ce que vous dites tous sur le moment, rétorqua-t-il. Mais lorsqu'ensuite on lit vos articles, on s'aperçoit du contraire.

— Je travaille sur l'affaire depuis l'arrestation de votre client, poursuivit-elle en lui barrant le chemin.

— Moi aussi.

— J'ai lu tous les articles de presse qui ont paru, j'ai visionné tous les reportages et toutes les émissions qui ont été faites sur le sujet et j'ai épluché tous les dossiers auxquels j'ai pu accéder. J'ai même traqué toutes les vidéos postées sur Internet...

— Vous avez fait votre job, je vous félicite ! railla Farraud en la contournant.

— ... Et j'ai découvert un élément que vous n'avez pas ! conclut-elle. Un élément qui pourrait disculper votre client.

Il s'arrêta net mais ne tourna que son profil.

— Comment savez-vous que je ne l'ai pas ?

Elle rit :

— Parce que vous l'auriez déjà utilisé devant les tribunaux français ! Vous ne seriez pas là avec votre petit cartable d'avocat sous le bras à vous demander ce que vous pourriez bien dire au sheriff de la ville pour qu'il ne pende pas haut et court votre client.

Il pivota sur ses talons, le regard orageux :

— Je ne trouve pas ça drôle !

Elle avança vers lui :

— Mon intention était de vous convaincre, pas de vous faire rire.

— Je ne le suis toujours pas, convaincu. Vous bluffez !

Elle sourit avec une lueur malicieuse dans les yeux :

— Si vous ne me croyez pas, interrogez Teddy. Il vous dira, lui, si je mens.

— Comment l'avez-vous rencontré ? J'avais interdit les visites des journalistes à la maison d'arrêt.

— Oh ! dit-elle en accompagnant son exclamation d'un geste de la main. Ce serait trop long à vous raconter !

— Donnez-moi que le chapeau !

À son sarcasme, elle répondit par une moue amusée :

— On me l'a déjà faite, Maître.

Elle tira ensuite de sa poche une carte de visite.

— Je ne veux pas vos coordonnées, dit-il méfiant.

— Ce ne sont pas les miennes. Je ne suis pas aussi rapide que ça, railla-t-elle. C'est la carte de l'hôtel où je descendrai à Dallas. Vous pouvez me déranger à n'importe quelle heure du jour et de la nuit.

— Vous semblez sûre de vous !

Elle glissa la carte dans la poche de poitrine de la veste de Farraud.

— Je le suis. Si vous arrivez à m'obtenir une interview exclusive de Teddy dans sa prison américaine, je vous donne en échange un élément qui pourrait sauver votre client.

Farraud mordillait sa lèvre. L'aplomb de la journaliste l'ébranlait. Et si elle ne bluffait pas ? Les journalistes sont comme les détectives privés, ils vont sur des pistes que ni un avocat ni un enquêteur ne songeraient à emprunter. Il passa la main dans ses cheveux et, d'une voix plus adoucie, dit :

— Je vous ferais remarquer qu'à Dallas, ce ne sera pas moi l'avocat de Lamar. Je ne serai qu'un assistant dans l'affaire.

— Oui, je le sais. Son défenseur est Maître Alicia Ortiz. J'ai essayé de prendre contact avec elle, mais elle refuse de me répondre.

Il esquissa un petit sourire qui vexa la journaliste.

— Elle est comme vous. Elle m'évite parce qu'elle ne sait rien encore de ce que je sais. Quand vous apprendrez la bombe que je détiens, vous changerez tous deux d'avis à mon sujet !

Elle allait s'éloigner, mais se ravisa :

— J'espère que vous avez pensé à apporter un présent de Paris à votre consœur texane, lança-t-elle en riant. Je vois que vous n'avez pas de sac de boutique à la main. Là-bas, les Français ont la réputation d'être radins.

Farraud se gratta la joue :

— Eh bien… Je me rendais justement dans un duty free quand vous m'avez abordé.

Elle ne fut pas dupe de son mensonge et le montra. Il demanda :

— Hum !... Qu'est-ce que vous aimeriez qu'un homme que vous ne connaissez pas vous offre ?

Elle rit.

— Prenez un classique. Un parfum de luxe, un foulard griffé…

Elle suspendit brusquement sa phrase et écarquilla les yeux avant d'appeler :

— Thomas !... Il arrive ! Le voilà !

L'homme barbu, qui fourrageait encore dans son sac, jaillit de son siège et accourut avec un appareil photo entre les mains. Il mitrailla Teddy qui traversait à ce moment-là la salle d'attente, menotté et encadré par des policiers. Farraud tenta de s'interposer en agitant les mains devant l'objectif. Il criait :

— Salaud ! Salaud !... Arrêtez ! Vous n'avez pas le droit !

Mais l'un des policiers de l'escorte le poussa rudement sur le côté de sorte que son client atteignit les portes d'embarquement sous les flashs du photographe et sous les regards médusés des passagers du vol Paris-Dallas.

18

Soudain elle apparut à l'horizon. D'abord avec des formes imprécises que tordaient la température élevée et la pollution atmosphérique. Puis émergèrent peu à peu des silhouettes de verre et d'acier qui se dilataient et ondulaient tandis que l'avion s'approchait d'elles. Dallas surgit enfin de l'autre côté des hublots semblable à une grande forêt de buildings.

Ce fut le moment que choisit Farraud pour se lever de son siège. Une hôtesse de l'air l'interpella, mais il remonta à grandes enjambées la travée faisant mine de se rendre aux toilettes. Il cherchala à croiser le regard de Teddy pour le rassurer, pour lui adresser un dernier signe de réconfort car, arrivés à l'aéroport, ils allaient être séparés pour plusieurs jours. Mais le jeune homme regardait par le hublot.

À sa hauteur, Farraud marqua le pas et toussa. Le prisonnier ne tourna pas la tête vers lui. Même lorsque l'hôtesse de l'air, qui s'était élancée à la suite de Farraud lui enjoignit de regagner son siège et que celui-ci résista en expliquant qu'il avait un besoin urgent, son client ne fit aucun mouvement dans sa direction.

Il retourna à sa place la gorge serrée. Il avait deviné la terreur de Teddy à son attitude figée, comme si la vue de la ville l'avait pétrifié.

Sur un signe des policiers, les hôtesses de l'air firent d'abord débarquer les passagers. Farraud s'attarda le plus longtemps possible entre les sièges espérant voir passer Teddy.

— S'il vous plaît, Monsieur ! lui lança un steward en lui indiquant de la main la sortie.

Il était inutile de ruser, le commandant de bord attendait que tous les passagers fussent descendus de l'avion pour autoriser la montée des policiers texans et du représentant du consulat de France. La remise du prisonnier aux officiers de police américains se ferait dans l'appareil. La navette, qui n'attendait plus que lui pour conduire les passagers du vol jusqu'au terminal, le klaxonna. Son conducteur trouvait qu'il était long à descendre.

— *Com'on* ! cria ce dernier à travers les portes ouvertes du bus.

Il finit par obtempérer. À peine s'étaient-elles refermées sur Farraud, qu'une voiture de police arriva sirène hurlante au pied de l'avion. Il n'eut que le temps d'apercevoir par la vitre arrière de la navette quatre hommes en descendre, deux en uniforme et deux en costumes sombres.

L'aéroport n'est distant du centre-ville que de trente-trois kilomètres. Aussi Farraud se retrouva sous le soleil haut de midi dans la rue de son hôtel. Il faisait très chaud, mais jusqu'ici il n'avait pas été incommodé par la chaleur. L'aéroport ainsi que le van-taxi dans lequel il était monté étaient climatisés.

En revanche l'hôtel où il avait retenu une chambre ne l'était pas. Il suffoqua dès qu'il y pénétra. L'air étouffant du hall était brassé paresseusement par d'énormes ventilateurs accrochés au plafond.

L'hôtel était situé au bout de Taylor Street dont il portait le nom, face à un échangeur où se croisaient une autoroute et des voies rapides. Le bruit du trafic était infernal. Il l'avait choisi sur Internet parce que, de tous ceux qui étaient proches du centre-ville, il était au prix abordable de soixante-neuf dollars la chambre. Il ne connaissait pas la ville, il n'allait pas se risquer à en chercher un autre, climatisé et calme. Il commençait à défaillir quand il aperçut sur la droite, derrière une grande plante en plastique, une fontaine d'eau. Il lâcha ses bagages et se rua sur elle. Au même moment un jeune homme noir, qu'il n'avait pas vu, jaillit de derrière le comptoir en bâillant et l'air ahuri. L'employé était en train de somnoler.

Farraud but plusieurs gobelets d'eau avant d'en verser dans sa main et de se mouiller les cheveux et la nuque. Il garda ensuite les yeux mi-clos, adossé contre le mur. Au-dessus de sa tête les hélices des ventilateurs bourdonnaient, avec une régularité métronomique, et l'engourdissaient insensiblement.

C'est alors que son téléphone vibra dans sa poche. L'écran affichait le nom de Vicky. Il hésita à décrocher suspendant son pouce au-dessus de la touche. La dernière fois qu'il avait eu de ses nouvelles c'était le jour où ils avaient fait l'amour dans la bibliothèque, juste avant qu'il ne rencontre Teddy au commissariat pour la première fois. Près de cinq mois s'étaient écoulés. Elle n'avait jamais depuis répondu à ses appels ni rouvert sa porte. Il avait mis ce silence sur le compte de Vettel à qui le majordome avait cafté l'infidélité de sa femme. Au début il avait ressenti un vide, une absence physique d'elle qui le poussait à rôder la nuit autour de l'hôtel particulier de l'île Saint-Louis. Il avait si mal qu'il se retenait pour ne pas hurler sous ses fenêtres. Puis son dossier et les inextricables voies de procédure l'avaient si bien accaparé qu'une nuit son image, son envie d'elle ne l'avaient plus réveillé. Plus tard un matin, il avait aperçu sa voiture filer sur le boulevard Saint-Germain et il avait précipitamment tourné son visage vers la vitrine d'un magasin. Vicky ne lui manquait plus.

Il n'aurait pas répondu sans le regard fixé sur lui de l'employé de l'hôtel.

— Allô ?

Elle parla en chuchotant ce qui augmenta son exaspération. Il faisait trop chaud pour des simagrées.

— Allô !... Articule ! Je suis aux États-Unis !

— Je sais. On ne parle que de toi aux infos.

Il y eut un blanc. Farraud pensa que le réseau était mauvais, mais c'était Vicky qui hésitait à poursuivre.

— Allô ?! Tu m'entends ?...

— Oui je t'entends, Franck… Voilà, je veux que tu le saches, dit-elle la voix embarrassée. Avant je ne pouvais pas, tu comprends ?... te l'apprendre. Il me l'a interdit. Il a menacé de divorcer. De me jeter à la rue comme une poule…

— Je ne comprends rien !... savoir quoi ?

— C'était bien nous deux, non ?

— Accouche ! cria-t-il, impitoyable.

Alors elle répondit sur un ton sec :

— C'est Jean-François qui a fait en sorte que tu aies l'affaire de ce jeune Américain. Il savait que le Quai d'Orsay et la Chancellerie exigeaient son extradition et qu'aucun juge ne s'y opposerait.

— Continue.

— Éric... Éric Humbert est un ami de Jean-François. Il t'a fait croire que tu avais une chance de gagner l'affaire. Ils se sont dit qu'un ambitieux comme toi...

— Dis plutôt, un loser ?

— ... Allait se jeter dessus sans se poser de questions.

Farraud rit, d'un rire amer.

— Et quel est le but de ce traquenard ?

— Jean-François veut que tu perdes tout ce que tu as. Ta réputation d'avocat, ton cabinet...

— ... Il veut ma mort, si je comprends bien. Et l'Amérique sera mon cimetière.

— ... Que tu me perdes aussi, ajouta-t-elle.

Il y eut de nouveau un silence puis elle confessa :

— Des photos de nous deux circulent... Il y a même une vidéo où on est... Enfin, tu te souviens, sous un escalier. Il a cherché à étouffer l'affaire au plus vite et faire cesser les rumeurs en t'éloignant de Paris. Tu sais Franck, on n'a pas été assez prudents, dit-elle sur un ton de reproche.

Il ricana pour toute réponse.

— Il ne faut pas m'en vouloir, Franck. Je suis comme ce pauvre garçon qui va être exécuté, une victime dans cette histoire !

— La plus à plaindre des deux !... Et depuis quand tu as découvert le pot aux roses ?

— Le jour où je t'ai vu pour la dernière fois.

Il ouvrit la bouche pour l'insulter, mais il préféra raccrocher. Vicky n'essaya pas de le rappeler ensuite. La prochaine fois qu'il rencontrerait Vettel c'était sûr, il lui casserait la gueule.

Il se dirigea dans le hall pour reprendre ses bagages. Ils avaient disparu ! Il était sur le point de crier au voleur quand il aperçut le réceptionniste en haut de l'escalier qui les avait en main et qui l'attendait, raide et avec un petit air affecté.

La chambre 44 de l'hôtel Taylor était située au bout d'un couloir fraîchement repeint à la laque marron foncé. L'air surchauffé, chargé de glycérol et d'acide phtalique, brassé par des ventilateurs poussifs, était irrespirable. L'avocat plaqua sa main sur sa bouche tandis que son visage se congestionnait. À peine l'employé avait-il entrouvert la porte de la chambre qu'il se précipita à l'intérieur, pensant y trouver une atmosphère supportable. Un vacarme de camions, de voitures et de klaxons l'accueillit. Les fenêtres de la chambre étaient grandes ouvertes sur l'échangeur de North Central dont il apercevait le réseau inextricable des voies routières. L'employé referma imperturbablement les fenêtres à double vitrage pendant que Farraud se laissait tomber sur le bord du lit. Le calme qu'il goûtait était relatif car au-dessus de lui vrombissaient les hélices d'un énorme ventilateur vert épinard.

— Les chambres ne sont pas équipées de bar, dit le réceptionniste en joignant les mains dans le dos et en redressant le buste. Voulez-vous que je vous monte une bière ou un soda, Monsieur ?

— Oui ! Une bière, s'il vous plaît !

Le jeune homme revint la minute d'après, sans plateau, sans verre, une bouteille de bière humide à la main. Farraud la lui arracha des mains, la fit d'abord rouler sur son front avant de dévisser le bouchon et de la vider aux trois quarts sans reprendre sa respiration.

— Je m'appelle Luther, Monsieur, dit l'employé en replaçant ses mains dans le dos et avec un ton cérémonieux. Il copiait le maintien des grooms des grands hôtels. Si Monsieur a besoin de quelque chose, Monsieur n'a qu'à appeler la réception. Je viendrai aussitôt.

Tant de manières amusèrent Farraud. Le garçon, sans livrée, en tee-shirt, jean et baskets tentait de donner du standing à cet hôtel de seconde classe. Il joua le jeu en le complimentant sur la chambre. Il lui tendit ensuite un billet d'un dollar de pourboire. L'autre s'inclina légèrement pour le prendre. C'est alors que l'avocat se souvint de la remarque de la journaliste sur la réputation de pingrerie des Français aux États-Unis. Il ajouta un second billet d'un dollar dans la main de Luther qui se pencha avec la même sobriété, puis se retira avec discrétion.

Farraud finit sa bière qu'il trouva délicieuse. Il retint la marque : Lone Star, comme l'étoile solitaire posée sur le drapeau texan, comme le surnom aussi donné à la ville de Dallas. Ensuite il essaya de joindre sa consœur Alicia Ortiz. Son bureau ne répondait pas, son téléphone portable était branché sur son répondeur. Il laissa un message, il aimerait la rencontrer aujourd'hui si elle avait un moment de libre, il ne bougerait pas de son hôtel, il attendait son appel.

Après avoir pris une douche froide, il s'allongea nu sur le lit, les bras en croix et les jambes écartées. Il avait coupé le ventilateur. Tout était silencieux dans l'hôtel, hormis le bruit assourdi du trafic des voitures sur les voies express et les bourdonnements des aérateurs. Insensiblement, ses yeux se fermèrent.

Le soir tombait lorsqu'il se réveilla. Il se jeta sur son portable, sa consœur avait appelé. Elle disait qu'elle passerait à son hôtel le voir : il était alors 19h50.

— Merde !... Merde et merde !...

Il décrocha le téléphone de l'hôtel.

— Luther, c'est vous ? C'est la chambre 44…Oui, je me suis bien reposé, merci !… Dites-moi, est-ce qu'une personne est venue pour moi à la réception ou aurait laissé un message ?

Il écoutait la réponse de Luther quand soudain la porte s'ouvrit largement. Une femme brune apparut sur le seuil. Farraud lâcha aussitôt le combiné et se rua sur le lit dont il arracha le drap pour s'en envelopper. Sa visiteuse entra en s'excusant, le réceptionniste lui avait dit qu'elle pouvait monter. Elle souriait de le voir rougir jusqu'aux oreilles et s'enrouler dans son drap comme une nymphe émue.

— Je suis Alicia Ortiz. J'attendais dans le hall depuis une demi-heure…

— Vous attendiez ! s'écria Farraud.

— Oui, dit-elle sans cesser de sourire. J'attendais que vous vous réveilliez. Apparemment Luther croit que dans les grands hôtels un client qui se repose n'a pas à être dérangé par un avocat.

Certainement pas par un avocat.

Il bredouilla des excuses, l'invita à s'asseoir dans l'unique siège de la pièce, demanda quelques instants pour s'habiller… Elle agita la main :

— Prenez votre temps, dit-elle. Je vais vous attendre au *Angry Dog*. C'est un petit restaurant qui se trouve un peu plus haut sur la droite, dans Commerce Street. Vous ne pouvez pas le manquer, il y a toujours du monde devant.

Elle allait refermer la porte, mais repassa la tête :

— Oh ! dit-elle. N'oubliez pas votre dossier. Il faut s'y mettre dès ce soir. Le procès de Teddy Lamar s'ouvre dans quatre semaines.

Un quart d'heure après, Farraud était dans le hall. Il s'apprêtait à engueuler Luther, mais son téléphone vibra :

— Vous, j'aurais deux mots à vous dire plus tard ! lança-t-il l'index pointé sur lui.

Il décrocha, c'était Audrey Lartigue :

— Comment avez-vous eu mon numéro ?

— Peu importe ! Ce serait trop long à raconter, répondit-elle cavalièrement. Alors, avez-vous parlé de notre *deal* à Maître Ortiz ?

— Vous ne lâchez jamais, vous ! dit-il avec humeur.

— C'est un des nombreux points communs que les journalistes ont avec les avocats. Eh bien ? insista-t-elle.

— Eh bien, merde !… Je n'ai pas encore discuté de vous avec mon client. Je ne sais donc pas si vous êtes fiable.

— Je le suis.

— Au revoir !

Il allait raccrocher quand il l'entendit s'écrier :

— Attendez !...

— Quoi encore ?

— Que faites-vous ce soir ?

— Je dîne à l'extérieur.

Il y eut un petit silence, puis elle siffla d'admiration :

— Chapeau ! On peut dire que vous ne perdez pas votre temps, vous !

— Je ne comprends pas.

— À d'autres !... Vous dînez avec Alicia Ortiz !

Comme il ne répondait pas, elle se moqua :

— J'espère que le souvenir de Paris, que vous ne lui avez pas acheté, va lui plaire !

Farraud lâcha un nouveau juron. Audrey Lartigue ne s'en offusqua pas. Elle lui souhaita une bonne soirée et promis de le rappeler bientôt. Elle ne lui laissa pas le temps de répliquer.

19

Le *Angry dog*, sur Commerce Street, avait disposé quelques tables hautes sans tabourets sur le trottoir. Des clients accoudés parlaient et riaient fort tout en buvant des bières dans des grands verres en plastique. L'intérieur n'était pas grand, il n'y avait qu'une salle étroite et rectangulaire sur laquelle empiétait un grand comptoir derrière lequel les serveurs préparaient les commandes. Du fromage, du bacon et des saucisses grillaient sous des hottes. Habillés d'un grand tablier vert, ils les retournaient sans cesse avec de longues spatules avant de les placer dans des petits pains. « *Seven dollars, please !* », encaissaient-ils.

Alicia Ortiz s'était installée à une table du fond faiblement éclairée. Elle lisait un jeu de feuilles, les sourcils froncés et un crayon de papier entre les dents.

— Vous allez vous abîmer les yeux, dit Farraud en prenant place sur la banquette en skaï.

Elle coinça le crayon derrière son oreille.

— Je relisais le rapport de police de l'arrestation des frères Bellamy et d'Otis Jackson, dit-elle. Je l'ai lu des dizaines de fois, je le connais par cœur, mais vous savez ce que c'est…

— On a toujours peur d'avoir raté un détail important ! termina son confrère.

— Exact, approuva-t-elle. C'est pourquoi je suis soulagée que vous ayez accepté de m'assister dans ce dossier. À deux, on court moins de risque de manquer l'essentiel.

Elle fit un signe de la main à une serveuse qui passait. Sur le tablier vert de la jeune fille était imprimée la tête d'un bouledogue hargneux qui croquait un hot-dog fumant.

— Ça sera quoi ?

— Un *Mom's grilled cheese* et une bière pression, commanda Alicia.

— La même chose, mais avec une Lone Star.

— On n'en a pas, répondit la serveuse en agitant son stylo au-dessus de son carnet. Corona, Heineken, si vous voulez, ou…

— Bière pression, ça ira !

La serveuse partie, Alicia lui demanda pourquoi il parlait l'anglais avec un accent britannique. Il lui en expliqua la raison avec une certaine vanité. Mais sa consœur ne s'extasia pas sur ses études à Cambridge. Elle parut même déçue qu'il ne parlât pas sa langue avec un accent français. Il se rappela alors qu'il était venu de Paris les mains vides. Il préparait une excuse quand la serveuse arriva avec la commande. Il chassa ses scrupules en se disant qu'il trouverait bien à Dallas une boutique de produits français.

Alicia Ortiz mordit sans attendre dans son sandwich. Entre les tranches de pain de mie grillées, il y avait du fromage, du bacon et du jambon. Elle s'exclama : « C'est le meilleur *Mom's* de tout le Texas ! Vous m'en direz des nouvelles ! » tout en enroulant autour de son index de longs fils de fromage fondu que ses dents ne coupaient pas. C'était une femme d'une trentaine d'années, de taille moyenne avec des rondeurs. Ses yeux, grands et profonds, étaient du même brun que ses cheveux, qu'elle ramassait en un chignon bas et lourd. Sa peau mate était parsemée de grains de beauté dont l'un, situé au coin de sa lèvre supérieure, la rendait très séduisante quand elle souriait. Il remarqua qu'elle portait une alliance.

— C'est sympa ici, dit-il en jetant un regard circulaire à la salle.

— C'est un des restos les moins chers de la ville, répondit-elle. J'y viens rarement, il est trop loin du palais de justice, et trop loin de mon bureau aussi.

— Où est situé votre cabinet ?

Elle trempait ses lèvres dans son verre, elle secoua la tête :

— Je n'ai pas à proprement parler un cabinet à moi. Je suis installée dans l'immeuble réservé aux avocats des commissions d'office. C'est juste à côté de la nouvelle cour de justice.

Elle agita la main :

— Je vous montrerai, ça vous paraîtra plus clair… D'après ce que j'ai lu sur Internet votre système judiciaire est différent du nôtre. Vous ne vous battez pas à armes égales avec le ministère public.

Il voulut dire quelque chose, mais elle questionna brusquement :

— Comment est Teddy Lamar ? Je veux dire,

sa personnalité ?

— Vous ne l'avez pas encore rencontré ?

— Si, une fois. À sa descente d'avion. Mais pas assez longtemps pour me faire de lui une idée précise. Je le revois demain.

Le visage de Farraud s'éclaira, celui de sa consœur montra de l'embarras :

— Je suis désolée, commença-t-elle. Vous ne pourrez pas m'accompagner. Le procureur général a refusé de signer votre autorisation d'entrée dans la prison. Même en qualité de visiteur.

Il repoussa son assiette.

— Les consignes de sécurité sont très strictes dans ce pays depuis les attentats du 11 septembre, justifia-t-elle. Vous pouvez le comprendre.

— Dites plutôt qu'on ne veut pas que je voie certaines choses, bougonna l'avocat.

— Voir quoi ? s'indigna Ortiz. Le monde entier est au courant que l'état des prisons françaises est régulièrement dénoncé par les observateurs internationaux. Alors, ne venez pas ici jouer au Français donneur de leçons !

Elle repoussa à son tour son assiette. Elle précisa sur un ton vif :

— Je vous ai demandé de m'assister dans cette affaire. Mais vous pouvez encore refuser de le faire. Vous pouvez refuser à n'importe quel moment.

Elle prononça « *at any time* » en détachant les syllabes. Après un silence, il dit :

— C'est un garçon fragile mais qui possède un instinct de survie hors du commun.

— Lamar ?

— Oui. Cet instinct de survie est son ange gardien. Il lui souffle comment s'en sortir chaque fois qu'il est dans une impasse. Je trouve qu'il est toujours sur la défensive, c'est difficile de gagner sa confiance. Il se méfie de tous ceux qui représentent les institutions soit parce qu'il a été longtemps traqué soit parce qu'il est réellement parano. Mais je crois qu'il s'est attaché à moi.

— Vous avez un rapport d'expertise psychologique ?

Son confrère répondit que dans la procédure d'extradition le procureur français ne demande pas d'évaluation mentale.

— Vous auriez dû en faire faire une vous-même dans ce cas. Ça nous aurait servi, répliqua-t-elle vivement.

Farraud se dit qu'il allait devoir lui en apprendre plus sur le système judiciaire français que ce qu'elle en avait lu sur Internet. L'avocat en France n'est pas libre de faire ce qui lui plaît.

— Je pensais à ce moment-là que je pourrais empêcher son extradition, dit-il sobrement.

Un garçon du restaurant vint desservir. Alicia Ortiz commanda un *tres leches*, un gâteau latino-américain à base de trois laits différents, et Farraud un décaféiné.

— Comment allons-nous… allez-vous vous y prendre ? demanda-t-il après que le serveur eût apporté la commande.

— Ma stratégie, vous voulez dire ?... C'est simple, je vais charger les trois autres.

Elle se jeta sur son gâteau avec la même avidité que sur son sandwich.

— Mais eux-mêmes l'ont chargé, fit remarquer Farraud.

— Justement !... Les jurés n'auront pas de

difficultés à comprendre qu'ils l'ont fait pour sauver leurs têtes. Ils sont au courant des marchés que les criminels passent avec les procureurs afin d'éviter la peine capitale. Il n'est pas là le hic.

— Ah ?

— Non, reprit-elle en léchant sa cuillère. Ce que le jury ne va pas lui pardonner c'est sa fuite. Quand on a traqué un fugitif et qu'on arrive à le reprendre, on n'a qu'une envie : c'est de le punir, pas de l'écouter.

Il objecta que c'est un réflexe humain que de chercher à s'enfuir quand on est surpris en flagrant délit.

— Un réflexe qui dure plus de quatre ans, c'est beaucoup pour un jury populaire !

Elle poussa un soupir :

— Notre véritable chance est de miser sur la psychiatrie. On pourrait soutenir que Lamar a des troubles psychologiques graves qui ne lui font pas toujours distinguer le bien du mal. Sa fuite a été la conséquence d'une de ces éclipses où sa lucidité a été abolie. Lorsqu'il s'en est rendu compte, il était trop tard. La peur l'a empêché de se rendre.

Elle soupira de nouveau.

— C'est la raison pour laquelle j'aurais aimé avoir dans mon dossier de plaidoirie le rapport d'un expert psychologue français. Il aurait pu corroborer celui que je vais demander.

— Ou au contraire l'infirmer, fit remarquer Farraud.

Alicia Ortiz le contempla avec de grands yeux. Elle était sincèrement étonnée :

— Et alors ? Ça reviendrait au même ! s'exclama-t-elle. Il y aurait alors une divergence d'avis entre les experts donc de la confusion. Les jurés douteraient, ce qui ne serait pas bon pour l'accusation. Celle-ci doit les convaincre de la culpabilité de l'accusé au-delà du doute raisonnable. *Beyond any reasonable doubt*, martela-t-elle. Ce n'est pas comme ça en France ?

Farraud reposa sa tasse :

— Chez nous, les juges et les jurés se forgent une certitude au cours du procès. On appelle ça, l'intime conviction.

L'avocate américaine leva bien haut les sourcils :

— Ils prononcent une sentence sur un sentiment !

— Pas exactement. Ils apprécient, en conscience, les éléments que leur soumettent le ministère public et la défense.

— Ça reste une opinion, trancha la jeune femme en dodelinant de la tête.

Son interlocuteur rit :

— Les tribunaux français ne condamnent pas sans preuves, je vous rassure ! Disons que les preuves avancées sont légales, mais aussi morales. Elles n'enchaînent pas la conviction des magistrats et des citoyens qui délibèrent sur le sort d'un accusé.

Elle eut une moue dubitative :

— On peut commettre beaucoup d'erreur avec des preuves qui auraient une force… morale.

Il agita l'index :

— Si le jury a le moindre doute, celui-ci doit profiter à l'accusé. Comme dans votre système judiciaire.

Elle fit signe au serveur d'apporter l'addition puis elle tourna vers lui un visage grave :

— Nous ne demandons pas à un jury d'acquitter s'il a un doute. Nous exigeons qu'il condamne si la culpabilité de l'accusé est prouvée au-delà de tout doute raisonnable. Le procureur doit apporter la preuve formelle que la personne qui se trouve dans le box est bien l'auteur du crime, elle et personne d'autre. C'est autre chose qu'un sentiment ou une opinion, croyez-moi !

Farraud s'empara avant Alicia de l'addition que déposait le serveur.

— Cette exigence n'empêche pas les erreurs judiciaires, dit-il en sortant son portefeuille. Des erreurs parfois irréparables. Huit hommes ont été exécutés au Texas rien qu'au premier trimestre de cette année. Certains clamaient leur innocence. Je crois moi qu'il faut juger les hommes en conscience.

— Mais c'est ce que nous faisons !

— Je pensais également aux coupables.

— Allez dire ça à leurs victimes ! rétorqua sa consœur en se levant.

20

Le procureur général, Mike Wander Giesen, occupait un vaste bureau au 26ième étage d'une tour jouxtant le palais de justice du comté de Dallas. Des portraits encadrés de ses prédécesseurs sous des vitres impeccables tapissaient le mur qui se trouvait derrière lui. Il ne pouvait parler sans faire pivoter son fauteuil en cuir dans lequel il était avachi, jambes écartées et manches de chemise relevées. Il agitait ses boutons de manchettes dans une main aux doigts repliés comme s'il allait lancer les dés. Il était hors de lui.

— Je ne céderai pas au chantage de Lamar ! Ce n'est plus lui son avocat, dit-il en donnant un coup de menton en direction de Farraud. C'est vous, Maître Ortiz-Sommers !

Farraud se tourna vers sa consœur et jeta un coup d'œil à son alliance. Elle était mariée, mais n'avait jamais fait allusion à son époux. Celle-ci intervint :

— Teddy Lamar n'exerce aucun chantage, Monsieur le Procureur. Il souhaite la présence de son avocat français durant les interrogatoires. J'y suis pour ma part favorable, ajouta-t-elle avec conviction.

— C'est contraire à la procédure, Alicia !

Le procureur général était un grand homme sec, flottant dans ses vêtements de marque, avec un regard bleu acier et de fins cheveux blonds, ras sur la nuque et autour des oreilles.

— Je le sais bien. Mais il n'y a que vous qui puissiez soulever le défaut de procédure devant le juge.

Wander Giesen remua la tête, réfléchit un instant, puis brusquement descendit les manches de sa chemise. Il remettait ses boutons de manchette :

— Tout cela me contrarie beaucoup ! grinçait-il. Une sale petite frappe qui exerce des pressions sur la justice américaine ! Où a-t-il pris ces manières ? (C'est alors qu'il planta ses yeux dans ceux de Farraud) Chez vous peut-être ?!

Alicia posa aussitôt la main sur le bras de Franck pour le dissuader de répondre. C'était la seconde fois qu'elle l'empêchait de sauter à la gorge du procureur général. Ils étaient à peine entrés que celui-ci leur avait annoncé qu'il requerrait dans cette affaire la peine capitale. Farraud s'était étranglé de surprise. Il lui avait rappelé qu'il s'était engagé auprès du gouvernement français à ne pas réclamer cette sentence au procès. L'autre avait fait un geste de la main comme s'il chassait une mouche et avait répliqué que c'était Conrad White, un procureur adjoint qui le remplaçait durant ses congés, qui avait inconsidérément donné ces garanties. Elles n'engageaient que ce dernier, et certainement pas Wander Giesen et son bureau. Farraud n'avait pas cru un instant à son explication, le procureur général l'ayant donnée sans le regarder dans les yeux.

— Teddy a été arrêté en France, argumenta l'avocate. Maître Farraud est le premier avocat à qui il a eu à faire. Il se sent en confiance avec lui…

— Nous ne sommes pas là pour dorloter un criminel, pilleur de banques et assassin !

— Ce n'est pas ce que j'ai voulu dire, Monsieur le Procureur, poursuivit sans sourciller Alicia. Je souhaitais seulement attirer votre attention sur le fait que cela pourrait servir les intérêts de l'accusation également.

Le procureur général plongea ses iris froids dans ceux de son interlocutrice :

— Depuis quand la défense se soucie des intérêts du ministère public ? Vous vous foutez de moi, Alicia !...

— Ma consœur a raison. Je connais Teddy. Il ne parlera que s'il obtient ce qu'il demande…

— Je veux qu'il nous dise où est l'argent des braquages, coupa le procureur. Plus de trois millions de dollars ! Pour le reste on se passera de ses aveux. On a les dépositions de ses trois complices et les témoignages des victimes. C'est plus que suffisant pour douze citoyens en colère.

Farraud garda le silence. Teddy lui avait assuré qu'il ne savait pas où était caché le butin. Mais s'il contredisait Wander Giesen, celui-ci ne le laisserait pas le voir, ni dans une salle d'interrogatoire ni au parloir. C'était un homme vif, tranchant et loin d'être accommodant, qui craignait que la présence, inédite, d'un avocat européen aux côtés de l'accusé ne détourne l'attention des médias. Ceux-ci allaient davantage parler de Farraud que de lui et même de l'accusé, dont, pour la majorité des chaînes de télévision et des journaux, la cause était entendue : « *penalty death* ». Or Farraud avait lu dans le *Dallas Morning News* de ce matin que Wander Giesen briguait le poste de procureur fédéral. Les nominations auraient lieu en septembre prochain. Il comptait sur ce procès pour le décrocher. Il avait déjà fait un pas de géant en obtenant du gouvernement français l'extradition du criminel le plus recherché des États-Unis. Tout le monde se ficherait éperdument d'apprendre qu'elle s'était opérée de manière déloyale.

Le procureur vérifiait nerveusement si ses boutons de manchettes étaient bien fermés. Il était toujours au comble de la fureur et cherchait un moyen pour ne pas se soumettre aux conditions posées par le prisonnier. Finalement, il céda mais avec une expression mauvaise dans le regard, presque féroce. Il prononça ces mots lentement :

— Vous me forcez la main. Je saurai m'en souvenir.

Puis d'un coup de menton il fit signe aux avocats qu'ils pouvaient se retirer. Alicia Ortiz se leva aussitôt et remercia de façon appuyée le procureur. Elle donna un coup de coude à Farraud pour qu'il en fasse autant. Dans le couloir elle expliqua que Wander Giesen allait faire établir les accréditations :

— Une pour que vous puissiez entrer dans la prison de Corsicana où est détenu Lamar, et une autre pour que vous puissiez vous asseoir sur le banc de la défense durant le procès.

— Je ne pourrai pas prendre la parole ?

Elle secoua la tête :

— Il faudrait une autorisation de la *Bar Association*. Ça prendrait trop de temps. Et puis ça m'étonnerait qu'on nous l'accorde. J'imagine que dans un tribunal français le juge ne m'aurait pas non plus autorisée à plaider.

Elle vit sa déception.

— Ça vous pose un problème de n'être qu'un assistant ?

— Non ! répondit-il avec véhémence. Absolument pas ! Pourquoi pensez-vous ça ?

— Mon ex-mari a été mon assistant. Au début, il a dit la même chose que vous. Puis au bout d'un an, il a demandé le divorce. Et il n'était pas plus macho que la moyenne des hommes pourtant.

— C'est Monsieur Sommers ?

— Layton Sommers, oui. Cette alliance est la seule chose de valeur qu'il m'ait laissée, dit-elle en agitant l'annulaire. Pas parce qu'elle est en or, mais parce qu'elle tient à distance les hommes un peu trop entreprenants. Venez ! ajouta-t-elle en se dirigeant vers les ascenseurs. Je vais vous le présenter.

— Maintenant ?

Aux étages inférieurs de la tour, se trouvaient les bureaux des avocats chargés des commissions d'office du comté ainsi que ceux de leurs enquêteurs. Aux États-Unis, la défense doit pouvoir se confronter à armes égales avec l'accusation dans une salle d'audience. De sorte que la plupart des grands états américains donnent les moyens aux avocats commis d'office de faire leur travail, au nom du droit qu'a chaque citoyen incriminé d'avoir un procès équitable. Ils mettent à leur disposition des bureaux et des enquêteurs privés, ils les rémunèrent et payent les frais de leurs secrétariats. Voilà pourquoi maître Alicia Ortiz occupait un bureau dans le même immeuble, vingt étages plus bas, que le procureur général Wander Giesen.

Cependant Farraud fut frappé par la différence de traitement qui existait entre le service du ministère public, cossu, et celui de l'aide juridictionnelle. Les couloirs des avocats, étroits et éclairés au néon, étaient encombrés de chariots sur lesquels s'amoncelaient des dossiers et des formulaires administratifs. Presque toutes les portes des bureaux étaient grandes ouvertes parce qu'il faisait très chaud dans les pièces exiguës à cause de l'orientation à l'ouest des baies vitrées et de la présence d'ordinateurs, de photocopieuses et d'imprimantes en marche. Secrétaires et avocats se partageaient le même espace, chacun criant plus fort que l'autre pour se faire entendre de la personne qu'ils avaient en ligne.

Alicia s'arrêta devant une porte située au milieu du couloir :

— Voici mon bureau, dit-elle.

Il passa la tête. Il aperçut dans un angle une femme entre deux âges, coiffée en tresses africaines, qui tapait fiévreusement sur son clavier d'ordinateur. Elle lança « Hi ! » sans lever le nez.

— Et en face, c'est celui de mon ex-mari ! ajouta sa consœur.

Elle éclata de rire quand elle vit son étonnement.

— C'est ce qui s'appelle avoir du bol ! L'administration de la justice lui a affecté ce bureau un mois après notre divorce. Il n'est plus mon époux, mais il est mon enquêteur à présent.

Le bureau était éteint. Tout à coup, la jeune femme tressaillit et sortit vivement son portable de la poche sa veste. Elle lut un texto puis s'exclama :

— Vite ! Dépêchons-nous ! Wander Giesen nous attend devant sa place de parking. Nous allons à la prison de Corsicana. Ils vont interroger Teddy sur le champ.

— Si j'avais su ! J'avais acheté du linge pour lui !

Farraud s'élança avec elle en direction des ascenseurs.

Elle appuya sur tous les boutons en même temps :

— Je vous signale qu'en Amérique les détenus portent des uniformes, dit-elle. Quoi qu'il en soit, Corsicana est une prison de haute sécurité. Vous ne pouvez rien apporter de l'extérieur. Même les familles n'ont pas ce droit.

— Je croyais qu'on l'avait incarcéré à la prison d'Huntsville ?

Les portes d'un ascenseur s'ouvrirent, ils s'y engouffrèrent.

— Les frères Bellamy et Otis Jackson y sont enfermés. Le directeur n'a pas voulu de Lamar dans sa prison pour ne pas avoir de problèmes. C'est une prison où on exécute. Le calme doit y régner, précisa-t-elle de façon détachée.

Quelques étages plus bas, elle ajouta sur le même ton :

— Ça ne fait pas de différence de toute manière. Corsicana est aussi une prison où l'on exécute.

Ils sortaient de la cabine quand elle lui agrippa le bras :

— Au fait ! Comment vous saviez qu'il aurait dû être à Huntsville ? Cette info a été gardée secrète par le procureur jusqu'à aujourd'hui !...

Il fut décontenancé et regarda ses pieds :

— Écoutez Farraud !...

— Appelez-moi Franck…

— Il faut qu'on joue franc-jeu dès le départ. On doit se faire mutuellement confiance. Sinon, je ne marche pas. Je ne vous cache pas que votre aide va me faciliter la tâche, mais je peux m'en passer.

Elle claqua des doigts sous son nez :

— Je n'ai que ça à faire pour que Wander Giesen vous réexpédie chez vous. Alors qu'est-ce que vous me cachez ?

— Je suis en contact avec une journaliste française, Audrey Lartigue…

— Merde ! Il ne manquait plus que ça ! s'écria-t-elle en tapant du pied. Vous êtes complément inconscient ! Vous savez où vous êtes ici ? Au pays où les médias sont les pires ennemis des avocats pénalistes ! Eux, ce sont des piranhas et nos clients de la chair crue sur laquelle ils ne demandent qu'à se jeter. N'oubliez pas ça !

Il acquiesça de la tête. Il voulut se rattraper en cherchant à lui parler de l'élément crucial que disait détenir la journaliste, mais Alicia franchissait déjà les portes du parking souterrain qu'elle venait d'ouvrir avec son pass magnétique. Ils coururent à sa voiture, une Toyota Corolla des années 1990 à la carrosserie rouillée et aux jantes dépareillées. Il dut attendre qu'elle lui ouvre manuellement de l'intérieur pour qu'il puisse monter. Sur le tableau de bord et entre les sièges, il y avait des canettes de soda vides, des paquets de biscuits entamés et des emballages de tablettes de chocolat froissés. Sur la banquette arrière un fouillis de dossiers, de journaux et de cartes routières. Il y avait aussi le *Federal Criminal Code and Rules* écorné par l'usage.

— Vous sillonnez tout le Texas ? demanda-t-il en attachant sa ceinture de sécurité.

— J'ai des clients dans les cent six prisons de l'état. Que des aides juridictionnelles, mais pas que des criminels ! (Elle fit une manœuvre) Et pas que des condamnés à mort non plus, ajouta-t-elle toujours avec détachement.

Ils rejoignirent le procureur qui s'impatientait devant sa berline suédoise avec, à ses côtés, son chauffeur et deux inspecteurs de police. Dès qu'il aperçut Alicia il lui fit signe de ne pas descendre de voiture, mais de suivre la sienne. Une voiture de patrouille ferma le cortège.

21

La prison où était incarcéré Teddy se trouve dans la banlieue de Corsicana, une ville située à plus d'une cinquantaine de kilomètres de Dallas. La route 45 la longe presque entièrement. C'est un immense complexe de bâtiments bas et rectangulaires en béton et de constructions hautes en acier. Il est entouré d'immenses grillages surmontés de fils barbelés. Tous les deux cents mètres s'élève un mirador où des gardes, armés de fusils mitrailleurs, tournent incessamment.

Ils n'eurent pas à s'arrêter devant les portes du pénitencier. Les gardiens, qui reconnurent la voiture du procureur général dès qu'elle tourna à la bifurcation de la route, les ouvrirent à son approche. Le directeur de la prison attendait déjà au poste de contrôle. Il était grand, musclé, le crâne rasé et cuivré, la pupille verte et acérée. Il raidit la nuque et joignit les talons avant de serrer la main de Wander Giesen. Cet homme avait fait l'armée.

— Bonjour Burke, dit sobrement le procureur.

Burke était contrarié par ce qu'il appelait

« l'intrusion d'un étranger » dans sa prison. Il souhaitait que le procureur réexamine sa décision de « laisser pénétrer dans un bâtiment de l'administration américaine hautement sensible » l'avocat français. Pour toute réponse, Wander Giesen épingla au revers de la veste de Farraud son badge de visiteur.

On ne fouilla qu'Alicia et lui. On leur demanda de vider leurs poches de tout objet pointu, coupant ou pouvant servir d'arme, d'ouvrir leurs serviettes, puis on les palpa sommairement. Pendant ce temps, les deux inspecteurs de police qui accompagnaient le procureur, faisaient les cent pas puis finirent par aller aux toilettes chacun leur tour. Farraud trouvait qu'ils étaient un peu trop nerveux, ce qui était bon signe. Il y devait y avoir des éléments fragiles dans la préparation de leur interrogatoire et ils le savaient. Il fit part de sa pensée à sa consœur qui lui chuchota alors à l'oreille :

— Vous croiserez les bras dès que vous sentirez une faille dans leurs questions. Ensuite vous me laisserez faire !

— Ok !

Le groupe longea un long couloir, précédé de gardiens qui décrochaient régulièrement de leurs ceinturons de grosses clés pour ouvrir des grilles. Dès qu'ils en refermaient une, ils levaient leurs visages vers une caméra fixée au-dessus de la porte et faisaient un signe de tête. Alors leurs talkies-walkies se mettaient à chuinter et quelqu'un prononçait dans les récepteurs « *Right ! Next !* ».

Soudain au détour du couloir, Farraud aperçut deux surveillants, armés de fusils, qui se tenaient devant une porte ouverte. Il voulut précipiter le pas, mais Alicia le retint par la manche. Elle le devança pour pénétrer dans la salle :

— Restez calme ! lui chuchota-t-elle. Vous allez communiquer votre excitation à Lamar !...

Il pensa : « Rester calme quand ce type tient ma vie entre ses mains ! », mais il prit sur lui.

Teddy était assis devant une table en aluminium sous un éclairage très cru. Ses poignets étaient menottés, et les menottes étaient elles-mêmes fixées à une grosse ceinture en cuir à laquelle était accrochée une chaîne qui descendait jusqu'à ses chevilles. Celle-ci était attachée à une autre chaîne qui les entravait. Le jeune homme avait les yeux fixés sur l'entrée, mais ne réagit que lorsqu'il vit Farraud. Aussitôt il se leva à demi et s'écria en français :

— Merci mon Dieu ! Ils vous ont laissé venir ! Vous avez des nouvelles de Lola ?

L'un des surveillants le fit rudement se rasseoir et lui ordonna de ne parler qu'en anglais. Le prisonnier ignora son ordre :

— Et Zach ? Vous savez où il est ?

Le gardien lui appliqua une violente tape derrière la tête. Le procureur général soupira :

— Eh bien ! Voilà les problèmes qui commencent !

Tandis que le directeur de la prison saisissait Farraud par le revers de sa veste et criait dans sa figure :

— Il a dit quoi ? Il vous a fait passer quel message ? Traduisez tout de suite !

Wander Giesen le calma en lui rappelant que les caméras de sa salle enregistraient la conversation. L'autre lâcha l'avocat en grommelant :

— Ce n'est pas une raison. Ils peuvent se parler en langage crypté.

Farraud répondit à Teddy en anglais :

— Non, je n'ai pas de nouvelles de votre femme ni de votre petit garçon. Je suis désolé.

Teddy fut secoué par un long frisson puis il eut les larmes aux yeux. Depuis Paris il avait changé. On lui avait rasé les cheveux, sur son crâne on pouvait voir des cicatrices d'anciennes coupures. Son visage s'était allongé, ses joues creusées, ses yeux enfoncés. Leur expression fiévreuse, hagarde, contrastait de façon saisissante avec la lividité de son teint. Son corps, d'une maigreur ascétique, semblait souffrir sous le poids des chaînes qui le harnachaient. Il faisait penser à un homme qu'on aurait maintenu dans un cachot privé de lumière, au pain sec et à l'eau.

Alicia Ortiz semblait elle-même stupéfaite de son apparence, elle le contemplait sans parvenir à lui parler. Ils ne s'étaient rencontrés qu'une fois, le jour où Teddy avait posé de nouveau le pied sur le sol américain. Leur entrevue avait eu lieu dans une chambre de sûreté de la brigade des douanes de l'aéroport de Dallas. On y avait confiné l'extradé jusqu'à la nuit, avant de le conduire au pénitencier de Corsicana dans la plus grande discrétion. Toute la journée, le procureur général avait fait partir de l'aéroport plusieurs fourgons cellulaires accompagnés de véhicules de police qui roulaient tous feux clignotants et sirènes hurlantes. À peine ces derniers sortaient-ils du parking de l'aéroport qu'ils étaient pris en chasse par des voitures de journalistes et des caméramans. Il y avait même un hélicoptère d'une chaîne de télévision qui tournait sans arrêt dans le ciel.

— Les nigauds ! s'était exclamé à plusieurs reprises Wander Giesen qui les observait depuis une fenêtre du bureau des douanes. On dirait des mouches bleues qui volent après un morceau de viande avariée !

Il ricanait et ajoutait avec mépris :

— Je hais les médias !

Il retournait s'asseoir et reprenait la lecture de son journal.

Alicia Ortiz s'était entretenue avec Teddy sans garde et porte close. Le procureur général ne lui avait accordé qu'une demi-heure.

— Tu reconnais les braquages mais pas les coups de feu, c'est ça ?

Le jeune homme avait hoché la tête :

— On te voit pourtant avec un fusil automatique sur les bandes vidéos des banques.

— Julius Bellamy en avait un aussi.

— Le problème, Lamar, c'est que tu es le seul à l'accuser. Tes anciens complices te désignent toi, ainsi que quatre autres témoins.

— On portait des cagoules. Julius et moi ce jour-là on avait le même sweat à carreaux. Les siens étaient bleus et blancs et les miens verts et blancs.

Alicia avait affiché son scepticisme. Le criminel qui dit la vérité est une espèce rare.

— Ouais ! Ce que tu dis c'est que les témoins ont pu vous confondre.

— Ils nous ont confondus, avait rectifié Teddy.

— Pourquoi portiez-vous le même sweat-shirt ? avait-elle questionné sur un ton moqueur.

Alicia Ortiz ne disait jamais directement à ses clients qu'elle était perplexe face à leurs déclarations. Elle émaillait ses entretiens de sous-entendus ironiques, de mimiques circonspectes, de moues réticentes et de petits airs railleurs. Cette attitude déstabilisait son client qui se mettait à douter de la force de conviction de ses mensonges et finissait par s'embrouiller dans ses affirmations. Mais Teddy Lamar n'avait pas semblé ébranlé par le comportement subtilement incrédule de l'avocate. Celle-ci s'était demandée si c'était parce qu'il disait la vérité ou parce qu'il était assez rusé pour avoir décelé son jeu.

Elle n'était pas parvenue à le cerner. En général, il lui suffisait de quelques minutes en tête-à-tête pour savoir à quelle espèce de délinquant elle avait affaire. Mais avec ce jeune homme, économe de ses mots et détaché de tout, paraissant indifférent à son sort, elle n'était pas arrivée à se faire une idée précise de sa personnalité. Peut-être qu'après toutes ces années passées à Paris, il avait pris le caractère des Français, et que ses traits et ses particularités américaines s'étaient estompés de sorte qu'elle ne trouvait en lui aucun repère qui pût orienter son analyse.

— Eh bien, avait-elle repris, pourquoi est-ce que vous portiez le même sweat ? Vous étiez ensemble et c'était une connivence amoureuse entre vous ?

La provocation avait porté. Teddy avait rougi de colère :

— Pétasse ! Je ne suis pas une pédale !... C'était une tactique. Tous les quatre on s'habillait par pair de la même façon pour empêcher qu'on nous identifie. On brouillait les pistes, c'est tout !

Alicia avait sifflé :

— Pas mal trouvé, je le reconnais !... Mais ce camouflage s'est retourné contre toi. Les bandes-vidéo sont en noir et blanc. Et les témoins, que vous mettiez en joue, vont avoir du mal à se rappeler si les carreaux de ton pull étaient bleus ou verts.

Teddy avait haussé les épaules :

— Comme si ça pouvait faire la différence ! Julius a tiré depuis un angle mort. Les caméras ne l'ont pas filmé.

— Comment tu sais ça ?

— J'y étais !

Elle était restée un moment silencieuse, le dévisageant gravement. Puis elle avait questionné brusquement :

— C'est toi qui les as abattus ?

Son client avait secoué la tête. Son attitude résignée l'avait exaspérée. Elle s'était emportée :

— Regarde-moi dans les yeux quand je te pose une question !... Est-ce que c'est toi ?

— Non ! avait répondu vivement le jeune homme. Mais quelle différence ça peut faire, bordel ! Dans un braquage sanglant, les jurés appliquent à tous les participants la même peine ! C'était écrit dans les journaux ! Ils l'ont dit à la télé !...

Alicia avait croisé les bras et s'était rejetée contre le dossier de sa chaise :

— Il y a une différence. Tes complices ont passé un marché avec le procureur. Il n'y a plus que toi qui puisses être jugé. Et tu devines la sentence qui sera prononcée ! Primo parce que tu as fui et secundo parce qu'il faut que quelqu'un paye pour cette tuerie. Ta vie sera le prix du sang versé.

À cet instant son client avait tourné la tête vers la fenêtre. Elle avait cru qu'il était ému, effrayé par la perspective de mourir, mais elle s'était aperçue qu'en réalité il suivait des yeux un avion qui décollait. À quoi pensait-il à cet instant ? À Paris ?

— As-tu déjà tué quelqu'un, Teddy ?

Elle l'avait vu tressaillir et baisser précipitamment les yeux. Il n'avait pas voulu lui parler du routier qui avait failli le violer. Alicia avait pris son mutisme pour un acquiescement, mais également comme l'aveu de son implication dans la tuerie de la banque du centre commercial de Preston Valley.

Elle s'était raclé la gorge, avait frotté l'une contre l'autre ses paumes, avait boutonné puis déboutonnée sa veste de tailleur. Elle était enfin parvenue à se faire une opinion sur son client. Il était le meurtrier de ces trois innocentes personnes. Elle avait eu soudain très soif, mais elle avait oublié de prendre avec elle de l'eau. Elle s'était massé la gorge, mais elle n'était pas arrivée à avaler sa salive. Parmi les victimes, il y avait une femme enceinte de neuf semaines.

— Il nous reste un moyen de t'éviter le pire, avait-elle fini par articuler. On pourrait faire une offre au procureur. On lui dit où est l'argent des braquages et on tente d'obtenir, en échange, la prison à vie sans possibilité de liberté conditionnelle et sans traitement habituel des détenus. C'est-à-dire, pas de visites de la famille, pas de parloirs hormis ceux avec ton avocat, pas d'accès aux salles de télévision ou de sport de la prison, ni à la cour deux fois par jour avec les autres détenus. Pas d'accès à une formation dispensée par le ministère de l'éducation ni le droit de posséder un ordinateur. Tu seras à isolement vingt-quatre heures sur vingt-quatre.

Elle avait replié un à un ses doigts avec lesquels elle avait énuméré ces privations.

— Et vous voudriez que je ne préfère pas la mort à la vie que vous me proposez ? s'était exclamé Teddy les yeux écarquillés.

— Ne plaisante pas. C'est sérieux. Il y a une pression énorme des banques sur le procureur pour qu'il retrouve les trois millions de dollars. Les assurances n'ont pas voulu rembourser les pertes parce que tu étais en fuite. C'est leur principe, tant que la police est à la recherche de l'argent dérobé, les assurances ne paient pas. C'est une aubaine pour nous.

— Je ne plaisantais pas. Je choisis la piqûre plutôt que l'existence de mort-vivant que vous voulez négocier pour moi.

Alicia avait passé sa langue sur ses lèvres, elles étaient très sèches. À sa place, elle aurait fait le même choix. Qui voudrait en effet de cette existence où on vous emmure vivant ? Cependant cette option faisait partie des alternatives à l'exécution. Elle devait non seulement la proposer à Lamar, mais aussi le convaincre de l'accepter. Elle avait prêté serment de donner la meilleure défense possible à ses clients. La vie, quelles qu'en soient les conditions, devait être privilégiée à la mort.

Alors elle était passée à l'offensive. Elle avait sorti un argument qu'elle avait déjà éprouvé avec d'autres criminels qui encouraient la peine capitale :

— Et ton fils, tu y penses ?

Teddy avait blêmi et s'était mis à s'agiter sur sa chaise.

— Que crois-tu qu'il préférerait, lui ? Un père

enfermé mais vivant ? Ou un père exécuté et enterré dans le cimetière du pénitencier où il ne pourra même pas venir se recueillir sur sa tombe ? Que crois-tu que Zach préférerait, dis-moi ?

22

Wander Giesen fit signe à tout le monde de s'asseoir. Il manquait une chaise pour l'avocat français, un surveillant partit lui en chercher une. Il ramena un tabouret. Farraud s'assit à un coin de la table sans possibilité de s'y accouder ou d'y poser son bloc-notes. Il garda sa serviette sur ses genoux.

— Bien ! commença le procureur général après avoir pincé ses boutons de manchettes. Nous n'allons pas tourner autour du pot. Dans trente jours, Teddy Lamar, vous allez comparaître devant la cour criminelle du comté de Dallas pour répondre des chefs d'accusation suivants : cinq braquages à main armée dont le dernier, à la Bank of America du centre commercial de Preston Valley le 28 septembre 2008, s'est terminé par un carnage. Vous avez tiré sur…

— Vous *auriez* tiré…, corrigea Farraud.

Le procureur et les deux inspecteurs de police échangèrent d'abord un coup d'œil surpris avant de lancer à l'avocat un regard noir. Alicia toussa avant de boire une gorgée de sa petite bouteille d'eau qu'elle avait sortie de son sac.

Wander Giesen reprit sur un ton ferme :

— Des témoins déclarent vous avoir vu délibérément tirer sur trois clients qui tentaient de s'échapper alors que la police encerclait la banque. Je vous donne les noms de vos victimes…

— Les noms *des* victimes…, intervint Farraud.

Cette fois Wander Giesen jeta un regard expressif à Alicia. Celle-ci fit mine de ne pas comprendre et but une nouvelle gorgée d'eau.

— Les voici, disais-je ! s'exaspéra le procureur. Andrew Prescott, 45 ans, abattu d'une balle dans le dos. Ali Bargui, 60 ans, abattu d'une balle dans la tête. Wendy Frattini, 26 ans, enceinte de neuf semaines, abattue d'une balle à l'épaule et de deux autres au ventre. Vous vous êtes donc rendu coupable de quatre meurtres au premier degré.

— Quatre meurtres ? s'exclamèrent en même temps les deux avocats.

— Quatre ! confirma le procureur.

Il semblait content de son petit effet. Il s'était rejeté contre le dossier de sa chaise et s'était mis à contempler Teddy avec un regard mauvais, identique à celui qu'il avait eu lorsqu'il avait prononcé quelques heures plus tôt : « Vous me forcez la main. Je saurai m'en souvenir ».

Il se vengeait de la crapule qui lui avait imposé ses conditions avant de se soumettre aux interrogatoires. Teddy ne réagit pas.

Le moment de surprise passé, Alicia demanda :

— Qui serait la quatrième victime ?

— L'enfant à naître de Wendy Frattini. Les

charges qui pèsent sur votre client quant à cette victime sont homicide volontaire sur un enfant à naître par arme à feu.

— Vous plaisantez ! s'exclama Farraud.

— J'en ai l'air ? railla Wander Giesen.

— Mais le fœtus avait neuf semaines ! objecta Alicia. Il n'est pas considéré comme un enfant à naître puisqu'une femme au Texas peut volontairement mettre fin à sa grossesse jusqu'à ce délai. Il y a tout au plus homicide aggravé !

— Ce sera aux jurés de décider si c'était un enfant ou un fœtus, rétorqua imperturbable le procureur. Personnellement, ajouta-t-il en époussetant du bout des doigts des pellicules sur ses épaules, je suis contre le droit à l'avortement.

— Mais vous êtes favorable à la peine de mort ! ironisa Farraud.

L'autre lui répondit d'abord par un sourire narquois, puis :

— La peine capitale est un châtiment mérité appliqué à des criminels qui n'ont plus rien à faire dans notre société et pour qui on ne peut avoir aucune compassion. Je n'ai pas besoin de vous expliquer la différence qu'il y a entre eux et un bébé.

Ce mot tira Teddy de sa torpeur :

— J'ai pas tué de bébé ! J'aurais pas pu tirer sur une femme enceinte ! cria-t-il dans un bruit de chaînes et de menottes heurtées contre la table.

Ses avocats firent un geste dans sa direction, les gardes allaient intervenir, mais il se figea subitement, ses yeux écarquillés fixant le vide. Il revoyait la nuit où il avait battu Lola alors qu'elle était enceinte de Zach. Il y eut un instant de flottement dans la pièce avant qu'Alicia ne reprenne avec véhémence :

— C'est une manœuvre de l'accusation ! Je saisirai le juge pour qu'elle soit écartée. Si le jury venait à reconnaître l'homicide volontaire sur un fœtus dans cette affaire, c'est alors le droit à l'avortement que vous saperez. Aucune cour de justice ne l'acceptera !

— Je suis d'accord avec vous Alicia, répliqua Wander Giesen.

Celle-ci fit des yeux ronds.

— Je ne comprends pas alors…

Le procureur se pencha en avant et répondit en regardant tour à tour les deux avocats :

— Nous pensions que Wendy Frattini était enceinte de neuf semaines à l'époque de la tuerie. Nous le pensions sur la base du diagnostic de son gynécologue de l'époque. Après l'arrestation de votre client en France, j'ai demandé une nouvelle expertise au médecin-légiste du laboratoire médico-légal de Dallas. Sa conclusion est que Madame Frattini était vraisemblablement enceinte de plus de neuf semaines. C'est d'ailleurs ce que pense aujourd'hui son époux, Craig Frattini.

— Mais c'est absurde !..., protesta Farraud.

Il paniquait. Si un tel chef d'accusation était retenu lors du procès, il pouvait dire adieu à ses chances de sauver Teddy et de se sortir lui-même du guêpier dans lequel l'avait fourré Vettel. Le jury populaire suivra les réquisitions du procureur : il voterait la peine de mort.

Alicia frappa la table du plat de la main :

— Vous avez fait exhumer le corps de Wendy Frattini et demandé une expertise sans en informer la défense ?

Wander Giesen pinça ses boutons de manchettes.

— Répondez-moi, Monsieur le Procureur !

Son ton déplut à Wander Giesen qui lui répliqua sèchement :

— L'expertise a eu lieu sur dossier médical. Il n'y avait pas lieu à ce que vous en soyez avisée avant l'audience.

— Sur dossier ! s'étranglèrent les avocats.

— La procédure me le permet, conclut leur interlocuteur.

Farraud voulut intervenir, mais Alicia lui fit signe de n'en rien faire. Elle dévisagea longuement Wander Giesen qui se troublait sous son regard.

Enfin :

— Que proposez-vous ?

— Que votre client restitue les trois millions de dollars et qu'il plaide coupable pour tous les chefs d'inculpation, répondit aussitôt le procureur.

Il grattait sa nuque comme un chien qui aurait des puces et de la sueur apparut sur sa lèvre supérieure. Il était ému, fébrile, il sentait que la victoire était à portée de main.

— Et en échange ? questionna Farraud.

— Je demanderai au juge d'entériner notre accord. En contrepartie de sa coopération, votre client écopera de la réclusion criminelle à perpétuité sans possibilité de liberté conditionnelle. C'est un bon marché.

Farraud fit craquer ses phalanges et Ortiz passa sa main sur son front. Tous deux étaient pâles et n'osaient se regarder. C'était en effet, vu les faits reprochés, un marché avantageux pour leur client. Mais il ne serait pas conclu. Teddy ne sait pas où se trouve le butin, se disait Farraud. Il ne veut pas passer le restant de ses jours derrière les barreaux, songeait Alicia.

Le procureur ouvrait la bouche pour s'étonner de ne pas les voir se jeter sur sa proposition, quand le prisonnier murmura :

— Je veux plaider non coupable.

Wander Giesen et les deux inspecteurs ricanèrent. D'une voix plus forte Teddy répéta :

— C'est mon droit. Je veux plaider non coupable.

Le procureur l'ignora et fixa son avocate. Celle-ci se tourna vers son client et posa la main sur son bras :

— Je préfère être franche avec toi, Lamar. On ne joue même pas à quitte ou double avec une telle stratégie. Tu n'as aucune chance sur ce coup.

Le jeune homme hocha doucement la tête, puis souffla :

— Je le sais !

Ensuite il regarda Farraud, cherchant son approbation. Celui-ci était décomposé. Il voyait s'envoler l'espoir de gagner le procès. Il préféra détourner les yeux.

— Mon client plaidera non coupable, Monsieur le Procureur !

— Vous avez perdu la raison, Alicia !

Pour la première fois de sa carrière elle trouva cet usage, qui autorisait le ministère public à appeler les avocats par leur prénom, déplacé. La familiarité, qui était chez Wander Giesen de la condescendance, donnait dans les rapports de force un avantage certain à l'accusation. Elle répliqua :

— Non, *Mike*. Mon client insiste pour plaider

non coupable.

Son interlocuteur battit des paupières. L'insolence de la jeune femme lui signifia qu'il avait perdu son coup de poker.

— Soit, dit-il froidement en s'adressant à Teddy, je prends acte de votre décision. J'ai un regret cependant : votre façon de mourir sera bien plus humaine que celle de vos victimes.

23

Wander Giesen n'était pas seulement contrarié par le refus de son compromis, il était déçu. Farraud remarqua sa frustration aux incessants regards en coulisse qu'il jetait à ses inspecteurs de police. Ces derniers avaient commencé l'interrogatoire de Teddy. On aurait dit qu'il attendait d'eux qu'ils retournent la situation. Bizarre. Il fronça les sourcils. Certes il était important que les banques de Dallas remettent la main sur les trois millions de dollars qui leur avaient été dérobés. Mais stratégiquement il était encore plus intéressant pour le procureur que Teddy soit condamné à mort par un jury populaire. Il apparaîtrait alors aux yeux de l'opinion publique comme un homme inflexible. Cette sentence serait son meilleur atout dans sa course au poste de juge fédéral. Farraud se triturait la cervelle tout en se balançant sur son tabouret. Soudain il retomba lourdement. Il venait de comprendre : Wander Giesen ne jouait pas franc-jeu avec eux. Il avait des arrière-pensées, des intentions secrètes où la loyauté des armes entre l'accusation et la défense

171

n'était pas son problème. Farraud lâcha à voix haute en français : « Le salaud ! » qui fut entendu de tous, mais surprit seulement Teddy qui tourna la tête vers lui.

Ensuite il croisa ostensiblement les bras. Car s'il avait deviné que Wander Giesen avait sa petite idée derrière la tête, il ne voyait pas laquelle. Il appelait Alicia à la rescousse. Celle-ci lui confirma qu'elle avait intercepté le signal convenu en passant sa main dans ses cheveux.

— Mon client a déjà répondu à ces questions ! dit-elle, mettant ainsi fin aux questions des enquêteurs.

— Nous aimerions réentendre ses réponses.

Alicia prit alors la voix monotone d'une personne qui rabâche un texte :

— Non, Monsieur Lamar n'était pas le chef de la bande. C'était Jo Bellamy. Non, il ne sait pas où est caché l'argent. Seuls les frères Bellamy connaissent la planque. Non, ce n'est pas lui qui a tiré sur les trois victimes, mais Julius Bellamy. Non, il n'est pas allé se réfugier en France afin de fuir la justice américaine, mais pour échapper à une fausse accusation qui le condamnait irrémédiablement à la peine capitale…

— Il aurait traversé l'Atlantique par légitime défense en quelque sorte ! railla le procureur.

— Il s'est soustrait à une mort certaine, oui. C'est ce que nous ferons comprendre aux jurés.

Et comme Farraud continuait de croiser les bras, elle ajouta :

— Ils le comprendront d'autant plus aisément que nous démontrerons que Teddy Lamar est innocent des crimes dont on l'accuse.

Wander Giesen se força à sourire :

— Je vous rappelle que le grand jury a voté sa mise en accusation et que votre client reconnaît avoir commis cinq attaques à main armée en l'espace de neuf mois, dit-il. À votre place j'essaierais de trouver un accord avec mon Bureau en échange d'une reconnaissance de culpabilité.

Farraud décroisa aussitôt les bras et Alicia battit des paupières. Elle venait à son tour de relever l'incohérence dans la conduite du procureur. Elle rétorqua :

— Vous n'êtes pas à ma place.

— C'est bien dommage pour votre client ! soupira exagérément ce dernier.

Mike Wander Giesen avait été dix ans avocat dans l'un des trois plus grands cabinets de Dallas, chez *Fershaw & Associates*. Un cabinet occupant une tour de vingt étages sur Oak Lawn Avenue, et où il était arrivé à la mère d'Alicia, Claudia Ortiz, employé dans une société d'entretien, d'y faire le ménage. Wander Giesen l'ignorait. Comme il ignorait comment était la vie en dehors de Pyke University, le riche quartier résidentiel qu'on surnomme à Dallas « La Bulle », où il n'avait pas grandi, mais s'y était marié avec une fille de Benjamin Fershaw son boss. Il n'était pas pénaliste de formation, il était un ancien conseil d'entreprises facturant six cents dollars de l'heure ses honoraires et qui avait découvert le visage de la criminalité après avoir été élu procureur du comté. Il était craint parce qu'il était compétent à ce poste, mais aussi parce qu'il avait des appuis dans les hautes sphères de la politique et des finances de l'état.

Alicia poussa à sa suite un soupir, non par

bravade mais par écœurement. Elle lança un coup d'œil découragé à Farraud avant de s'emparer de sa bouteille d'eau. Cependant la gorgée qu'elle but ne fit pas passer le dégoût qu'elle ressentait. Le stratagème lui parut évident. Si Wander Giesen cherchait à ce qu'elle conclue un marché c'était parce que celui-ci était certain que le juge refuserait de l'approuver et exigerait la tenue d'un procès compte tenu des crimes commis et de l'effroi qu'ils ont suscité dans la population. Le juge avait déjà dû lui signifier son refus. Or s'il arrachait l'accord, le procureur ferait coup double : il obtiendrait la restitution des trois millions de dollars à ses amis banquiers et enverrait Teddy dans le couloir de la mort.

Franck Farraud fut étonné par l'expression d'abattement de sa consœur. Apparemment elle avait découvert ce qui clochait dans les propositions de Wander Giesen. Pourquoi n'en tirait-elle pas avantage ? Il racla les pieds de son tabouret, croisa et décroisa plusieurs fois les bras, mais elle ne réagissait pas. Malheureusement qu'est-ce que pouvait une avocate commise d'office contre le système ? Qu'est-ce que pouvait une Alicia Ortiz, hispanique issue d'une banlieue populaire, contre un Wander Giesen, gendre d'un futur sénateur ?

Soudain Farraud lâcha : « Merde ! ». Tous tournèrent leurs visages vers lui, il venait de renverser le contenu de sa serviette sur le sol. Le procureur et ses inspecteurs sourirent de voir l'avocat à quatre pattes ramasser ses affaires tout en pestant et en jurant en français. En réalité il s'adressait à Teddy. Son cartable n'avait pas glissé de ses genoux, il l'avait fait tomber. Lorsqu'il se releva, il tenait dans la main un jeu de feuilles qu'il n'avait pas rangé dans sa serviette. Il plongea alors ses yeux dans ceux du procureur et prononça :

— D'où tenez-vous que Teddy Lamar a reconnu avoir commis les hold-up ?

Wander Giesen pensa dans un premier temps ne pas avoir compris la question. Mais l'avocat répéta :

— Où avez-vous lu que mon client... que notre client déclare avoir participé aux attaques des banques commises par les frères Bellamy et Otis Jackson en 2008 ?

Cette fois le procureur crut à une plaisanterie. Il le dit avant d'éclater de rire. Alicia était interloquée. L'assurance de son confrère la désorienta. C'est alors que Teddy prononça :

— J'ai dit que j'avais braqué ces banques que parce qu'on m'y a contraint durant ma garde à vue en France.

Le son de sa voix surprit tout le monde. Il y eut un blanc durant lequel on le dévisagea. Puis Wander Giesen revint de sa surprise :

— Vous vous foutez de nous, Monsieur Farraud !...

— Maître Farraud, coupa l'avocat.

— Lamar a fait des déclarations circonstanciées aux officiers de police française lors de son arrestation, continua le procureur après un geste d'agacement. Il a fait des aveux complets.

À cet instant Farraud posa les yeux sur Alicia et dit :

— Nous soutenons que ces aveux lui ont été extorqués. Ils ont été obtenus parce qu'on a fait pression sur lui. Il ne bénéficiait pas alors de la présence d'un avocat. Voici la copie du procès-verbal d'interrogatoire. (Il agita devant lui le jeu de feuilles). Vérifiez vous-même ! Teddy n'était pas assisté d'un avocat.

Un des deux inspecteurs intervint :

— Vous n'allez pas nous faire le coup du suspect qui a été brutalisé par les policiers durant son interrogatoire ! Je ne sais pas en France, mais ici il y a belle lurette que ça ne marche plus !

Son collègue approuva énergiquement. Il ajouta même :

— Il n'est même pas Afro-américain !

Alicia plissait le front car elle ne voyait toujours pas où son confrère voulait en venir. Son visage s'éclaira quand celui-ci déclara :

— Nous ne parlons pas de brutalités policières ou de mesures coercitives, mais de promesses déplacées faites par la police française.

— Comment ? s'étrangla le procureur.

— C'est exact, renchérit Alicia en posant la main sur l'épaule de Teddy. Notre client a fait des aveux contre la fausse promesse qu'il ne sera pas extradé vers le Texas. La jurisprudence appelle cela des promesses déplacées et ne les admet pas. Les déclarations de Teddy Lamar sur le sol français sont par conséquent entachées d'un vice de procédure. Elles sont irrecevables devant une cour criminelle.

Wander Giesen la contempla avec étonnement :

— Vous n'y croyez pas un instant, Alicia ?

— Si Mike, répondit-elle en fermant d'un geste sec la chemise de son dossier. Nous allons déposer auprès du juge une demande d'*habeas corpus*.

Les deux inspecteurs braquèrent les yeux sur

le procureur pour qu'il empêche qu'une telle chose arrive.

— C'est extravagant ! dit-il. Vous allez sérieusement demander au juge de déclarer que la détention de Teddy Lamar est illégale et qu'il soit remis en liberté ?

— C'est, je crois, ce que veut dire *habeas corpus*, ironisa Alicia en refermant cette fois son sac.

— Mais le juge n'y fera jamais droit ! Cette pourriture que vous avez pour client est un assassin ! Un tueur de femme enceinte !

— C'est ce qu'on verra !

Elle regarda ensuite Farraud et proposa avec un large sourire :

— On y va ?

24

Ils quittèrent le pénitencier de Corsicana sans échanger un mot, mais leur silence était traversé de rires et de petits gloussements. Ils étaient aux anges. Ils se lançaient de temps en temps des coups d'œil expressifs puis se tapèrent dans la main à l'instar des basketteurs de San Antonio lorsqu'ils marquent un panier. Et quand la voiture atteignit la bifurcation de la route 46, Alicia regarda la prison dans le rétroviseur et s'exclama le majeur levé :

— *Es un cábron !*

— Ouais ! reprit Farraud qui n'avait pas compris le juron mais l'avait deviné. Wander Giesen n'est qu'un enfoiré !

Elle braqua à gauche pour prendre la direction de Dallas. Une conversation de juristes s'installa alors entre eux qui fit peu à peu retomber leur excitation. Ils se mirent d'accord sur trois points de droit qui viendraient soutenir leur demande d'*habeas corpus* devant le juge. Elle téléphona ensuite au greffe du tribunal pour obtenir une audience en référé. Le greffier fixa l'heure d'audience au lendemain, neuf heures. Elle raccrocha le visage radieux :

— Coup de bol ! On plaidera devant le juge Abogassian. C'est une fervente partisane des droits civiques. On va lui faire avaler ses boutons de manchettes au procureur ! (Elle ajouta en frappant cette fois le volant :) *Que hijo de puta !*

À l'approche de la banlieue de la ville ils se mirent à parler de tout et de rien, comparant les modes de vie américain et européen. Alicia dit qu'elle aimerait un jour aller en Espagne ou plutôt qu'elle aimerait y emmener sa grand-mère.

— Mes arrières étaient de la région des Campos. Vous connaissez ?

— Non. Je ne suis allé qu'une fois à Barcelone.

Elle fixa un long moment la route avant de poursuivre :

— Mais elle est âgée et malade, je ne sais pas si elle pourrait supporter le voyage. Peu importe ! Je réaliserai son rêve par procuration en faisant le voyage avec ma fille…

— Vous avez une fille ?

— Je prends votre surprise pour un compliment ! répondit-elle en riant. Oui, elle s'appelle Catilina et elle a sept ans.

Elle était arrêtée à un feu rouge. Elle devança sa question d'abord par un geste de la main ensuite par ces mots :

— Non, elle n'est pas de Layton. (Elle redémarra) J'étais en dernière année de droit quand je suis tombée enceinte d'un garçon que j'ai cru être l'homme de ma vie. Quand il a vu le test de grossesse virer au bleu, il est devenu vert. Le lendemain il a pris la poudre d'escampette. Mais pour moi, il était trop tard. J'avais dépassé le délai pour me faire avorter.

Elle fit le tour d'un rond-point, mais rata la rue où elle devait s'engager. Elle s'exprimait sur un ton léger, mais en réalité elle était émue :

— Je ne sais pas pourquoi je vous raconte tout ça ! dit-elle avec un rire forcé. Je n'en parle jamais d'habitude !

— Peut-être parce que je suis un étranger, répondit-il doucement.

Elle hocha la tête d'un air songeur. Puis :

— J'ai failli arrêter mes études, vous savez ! La banque a voulu mettre fin à mon prêt étudiant quand elle a appris ma grossesse. Je n'avais pas les moyens de passer le barreau. Alors ma mère s'est proposée de la prendre... Elle est catholique pratiquante. Elle m'aurait reniée si elle avait su que je m'étais fait avorter !

Elle marqua un silence avant d'ajouter dans un étranglement de la voix qu'elle dissimula en une toux :

— C'est ma mère qui continue d'élever ma fille. Catilina ne veut pas venir vivre avec moi. Pour elle je suis une parente, une sorte de grande cousine, mais pas sa maman.

On la klaxonna car elle ne roulait pas assez vite. Elle freina, passa la tête à la portière et lâcha une bordée d'injures au conducteur du pick-up qui se trouvait derrière eux. Quand elle rentra la tête, elle avait le front rouge et la lèvre frémissante.

— Je sais bien que ce type n'y est pour rien, dit-elle en guise d'excuse avant de repartir.

On approchait du centre-ville. Alicia ne parlait

plus depuis l'incident avec le conducteur du pick-up. Farraud avait beau essayer de ranimer la conversation, elle ne lui répondait que par monosyllabes. Son esprit était ailleurs. À la fin, celui-ci s'exclama :

— Et si vous me la présentiez ?

— Qui ça ?

— Votre fille !... J'aimerais la connaître. En France, je vous aurais déjà présenté ma famille.

— Vous en avez une ?

— Non. Mais c'est ce que j'aurais fait si j'en avais eu une.

Elle lui jeta un coup d'œil perplexe puis dodelina de la tête. Elle hésitait.

— C'est qu'à cette heure-ci elle rentre de l'école, dit-elle en regardant sa montre. Ma mère la fait goûter ensuite elle lui fait faire ses devoirs... Je ne sais pas si...

— Eh bien, aujourd'hui c'est vous qui lui ferez faire ses exercices !... Où est le mal ?

Elle secoua de nouveau la tête :

— Ma mère habite à Trinity River. C'est à l'autre bout de la ville...

— Tant mieux ! Je verrai comme ça un autre quartier que le centre historique. Je pourrai rentrer chez moi en disant que je connais Dallas.

Cette fois elle sourit :

— Vous ne lâchez jamais, vous ?... Je l'ai déjà remarqué tout à l'heure avec Wander Giesen.

— Quand ça me tient à cœur, non. Jamais !

Aussitôt après il se demanda pourquoi il avait répondu ainsi. Rien n'était plus faux. Il était lâche et peureux. Il s'était couché devant Humbert. Ce dernier lui aurait demandé de ramper devant lui qu'il l'aurait fait. Il n'avait pas non plus cherché à casser la gueule à Vettel avant d'embarquer. Il s'était contenté de panser sa blessure d'amour-propre en se réjouissant d'avoir baisé avec sa femme. Ils ont dû bien rire de lui tous les deux. Il regarda par la vitre, il se dégoûtait. C'est alors qu'il aperçut à un arrêt de bus un jeune homme qui ressemblait à son client. Son cœur palpita d'orgueil. Quoi qu'on pensât de lui, il était tout de même, en ce moment, un homme qui se battait pour défendre la vie d'un autre. Ce combat n'était pas uniquement motivé par des intérêts personnels. Il en était persuadé, il avait changé. De sorte qu'il redressa les épaules et regarda droit devant lui.

— C'est une bonne idée ! dit finalement Alicia. Je vais vous présenter ma mère et ma fille !... Ça nous fera nous connaître un peu mieux. Ce ne peut être qu'utile à la défense de Lamar.

Elle s'engagea dans la voie express qui menait au sud de la ville et prit la direction de Trinity River en appuyant chaque fois qu'elle le pouvait sur l'accélérateur. L'impatience l'avait gagnée.

Claudia Ortiz habitait une maison sans étage sur Dale street, une rue qui longe une artère où se rejoignent les routes 67 et 77 ainsi que l'autoroute 35 E. Les habitations du pâté de maisons étaient construites sur le même modèle, un cube de ciment de plain-pied avec un carré de pelouse parsemé de dalles. Seule différait la couleur. La maison de Mme Ortiz était rouille. Sur le toit séchait du linge blanc sur des fils et, entre les draps, que le vent remuait, sautillait une petite fille. Celle-ci n'avait pas entendu la voiture de sa mère se garer dans la rue, ni les portières claquer. Elle continuait de poursuivre un chat qu'elle essayait d'attraper. Farraud remarqua qu'Alicia agitait la main vers elle sans oser l'appeler. Son visage était changé, elle semblait intimidée et craintive. Il était sur le point de traverser la chaussée et de le faire lui-même quand une femme apparut sur le seuil. Elle essuyait ses mains dans un torchon tout en souriant. Mais ses yeux étaient interrogateurs.

— Alicia !... Tu nous amènes du monde ?

Elle embrassa sa fille, tendit la main à Farraud et ce n'est qu'ensuite qu'elle cria :

— Lina, descends ! Ta maman est là !

Claudia Ortiz ne quittait pas Farraud des yeux. C'était encore une belle femme, au visage plein et aux yeux d'un brun profond qu'accentuaient des sourcils très noirs et arqués. Elle avait une épaisse chevelure, grisonnante à la racine, qu'elle ramassait comme sa fille en un chignon bas. Elle touchait souvent, par manie, deux médaillons qu'elle portait au bout d'une fine chaîne en or et qui représentaient l'un la Sainte Vierge et l'autre le Sacré-Cœur.

Tandis qu'Alicia allait au-devant de sa fille, celle-ci questionna :

— Vous êtes un ami d'Alicia ?

— Son confrère. Je suis français. Je viens l'assister dans un dossier.

Mme Ortiz ne put réprimer un soupir de soulagement. Sa fille ne s'était pas trouvé un ami qu'elle serait venue lui présenter, et avec qui elle aurait décidé de vivre. Alicia dans ce cas aurait pu vouloir reprendre Catilina afin de lui donner un père. Elle effleura ses médaillons puis invita Farraud à entrer. Avant de franchir le pas de la porte, elle salua en espagnol des voisines qui aux bruits des portières et des voix s'étaient penchées à leurs fenêtres.

Dans le vestibule, un vélo d'enfant était couché et encombrait le passage. Farraud voulut le relever, mais Mme Ortiz l'en empêcha et le poussa dans le salon.

— Alicia ! cria-t-elle. Viens donc t'occuper de ton invité ! Je vais préparer des citronnades !

La jeune femme arriva avec sa fille dans ses bras. Son visage rayonnait de joie.

— Lina, dit-elle en se laissant tomber avec elle sur le canapé, je te présente Franck. Va lui dire bonjour !

La fillette ne quitta pas les bras de sa mère, elle lui lança seulement : « Salut ! » en le contemplant avec des yeux farouches. Farraud lui répondit par un petit sourire. Il était tout à coup intimidé. Il avait l'impression de gêner, d'encombrer comme la bicyclette qu'il avait voulu relever. Il restait debout, les mains dans les poches, près d'une cheminée à garniture en stuc et sur laquelle trônait le portrait en noir et blanc d'un couple de jeunes mariés. Alicia ne remarquait pas son embarras, elle caressait les cheveux étonnement blonds de sa fille et les couvrait de baisers. La voix de Mme Ortiz le fit tressaillir :

— Mais asseyez-vous donc ! Vous n'avez pas l'intention de repartir tout de suite ?

— Non… Je ne sais pas…, balbutia Farraud en se précipitant vers elle pour lui prendre des mains le plateau de rafraîchissements.

Mme Ortiz l'esquiva :

— Laissez ! dit-elle. Je n'ai pas besoin d'aide.

Elle avait oublié les biscuits, elle demanda à sa petite fille d'aller les chercher dans la cuisine.

Lorsque cette dernière revint, elle la fit monter sur ses genoux. Alicia ne comptait déjà plus.

— Je vous en prie, dit Mme Ortiz en avançant l'assiette de sablés vers Farraud, servez-vous !

L'expression triste et résignée d'Alicia l'irrita. Il répondit sur un ton vif :

— Non merci, Madame Ortiz. Nous avons réservé une table dans un restaurant. Nous allons bientôt y aller.

Alicia leva haut les sourcils tandis que Mme Ortiz manifesta son mécontentement :

— Vous ne passez qu'en coup de vent ?... (Se tournant vers sa fille :) Et moi qui pensais que tu resterais un peu pour Lina…

— Mais elle vient avec nous, coupa Farraud. Alicia est passée la prendre.

Celle-ci, qui s'emparait de son verre, renversa de surprise un peu de citronnade sur le tapis. Cela donna l'occasion à Mme Ortiz de s'emporter. Elle n'osait pas dire en face à Alicia qu'elle refusait cette sortie.

— Regarde ce que tu fais ! s'exclama-t-elle en se saisissant d'une serviette en papier posée sur le plateau. Un tapis que je viens tout juste de donner à nettoyer !

Elle tamponnait la tâche, un genou appuyé sur le sol.

— Donne, maman. Je vais le faire, dit Alicia qui se penchait vers elle.

— Non ! s'écria sa mère en dardant sur sa fille des prunelles étincelantes.

Alicia se releva brusquement :

— Lina, ordonna-t-elle. Va mettre tes chaussures et prends ton gilet bleu. Nous partons.

La petite fille demeurait indécise entre sa mère et sa grand-mère. Son regard allait de l'une à l'autre. Mme Ortiz grommela :

— Lina a école demain. Elle n'a pas encore pris son bain.

— Elle le prendra chez moi et je la conduirai demain matin à son école.

Alicia posa la main sur la tête de sa fille.

— Tu prendras ton cartable et ta brosse à dent aussi. Va vite ! Dépêche-toi !

Lina courut à sa chambre tandis qu'Alicia et sa mère se défièrent du regard. Elles eurent alors des mots, en espagnol, et Farraud perçut à un moment son nom dans la bouche de Mme Ortiz. À cet instant Alicia blêmit. Elle prit une longue inspiration pour ne pas gifler sa mère. Elle dit sans la quitter des yeux :

— Il est temps de partir, Franck. Assurez-vous que vous n'avez rien oublié parce que je ne pense pas que nous repasserons ici.

Ce fut au tour de Mme Ortiz de devenir livide. Mais au lieu de retenir sa fille et de tenter de la radoucir, elle se dirigea vers la cheminée. Elle toucha le cadre dans lequel se trouvait la photographie :

— Heureusement que ton père n'est plus là pour voir ça ! soupira-t-elle. Ça l'aurait tué !

— C'est toi qui me tues, maman ! rétorqua Alicia en ramassant son sac.

Farraud emboîta le pas à la jeune femme qui sortit de la maison sans un regard pour sa mère. Catilina était déjà installée à l'arrière de la voiture et attachait sa ceinture. Elle s'étonna que sa grand-mère ne vînt pas l'embrasser pour lui dire au revoir.

— Je l'embrasserai deux fois plus demain ! lança-t-elle.

— Il n'y aura pas de demain Lina, répondit calmement Alicia. Tu vas vivre avec ta mère à présent.

25

Farraud prétexta un coup de fil urgent de France qu'il devait recevoir à l'hôtel pour laisser la mère et la fille seules ce soir-là. Elles avaient besoin de se retrouver. Alicia ne fut pas dupe de l'excuse, mais n'insista pas. Elle était en train de réaliser ce qu'elle venait de faire. Elle prenait conscience de la responsabilité que ce serait d'élever un enfant, du bouleversement que cela allait entraîner dans sa vie. Elle était effrayée mais en même temps elle souriait de bonheur.

— À demain neuf heures, au tribunal ! lança-t-elle par la vitre ouverte de la portière. Je ne pourrai pas passer vous chercher, j'emmène ma fille à l'école.

Elle dit cela sur le ton de la plaisanterie, mais elle avait du mal à contenir ses larmes.

Luther somnolait derrière son desk face à un ventilateur qui fonctionnait par à-coups. Devant lui, traînaient des boîtes en carton, les restes d'un repas chinois. Farraud ressortit sans le réveiller. Il n'avait pas envie de dîner seul dans sa chambre. Il redescendit lentement Commerce street, la chaussée était humide, mais les averses qui tombaient brusquement du ciel ne rafraîchissaient pas l'air. La tombée du soir était étouffante. Il s'arrêta devant le *Angry Dog* ; toutes les tables étaient prises et les serveurs ne savaient où donner de la tête. De toute façon, il n'y serait pas entré, ils n'avaient pas de Lone Star. Il avait envie de cette bière comme d'une compagnie. Il songea à Alicia qui maintenant n'était plus seule. Puis à son ex-femme. Il avait épousé Anne parce qu'elle le lui avait demandé :

— On pourrait se marier, qu'est-ce que t'en dis ?

Elle était alors dans la salle de bain où elle se brossait les cheveux.

— C'est une idée…

— Si tu regardes bien, avait-elle continué, la moitié du temps tu vis chez moi et l'autre moitié, c'est moi qui suis chez toi. Pourquoi ne pas faire plus simple ?

— Oui, pourquoi pas ?

— Et puis, je ne sais pas… Peut-être qu'un jour tu voudras avoir un enfant ?

Anne avait suspendu sa phrase, attendant sa réponse. Il avait fait semblant à ce moment-là d'être au téléphone.

De nouveau ses pensées revinrent à Alicia. La jeune femme était au fond semblable à lui. Sous ses airs d'avocate courageuse et combative, elle était démunie face à certaines situations de la vie. Comment expliquer autrement qu'elle se soit laissée déposséder de son enfant pendant sept ans ?

Ses pas l'avaient conduit jusqu'au quartier de West End, au nord de la ville. L'endroit était animé, les bars déjà pleins à craquer. Il acheta des tacos et des tortillas mexicaines à un vendeur ambulant puis s'installa à une terrasse. Il commanda une Lone Star qu'on lui amena fraîche dans un verre dégoulinant de mousse. Il lécha les bords avant de boire une longue gorgée. Il se sentit tout à coup très bien, ça ne lui était pas arrivé depuis des mois. Il ne vibrait plus de toute cette rage qui s'était fichée en lui, comme un pieu dans la gorge, depuis que son existence s'était trouvée liée au sort de Teddy Lamar. Il mangeait tout en contemplant, amusé, les gens qui déambulaient devant lui. Il suivait des yeux un homme qui portait un chapeau de cow-boy et qui tenait la main d'une femme en minijupe en peau de vache, ou un homme d'affaires en costume sombre, une mallette à la main, et qui avait aux pieds des bottes en lézard. Il riait alors sans parvenir à avaler sa bouchée. Soudain elle fut devant lui, la paille d'un gobelet de Coca-cola entre les lèvres. Elle aspira bruyamment un peu de son soda avant de dire :

— Est-ce vous savez que vous avez un air niais à rire comme ça tout seul ? On dirait un touriste !

— Mademoiselle Lartigue !... Qu'est-ce que vous faites là ?

— La même chose que vous, je crois, ironisa-t-elle. Je passe la soirée hors de ma chambre d'hôtel.

Elle tira une chaise :

— Vous permettez ?

Elle s'assit sans attendre sa réponse. Elle portait une robe en liberty à bretelles et des santiags.

Ses lèvres étaient carmin. À son tour il voulut se moquer d'elle :

— Vous êtes une vraie caricature de femme de cow-boy habillée comme ça !

Elle leva une jambe pour montrer sa botte :

— Elles m'ont coûté une fortune ! Elles sont en crocodile ! (Elle baissa la jambe) Lorsqu'on est journaliste, il faut ressembler à ceux que vous interrogez si vous voulez qu'ils se confient à vous. Autrement vous êtes un étranger et comme partout, on se méfie des étrangers.

Elle saisit sa paille coudée avec les dents, attendit avant d'aspirer puis passa sa langue sur ses lèvres rouges qui devinrent humides. Farraud fut troublé ; il baissa les yeux.

— Vous savez pourquoi j'aime ce pays ? ajouta-t-elle. Parce qu'on y est moins guindé qu'en Europe. Ce n'est pas votre avis ?

— Si.

— Vous dînez seul ce soir ? demanda-t-elle en se penchant sur les restes des barquettes de tacos et de tortillas.

Il anticipa sa question :

— Oui, vous pouvez vous permettre ! dit-il.

Il avança vers elle une barquette.

Mais elle se redressa en fronçant le nez :

— Je n'aime pas la cuisine Tex Mex.

Il s'esclaffa :

— Eh bien ! Vous qui disiez que vous aimiez vous fondre dans le décor ! C'est raté en ce qui concerne la cuisine. Ne vous faites pas inviter par un Texan que vous voudriez interviewer !

Elle rit à son tour, mais l'expression de ses yeux était réfléchie :

— Vous l'avez vu ? questionna-t-elle brusquement.

— Oui, répondit-il après un soupir.

— Alors ?

— Alors, rien.

— Où l'ont-ils écroué ?

— Eh bien... c'est vous-même qui me l'avez appris ! À Huntsville.

— Vous mentez. Je le saurais. (Elle marqua un temps) C'est votre consœur américaine qui vous a interdit de parler aux journalistes ?

— Oui.

— Vous lui avez parlé de moi ?

— Oui.

— Et ?

— Et rien. Nous réfléchissons à votre demande.

Elle ricana :

— Viendra le moment où c'est moi qui réfléchirai à la vôtre !

Elle se rejeta contre le dossier de sa chaise, en faisant la moue. Elle manifestait si bien sa frustration que Farraud eut soudain une intuition :

— Vous m'avez suivi, reconnaissez-le ! dit-il.

Elle plissa le front :

— Pas exactement...

— C'est-à-dire ?

— Je vous ai vu tourner à l'angle de Dealey Plaza. Mon hôtel n'est pas loin. J'ai alors abandonné l'ami avec qui je sortais dîner et... je vous ai rejoint !

— Dites plutôt que vous m'avez pisté ! lâcha-t-il avec dépit.

Il était en effet déçu que cette rencontre ne fût pas le fruit du hasard. La nuit était tombée, l'air s'était adouci. Tout autour d'eux des couples enlacés flânaient le long des trottoirs. Le bien-être qu'il ressentait avant qu'Audrey Lartigue n'apparaisse s'était, à son contact, transformé en une sorte de désir confus, diffus, qui lui faisait aussitôt détourner les yeux chaque fois qu'ils les posaient, par hasard, sur sa bouche.

Il se leva.

— Où allez-vous ?

— Je rentre à mon hôtel. Je n'aime pas être traqué comme du gibier.

— Mais attendez !...

Il avait traversé la chaussée lorsqu'il entendit des éclats de voix derrière lui. Il se retourna. Le serveur du café, à la terrasse de laquelle il s'était installé, levait le poing dans sa direction tandis qu'Audrey Lartigue sortait son porte-monnaie de son sac pour le payer. Il avait oublié de régler sa bière. Il devint rouge comme une écrevisse. Il se précipita vers le serveur tout en fouillant dans la poche de son pantalon.

— C'est payé ! lui lança la journaliste lorsqu'il fut devant elle.

— Mais... je vais vous rembourser !

— J'y compte bien ! rétorqua-t-elle en lui prenant le bras.

Sa bouche troublante souriait.

— Toutefois je vous demanderais un paiement en nature !

Elle l'entraîna sur le trottoir.

— Je ne comprends pas...

— Marchons un peu. Faites-moi faire un petit tour de la ville en échange de mes quatre dollars. Je vous fais grâce du pourboire.

— Vous connaissez certainement Dallas mieux que moi, répondit-il.

Elle s'arrêta, le dévisagea avec un air interrogateur. Elle fronçait le nez.

— Qu'est-ce que vous pouvez être nigaud, ma parole !

Il esquissa un sourire en guise de réponse. Il comprenait parfaitement son appel du pied, mais il n'avait pas la tête à ça. Et puis le souvenir cuisant de son aventure avec Vicky le refroidissait un peu.

Ils déambulèrent avec les autres badauds dans le quartier avant de redescendre lentement jusqu'à la place du City Hall. Ils parlaient de leurs métiers respectifs en prenant soin de ne pas aborder le sujet de Teddy. Elle pour éviter de le braquer, lui pour qu'elle ne cherche pas à lui soutirer des informations. Leurs pas les portèrent jusqu'à Fountain Place où ils s'assirent sur un banc, face aux jets d'eau. Ils s'abîmèrent dans leur contemplation, silencieux. Audrey Lartigue n'avait pas retiré son bras de celui de Farraud. À un moment, elle toussa. Il demanda si elle avait froid. De nouveau elle l'examina avec des yeux surpris. La température dépassait les vingt degrés. Elle commença par secouer la tête, finalement répondit :

— Oui, je frissonne un peu ! Je vais vous raccompagner à votre hôtel. Vous ne retrouverez pas le chemin tout seul.

Il s'y opposa fermement. Il ne la laisserait pas rentrer à pied la nuit.

— Je prendrai un taxi dans ce cas.

— Faisons le contraire, insista-t-il.

L'hôtel où était descendue Audrey Lartigue

était un palace situé sur Elm street, près du mémorial de John F. Kennedy. Trois réceptionnistes en uniforme grenat à col de velours noir se tenaient debout derrière un long comptoir en bois de chêne si luisant qu'il scintillait lui-même des lumières du grand lustre du hall. Luther rêverait d'être là, se dit Farraud.

La journaliste lui proposa de boire un dernier verre. Il répondit :

— Oui, volontiers.

Mais au lieu de se diriger vers le bar, elle demanda sa clé au réceptionniste et commanda du champagne.

— Si vous n'aimez pas le champagne, dit-elle, il y a de la bière dans le minibar.

La chambre était comme l'hôtel, luxueuse. En y pénétrant, Farraud siffla. Il n'y avait pas de ventilateur couleur épinard qui tournait, poussif, au plafond mais de nombreux boutons de réglage de la climatisation. Par plaisanterie, il lui demanda si ça existait des journalistes commis d'office. À cet instant le groom frappa à la porte. Il poussa jusqu'au canapé une table roulante sur lequel se trouvaient deux flûtes et une bouteille de champagne dans un sceau débordant de glace. En voyant le généreux pourboire que la jeune femme donna au garçon, il rougit de honte. Il revoyait les deux billets d'un dollar qu'il avait laissés à Luther le soir où celui-ci lui avait monté sa bière.

Audrey Lartigue prit sa rougeur pour de l'embarras.

— Je vous en prie, asseyez-vous ! l'invita-t-elle avec une légère lassitude dans la voix. Mettez-vous à l'aise !

Il enleva sa veste et s'installa sur le canapé.

Elle s'absenta quelques instants, mais lorsqu'elle revint elle n'avait plus son rouge à lèvres. Sa bouche n'était plus si troublante. Il en ressentit une telle déception qu'il tira, mécontent, sur son nœud de cravate. Celui-ci, au lieu de se desserrer, se coinça :

— Merde !

— Attendez ! dit-elle en s'élançant vers lui. Je vais vous aider !

À peine s'était-elle penchée sur lui, qu'il l'enlaça. Elle répondit à son étreinte puis se mit à déboutonner lentement sa chemise, en frôlant sa peau de ses lèvres. Lorsque sa bouche approcha de sa ceinture, il avança la main vers son visage qu'il releva :

— Remets ton rouge à lèvres, murmura-t-il.

26

La juge Rebecca Abogassian boutonnait sa robe de magistrat tout en observant par la fenêtre entrouverte de son bureau les journalistes et les caméramans qui étaient agglutinés devant le tribunal.

— Ils n'ont pas laissé une seule marche d'escalier par laquelle un justiciable pourrait passer ! s'exclama-t-elle.

Puis elle regarda de l'autre côté de la rue où étaient stationnés les véhicules des télévisions et des radios, et sur le même ton sarcastique constata :

— Et ils n'ont même pas laissé une place de libre où pourrait se garer un fonctionnaire du tribunal !

Elle se tourna d'un bloc et laissa tomber son regard sur Teddy. Il semblait depuis la veille avoir encore maigri dans sa tenue orange, et dans ses yeux se lisait le même effarement.

— C'est lui ?

— Oui votre Honneur, répondit Alicia.

Il était la seule personne dans le bureau à être

assise. Quand la magistrate prit place dans son fauteuil, elle en régla longtemps la hauteur, elle ne fit signe ni au procureur ni aux avocats de s'asseoir. C'était une femme mûre, grande et sèche, aux joues pâles et aux cheveux mi-longs qu'elle teignait en noir. Ses yeux, d'un bleu profond, fixaient l'interlocuteur sans rien exprimer. Cette fixité du regard déstabilisait quand on plaidait devant elle. Il fallait le soutenir sans perdre ses moyens, avait expliqué Alicia à Farraud dans le couloir. Auparavant cette dernière lui avait demandé pourquoi il portait les mêmes habits que la veille.

— Ils sont chiffonnés ! dit-elle en l'examinant de la tête aux pieds. Abogassian aime qu'on se présente devant elle en tenue correcte. Qu'est-ce qu'il vous est arrivé hier pour que vous soyez si négligé ce matin !

Il s'était raclé la gorge et avait bredouillé quelques mots inintelligibles. Heureusement à cet instant Wander Giesen sortait de l'ascenseur et avait interpellé l'avocate. Tandis que tous deux s'entretenaient à l'écart, Farraud avait essayé de s'arranger un peu. Il avait refait son nœud de cravate et fermé sa veste, puis avait passé les mains sur les plis de son pantalon. Mais il portait un costume de lin qui ne se défroissait qu'au pressing.

La juge Abogassian se cala dans son siège avant d'appuyer sa tête sur le dossier. C'est alors qu'elle leva les yeux sur lui. Elle le dévisagea, puis contempla ses vêtements avant de demander :

— C'est lui ?

— Oui votre Honneur, intervint aussitôt Alicia. Je vous présente mon confrère du barreau de Paris, Maître Franck Farraud.

La magistrate ne dissimula pas son étonnement. Apparemment elle se faisait une tout autre idée de l'élégance française. Elle inclina ensuite la tête vers la gauche et darda ses iris sur Wander Giesen :

— Je vous écoute, Monsieur le Procureur.

— Je serai bref, votre Honneur. Le ministère public vous prie de rejeter la demande *d'habeas corpus* formulée par la défense. Les motifs de la requête sont purement extravagants et n'ont aucune base légale.

— Quels sont ces motifs ?

Elle tourna son visage vers Alicia. Celle-ci fit un pas un avant :

— Mon client a été appréhendé par la police française. Il a été interrogé sans la présence d'un avocat. Il n'a pu bénéficier de son assistance que quatorze heures après le début de son interrogatoire. C'est une violation manifeste des droits de l'accusé. Or les déclarations d'un suspect faites à la police ne peuvent être utilisées que si celui-ci a été préalablement informé qu'il pouvait bénéficier de la présence d'un avocat. La Cour Suprême en 1966...

— Je connais la décision *Miranda contre Arizona* de la Cour Suprême, coupa la magistrate sur un ton péremptoire. Abrégez, Maître.

Alicia ne marqua aucune émotion. Elle reprit :

— Durant son interrogatoire les policiers ont fait croire à mon client que s'il reconnaissait les faits pour lesquels il avait été arrêté, on ne l'extraderait pas vers les États-Unis. Cette fausse promesse est une violation du *Quatorzième amendement* qui impose que tout suspect doit faire l'objet d'une procédure régulière.

Rebecca Abogassian arrêta d'un geste de la main Wander Giesen qui voulait intervenir.

— Poursuivez, Maître.

— Merci votre Honneur. Nous vous demandons de faire droit à notre requête de remise en liberté immédiate et ce d'autant que le procureur général lui-même reconnaît que les aveux passés en France ne sont pas valables.

— Moi ! Moi !... Comment ça ? Où ça ? glapit Wander Giesen.

La juge leva un sourcil :

— Êtes-vous certaine de la voie dans laquelle vous vous engagez, Maître Ortiz ? J'espère que vous n'êtes pas en train de sortir un lapin blanc de votre chapeau d'avocate pour vous faire un coup de pub !

Rebecca Abogassian termina sa phrase par un mouvement du bras en direction des journalistes qui se trouvaient dans la rue. Alicia secoua la tête :

— Ce serait un coup d'épée dans l'eau, votre Honneur. Car quoi qu'on fasse, quoi qu'on dise, mon client est coupable à leurs yeux.

Wander Giesen intervint. Il exigea des explications de la défense. Où avait-il dit que les déclarations de l'accusé faites à Paris étaient irrecevables ?

Abogassian croisa les bras :

— Je m'associe à cette exigence. Soyez convaincante, Maître !

Contre toute attente, ce fut Farraud qui prit la parole :

— Si vous permettez votre Honneur…

— *S'il vous plaît, Monsieur l'avocat* ! invita cette dernière en français. Il est peu probable que j'aie de nouveau la chance d'entendre plaider devant moi un avocat français sur un point de procédure américaine ! J'aurais, grâce à vous, une histoire à raconter à mes petits enfants.

Il s'éclaircit la voix :

— Nous soutenons que le Procureur général a *implicitement* reconnu que les confessions faites par Teddy Lamar aux officiers de police français n'étaient pas valables puisqu'il lui propose un arrangement afin d'éviter le procès.

Wander Giesen ricana ostensiblement :

— Vous êtes aux États-Unis, M*onsieur* ! Quatre-vingt-cinq pour cent des inculpations se terminent par un marchandage entre la défense et l'accusation. Où est le problème ?

— Il n'y en aurait aucun, rétorqua Farraud en s'adressant à la juge, si mon client n'avait pas préalablement reconnu sa culpabilité. Or l'accord que passe le ministère public américain avec un criminel porte sur sa reconnaissance de culpabilité. L'accusé reconnaît être l'auteur des faits et en échange obtient un allégement de sa peine. Mais celui que propose M. Wander Giesen est tout autre.

La magistrate décroisa brusquement les bras et posa ses coudes sur le bureau. Elle écoutait avec attention Farraud. De sorte que lorsque le procureur chercha à protester, elle le fit taire par un nouveau geste impatienté de la main :

— Poursuivez, M*onsieur*..., Maître.

— Nous soutenons, votre Honneur, que le procureur offre un marché de dupe à un homme qui risque la peine de mort. Il ne peut pas d'un côté prétendre que le procès-verbal de garde à vue contenu dans le dossier français est valable ici, au

Texas, et de l'autre proposer arrangement aux termes desquels Teddy Lamar reconnaîtrait, comme s'il ne l'avait jamais fait auparavant, les crimes qu'on lui impute en échange de sa vie. On ne peut pas avoir reconnu et reconnaître comme si... on n'avait jamais reconnu !

— C'est totalement tiré par les cheveux ! s'exclama Wander Giesen.

— Pas tant que ça, reconnut la magistrate.

Il s'approcha vivement de son bureau sur lequel il posa cavalièrement ses mains, et se pencha vers elle. Cela déplut à Rebecca Abogassian qui se mit à fixer ses mains.

— Mais c'est grotesque ! reprit-il. La transaction que je propose porte sur les trois millions de dollars dérobés aux banques pas sur les meurtres commis.

— Toutefois, intervint Alicia, je vous ferais remarquer, votre Honneur, que si Teddy Lamar déclarait détenir cette somme, il avouerait du même coup tout le reste. Ce qui lui serait préjudiciable. Le ministère public ne peut pas fractionner les aveux comme bon lui semble. Ils forment un tout. Ou bien ceux faits à Paris sont recevables et alors il n'a rien à proposer. Ou bien la confession de mon client faite aux autorités françaises est nulle et du coup c'est sur l'ensemble des crimes qui sont reprochés à mon client qu'il lui appartient de marchander.

— C'est complètement insensé !

— Pas tant que ça, répéta la juge. (Elle prit une longue inspiration) D'autant que je ne vous cache pas, Monsieur le Procureur, que votre marché a quelque chose d'immoral.

Elle était manifestement choquée par la

transaction que proposait l'accusation. Wander Giesen retira aussitôt ses mains de son bureau et recula, blême.

— En effet, asséna-t-elle, au lieu de traduire devant un jury populaire un homme que vous accusez d'une tuerie effroyable, vous cherchez à récupérer l'argent de son crime. Dites-moi, est-ce que selon vous chaque victime vaut un million de dollars ?

Wander Giesen vacilla sur ses jambes, il était sonné. Alicia et Franck échangèrent un coup d'œil triomphant tandis que Teddy s'était redressé sur son siège et contemplait la juge. Une lueur d'espoir brillait à présent dans ses yeux.

Rebecca Abogassian joignit ensuite ses mains sous son menton et s'absorba dans ses pensées. L'intensité de sa réflexion était telle qu'elle ne battit pas une seule fois des cils.

Les avocats, le procureur et le prisonnier la fixaient tout en retenant leur respiration. De temps en temps, fusait de la rue le cri d'un journaliste. « L'*habeas corpus*, c'est aussi pour les tueurs d'enfants ? », « Votre Honneur ! Dites-nous si vous allez relâcher dans les rues de Dallas ce criminel sanguinaire ? », « Qu'est-ce que vous décidez, votre Honneur ? De permettre à Lamar de retourner flâner dans les rues de Paris ? ». Cette dernière plaisanterie fit s'esclaffer les journalistes et les deux surveillants pénitentiaires qui se tenaient devant la porte du bureau. La juge Abogassian ne ferma pas la fenêtre pour autant.

Farraud remarqua qu'Alicia, qui avait ses mains dans le dos, croisait les doigts. Ses lèvres remuaient légèrement ; elle invoquait le secours du

Ciel. Il posa ensuite les yeux sur Teddy. Il vit que lui aussi priait. Alors il fit de même, pas par superstition mais par calcul. C'était une sorte de pari à la Pascal : en misant sur la possibilité d'une intervention divine il n'avait rien à perdre, mais tout à gagner.

— Voici ma décision, dit soudainement la juge.

Tous tressaillirent.

— En ce qui concerne le premier argument, à savoir la violation du droit qu'a toute personne interrogée d'être assistée d'un avocat, nous le rejetons. En effet nous ne saurions imposer *Miranda Rule* à un pays étranger. Ce pays est un pays ami et nous ne le suspectons pas d'être antidémocratique. Par conséquent nous devons respecter ses règles en matière de procédure pénale.

Le procureur approuva de la tête tandis que les avocats se mordirent les lèvres. Seul Teddy gardait encore les épaules redressées.

— En ce qui concerne le deuxième argument, reprit la magistrate, à savoir la violation du *Quatorzième amendement* qui stipule que chaque accusé doit être jugé dans le respect d'une procédure régulière, nous le rejetons également.

Le procureur serra le poing en signe de victoire. Alicia décroisa les doigts.

— En effet, le principe « *due process of law* » émane de la Constitution des États Unis d'Amérique. La France a la sienne. Nous ne saurions, sans l'injurier, lui demander d'appliquer chez elle nos amendements.

La juge Abogassian se tut et plissa la bouche. Apparemment le troisième point lui semblait plus difficile à trancher. Alicia et Franck échangèrent un coup d'œil plein d'espoir. Ils se tenaient prêts à argumenter à la moindre hésitation de la juge. Celle-ci prononça :

— Le fait est que le procureur général du comté de Dallas prétende d'un côté détenir des aveux circonstanciés de culpabilité et de l'autre propose une transaction portant sur cette même culpabilité, nous paraît incohérent.

Teddy joignit de nouveau les mains et se remit à prier.

— Mais ce n'est qu'une apparence, ajouta la magistrate. Le *plea bargain* est une négociation que les parties sont libres d'accepter ou non. En aucun cas l'accord que propose l'accusation ne s'impose à la volonté de l'accusé. Celui-ci reste libre de demander à être jugé au cours d'un procès régulier. De sorte que si la bonne foi du District Attorney peut être dans ce cas précis suspectée, elle ne saurait fonder une ordonnance d'*habeas corpus*.

Elle posa alors son regard intense sur le prisonnier :

— Je rejette, pour tous ces motifs, la requête de remise en liberté. Vous resterez incarcéré, Teddy Lamar, au pénitencier jusqu'à votre comparution devant un tribunal. Je préfère cela à une transaction, ajouta-t-elle après avoir lancé un regard noir à Wander Giesen. La mémoire de vos malheureuses victimes vaut plus que trois millions de dollars !

27

Farraud venait de passer le portique de sécurité du pénitencier de Corsinaca. Il se tenait à présent dans le sas réservé à la fouille. Machinalement il avait mis les bras en croix et attendait qu'un gardien vienne le palper. Il était seul, Alicia était occupée au tribunal à la sélection des douze hommes et femmes qui allaient composer le jury du procès.

Il s'était écoulé une semaine depuis l'audience auprès du juge Rebecca Abogassian. Il n'avait pas revu Teddy jusqu'à cet appel ce matin du directeur du pénitencier.

— Je cherche à joindre Maître Ortiz-Sommers. Vous ne sauriez pas où elle est ?

— C'est la sélection des jurés aujourd'hui. Elle est au palais de justice.

— Ça explique pourquoi elle ne répond pas à son portable, dit Burke sur un ton hargneux. Dites-lui que j'ai appelé.

— Attendez !... C'est urgent ?

— Oui. Très urgent.

Farraud eut soudain un mauvais pressentiment.

— Qu'est-ce qui se passe ?... Qu'est-ce qui est arrivé à Teddy ?

L'autre hésitait à répondre.

— Je suis son avocat, bon sang !

— Techniquement, ce n'est pas exact. C'est Maître Ortiz qui est son défenseur.

Farraud grinça des dents.

— Elle en a pour la journée, dit-il. Vous n'arriverez pas à la joindre. Par conséquent, je suis *techniquement* son remplaçant. S'il existe un problème que nous pourrions régler, vous serez responsable.

Le directeur marqua un silence avant de répondre à contrecœur :

— Venez tout de suite. Lamar a failli y passer.

Il raccrocha sans donner plus d'explications.

Ce fut une surveillante qui vint dans le sas le fouiller sommairement. Ensuite elle lui rendit sa serviette et lui fit signer un registre. C'était une jeune femme noire avec une belle voix grave. Au moment où il passait la porte, elle l'interpella :

— C'est moche ce que vous allez voir. Je ne sais pas si vous y êtes habitué, mais là, je vous préviens, faut avoir le cœur bien accroché.

Elle referma la porte du sas. Il suivit un autre gardien dans le long couloir barré de portes qu'il avait emprunté huit jours plus tôt. Il n'avait pas remarqué alors combien il faisait chaud dans cette prison. Il fut très vite en nage et pourtant il avait les extrémités des doigts froids. À un moment il aperçut son reflet dans une vitre : il vit qu'il était terrifié.

Ensuite, le surveillant lui fit descendre un escalier droit qui débouchait sur une rampe en métal. Au bout il poussa une porte battante qui laissa passer une forte odeur d'alcool à 90° et d'antiseptiques. Ils arrivaient à l'infirmerie de la prison.

Toutes les portes des chambres étaient closes. Mais devant l'une d'elles un gardien était posté en compagnie d'un infirmier. La blouse blanche de ce dernier était sale, maculée de taches brunâtres qui faisaient penser à du sang séché. Il se curait les ongles avec une petite clé plate. Lorsqu'il aperçut Farraud, il tambourina affolé contre la porte avant de s'engouffrer à l'intérieur. Farraud accéléra le pas. Il surprit Burke qui calmait l'infirmier.

— On s'en tient à notre version ! chuchotait-il, la face rouge. On répète ce qu'Owen et Andy ont mis dans leur rapport. Gardez votre sang-froid, putain ! Je contrôle la situation !...

Il tourna brusquement la tête vers la porte :

— Ah ! Vous voilà enfin ! s'exclama-t-il.

Son visage changea aussitôt à la vue de l'avocat. Il devint serein comme son regard. L'infirmier et lui se tenaient devant le lit qu'ils masquaient. Quand Farraud pénétra dans la pièce, ils s'effacèrent.

28

Teddy était allongé sous un drap blanc, les paupières closes et les traits détendus. On aurait dit un adolescent dormant paisiblement. Hormis des compresses usagées et des morceaux de coton sales qui se trouvaient dans une cuvette posée sur un chariot, ainsi qu'une perfusion qui distillait dans son bras un sérum, rien n'indiquait qu'un accident grave lui était arrivé.

Farraud s'approcha du chevet du lit puis exprima à l'infirmier son incompréhension par une grimace. Ce dernier sans un mot souleva le drap. La convulsion d'horreur qui secoua l'avocat lui fit lâcher sa serviette et porter ses mains à sa bouche. Le corps du jeune homme était lacéré à plusieurs endroits et couvert d'ecchymoses. Des tuméfactions livides s'étendaient sur les jambes et menaçaient de déchirer la peau. Une couche recouvrait ses parties génitales. Lorsque l'infirmier vit que les yeux écarquillés de Farraud se posaient sur elle, il replaça le drap et dit :

— Il a été sodomisé également.

L'avocat recula lentement et tenta d'ouvrir le

col de sa chemise. N'y arrivant pas, il desserra sa cravate et arracha le bouton. Mais il ne parvenait toujours pas à respirer. Il se précipita dans le couloir, avant de franchir la porte il entendit Burke dire :

— Merde !... Il ne nous manquait plus que ça ! Il va tourner de l'œil, le con !

Farraud s'appuya d'abord d'une main contre le mur, mais la tête lui tournait et son estomac se contractait. Il s'y adossa pour ne pas défaillir. Les gardiens, le directeur et l'infirmier l'entourèrent sans oser le toucher ni lui parler. Soudain Farraud plaqua ses mains sur ses cuisses et se pencha en avant. Il se mit à vomir.

— Allez chercher de l'eau, putain de merde !... De l'eau, vite ! hurla Burke.

Il chercha à soutenir l'avocat, mais dès qu'il posa la main sur son bras celui-ci se redressa et le saisit par le col de sa chemise. Il lui cria au visage :

— Qu'est-ce qu'il lui est arrivé ? Qu'est-ce que vous lui avez fait ?

— Mais… rien ! se défendit Burke. Il y a eu une rixe entre les détenus. Lamar s'y est trouvé mêlé. Nous n'avons rien pu faire.

— Vous mentez ! Il était à l'isolement !

L'autre se dégagea. Il perdit de son assurance :

— Nous lui avons hier accordé la faveur de faire la promenade avec les autres détenus. Au moment de regagner les cellules, certains l'ont attiré dans un coin et une bagarre s'en est suivie. Les surveillants étaient occupés à rassembler les prisonniers. Le temps pour eux de s'en apercevoir, il était trop tard.

— Mon œil, oui ! Qui lui a accordé cette

faveur ?

— Je ne suis pas tenu de vous répondre, rétorqua Burke.

— Qui ? hurla l'avocat.

— Moi !... Moi, si vous voulez tout savoir ! Je pensais que ça ferait du bien au détenu. Depuis qu'il est arrivé ici, il est un prisonnier modèle. J'ai pris sur moi de lui accorder cette faveur pour l'encourager et récompenser son attitude.

Farraud fut stupéfait :

— Ce n'est même pas lui qui a demandé cette promenade ?... Vous l'avez jeté dans la fosse aux lions !

Son interlocuteur prit un air dédaigneux :

— Je n'ai pas à discuter avec un touriste du bien fondé de mes décisions. Je vous emmerde, Monsieur Farraud !

Ce dernier se rua alors dans la chambre, donnant au passage un coup d'épaule à l'infirmier qui renversa sur lui le gobelet d'eau qu'il lui apportait. L'avocat ramassa sa serviette et sortit son téléphone portable. Puis d'un geste sec ôta le drap.

— L'enfoiré !... Il va prendre des photos ! Confisquez son appareil !

Les deux gardiens se jetèrent sur Farraud qui se débattit. Dans leur lutte, ils heurtaient le lit et juraient. Cependant ils réussirent à le maîtriser en lui tordant un bras dans le dos. Teddy se réveilla. Il se mit à remuer et à gémir. Le directeur fit signe à ses hommes de lâcher Farraud. Ensuite il ramassa par terre le téléphone portable qu'il agita sous son nez :

— Vous ne l'avez pas remis à l'entrée lorsqu'on vous l'a demandé. Vous avez commis une infraction très grave au règlement du pénitencier.

Farraud se massait les muscles du bras en grimaçant :

— On a fouillé mon cartable.

— C'est pas une raison ! Les objets interdits durant les visites sont affichés dans le sas de sécurité. Et puis vous êtes avocat, alors cessez de me prendre pour un con ! (Burke colla son nez contre le sien. Il avait une lueur maligne dans les yeux) Vous savez que je pourrais vous garder ici pour ce délit ?

— Pour que j'aie la même *faveur* que celle que vous avez accordée à Teddy ?

Burke pinça les lèvres. Il se donna ensuite une contenance en vérifiant qu'aucune image n'avait été enregistrée avec le portable. Il le rendit à l'avocat. Ce dernier ne se démonta pas, il se mit à consulter le répertoire :

— Que faites-vous ? demanda le directeur après avoir échangé un coup d'œil interrogateur avec ses hommes.

— J'appelle Wander Giesen.

— Pour quoi faire ?

Farraud ricana :

— À votre avis ?... Pour le prévenir de ce qu'il se passe ici !

Ce fut au tour de Burke de pouffer :

— Qu'est-ce que vous croyez ? Il est au courant depuis longtemps !

Farraud laissa retomber ses bras et demeura interloqué.

— Le procureur ne se déplacera pas si c'est ce que vous espérez, poursuivit l'autre. Il m'a demandé au téléphone si c'était grave, je lui ai répondu que non. Puis il m'a demandé si l'accusé serait présentable pour le procès. Je lui ai dit que le visage était intact et que pour le reste, d'ici huit jours, on allait le soigner (Il se tourna vers l'infirmier) Hein, Nando ? Vous allez me maquiller tout ça ?

— Comme un camion volé ! répliqua l'autre.

Et à tous de s'esclaffer. Farraud serra les mâchoires et avala sa salive :

— Je souhaiterais m'entretenir avec mon client, articula-t-il d'une voix sourde.

L'autre agita l'index :

— Nous sommes à l'infirmerie, pas au parloir avocat. J'ajouterais que vous n'avez pas de demande pour une visite en bonne et due forme. Vous remplirez un formulaire en sortant.

— Pourquoi est-ce que vous êtes comme ça avec lui ? interrogea Farraud après un silence.

— Je ne vois pas ce que vous voulez dire.

Mais comme Farraud continuait de le fixer, il ajouta :

— Ce type a tiré sur quatre personnes. Comme ça ! (Il claqua des doigts) Pour du fric ! Certains étaient venus à la banque retirer leur paie que eux avaient gagnée honnêtement !

— Trois personnes, rectifia l'avocat.

— Et le bébé ? se permit un surveillant. Vous l'avez oublié ?

— C'était un fœtus de moins de neuf semaines.

— C'était un bébé ! objecta le surveillant avec véhémence. Les balles ont fait exploser son petit corps !

— Il appartiendra aux jurés de déterminer si…

— Ils seront *pro-life* comme nous ! dit le second gardien en s'avançant sur lui. Une semaine ou neuf mois, c'est un être humain.

Farraud jugea plus prudent de se taire. Les gardiens se montraient menaçants. Il se demanda si ce n'était pas à cause de Wendy Frattini que les détenus avaient poussé Teddy dans un coin pour le passer à tabac tandis que les surveillants regardaient ailleurs. Le meurtre d'une femme enceinte avait échauffé les esprits.

Il toussa et se força à hocher la tête pour signifier qu'il comprenait leur point de vue. Puis il sollicita humblement la possibilité d'échanger quelques mots avec Teddy sans qu'aucun d'eux ne sorte de la pièce. Le directeur ne lui accorda qu'une minute.

Farraud se pencha au-dessus du jeune homme et lui murmura en français :

— Ça va mon garçon ?... Tiens le coup ! Alicia et moi nous faisons tout pour te sortir de là.

Burke s'approcha, méfiant :

— Pas de messes basses !

L'expression lui donna une idée :

— Je prie avec lui, dit doucement Farraud en joignant les mains. Et je ne sais prier qu'en français.

— Alors, faites vite ! Votre présence a assez duré.

Farraud marmonna précipitamment comme s'il récitait des formules de prières :

— Que s'est-il passé Teddy ? Pourquoi as-tu accepté cette promenade dans la cour avec les autres ?

Teddy cligna des yeux, mais ne put pas parler. L'avocat allait le questionner à nouveau quand il vit le doigt du jeune homme former des lettres sur le drap : un A, un R, un G, un E, un N...

Le directeur mit brusquement fin au conciliabule en tirant l'avocat par la manche :

— Votre visite est terminée ! On n'a pas que ça à faire !... Allez les autres ! Reconduisez *monsieur* à la sortie !

L'avocat tapota la main de Teddy avant de suivre les surveillants. Ainsi on avait tabassé le prisonnier pour apprendre où était planqué l'argent des braquages. Ici, comme à l'extérieur, le butin suscitait toutes les convoitises.

Arrivé à la rampe Farraud s'arrêta subitement et se retourna d'un bloc vers Burke qui fermait la marche. Il se mit à le dévisager. Une pensée venait tout à coup de traverser son esprit. Et si ce n'était pas les détenus qui avaient voulu faire cracher le morceau à Teddy, mais Burke lui-même ? Après tout, c'était lui qui lui avait proposé la promenade avec les autres prisonniers pour soi-disant récompenser son bon comportement. Surprenante générosité de la part d'un homme qui haïssait Teddy. Et si ce n'était pas des détenus, mais des surveillants qui l'avaient tabassé et sodomisé ? Farraud dévisagea cette fois les deux gardiens.

— Quoi ? Qu'est-ce qu'il y a ? aboya Burke.

— Rien, répondit-il avec un air songeur. J'étais en train de repenser à votre faveur.

29

La veille.

Vingt-quatre heures avant d'être tabassé, Teddy fut amené dans le bureau de Burke sur ordre de Wander Giesen. Celui-ci demanda à ce qu'on les laisse seuls. Il baissa le store de la porte vitrée une fois celle-ci refermée sur les gardiens et leur directeur. Il baissa celui de la fenêtre également.

— Assieds-toi.

Mais le jeune homme resta debout, sur la défensive, jetant des coups d'œil circulaires à la pièce. Il sentait le danger.

— Je t'ai dit de t'asseoir !

Teddy s'assit sur le bord de la chaise en tenant entre les mains la chaîne qui reliait ses poignets entravés à ses chevilles. À la première alerte, il était prêt à bondir et à s'enfuir. Wander Giesen qui, de l'autre côté du bureau, s'appuyait des coudes au dossier du fauteuil, ricana :

— Détends-toi, mon garçon. Ce pénitencier n'est pas le centre commercial de Preston Valley. Il n'y a aucun endroit par lequel tu puisses t'échapper.

Le pouls de Teddy s'accéléra : il y avait bien une menace. Il se mit à regarder Wander Giesen avec méfiance. Celui-ci retirait ses boutons de manchettes.

— Par contre, reprit ce dernier, tu peux encore sauver ta peau. Car si tu t'imagines que tes avocats vont réussir à t'éviter la piqûre de la mort, tu te fourres le doigt dans l'œil. Le juge leur dira d'aller se torcher le cul avec leur *habeas corpus* !

Il était vulgaire, il était dans ses intentions d'être brutal. D'ailleurs, après avoir agité dans sa main ses boutons de manchettes comme des dés dans un godet, il les posa sur le bureau, puis lentement se mit à relever ses manches de chemise.

— Oui, se torcher le cul ! Tu as quand même buté une femme qui portait un enfant ! Ça, le jury ne te le pardonnera pas.

— C'est pas moi.

— Ce n'est pas ce que montre l'enquête.

— J'aurais jamais tiré sur une femme !

Wander Giesen poussa violemment le fauteuil contre le bureau.

— On se fiche pas mal de ta version des faits aujourd'hui ! cria-t-il. Tu comprends ça ? C'est fini, c'est trop tard ! Il fallait te défendre il y a quatre ans au lieu de t'enfuir !

Il se pencha brusquement sur le bureau et eut un sourire mauvais :

— Cela dit, tu avais une bonne raison de changer d'hémisphère. Si j'avais été à ta place, j'aurais fait la même chose. N'importe qui aurait fait la même chose.

Teddy rentra la tête dans ses épaules. S'il avait compris que le proc cherchait à l'intimider, il n'en voyait pas la raison. Il avait déjà déclaré qu'il ne savait pas où était l'argent. Cherchait-il à obtenir plus d'informations sur les frères Bellamy et sur Otis ?

Il dit :

— Je ne suis pas une balance.

D'abord surpris par sa répartie, Wander Giesen éclata ensuite de rire :

— Non, Lamar. Ce ne sont pas tes complices qui m'intéressent. Ils pourrissent derrière les murs infranchissables d'une prison d'où ils n'en sortiront que les pieds devant. Cette pensée m'apaise et me réconforte.

Il fit craquer ses phalanges.

Teddy fronça les sourcils :

— Qu'est-ce que vous voulez alors ?

— Que tu me dises où sont les trois millions de dollars. Je sais qu'ils sont planqués ici, quelque part dans l'état. Tu n'aurais jamais pu passer la frontière avec tout ce fric. Dis-moi où il est et tu auras la vie sauve. Tu as ma parole.

L'avidité donnait à sa voix et à l'expression de son visage une sensualité bestiale. Il passa très vite la langue entre ses commissures et répéta :

— Dis-moi où est le fric !

— Je vous ai déjà dit que je ne savais pas…

— Foutaise !

Teddy recula brusquement sur sa chaise car l'autre levait le poing comme pour le frapper. Soudain, tout devint clair pour lui. Le proc cherchait à mettre la main sur l'argent non pas pour le rendre aux banques, mais pour s'en emparer. D'elles et des compagnies d'assurances, il s'en foutait complètement. Du poste de juge fédéral également. Ce qu'il voulait c'était voler le magot. Il ne l'avait fait extrader que dans ce but. Cet enfoiré avait utilisé les voies légales pour l'amener jusqu'à lui et le menacer avec la perspective d'une condamnation à mort aussi sûrement que s'il lui collait un revolver sur la tempe.

Wander Giesen lut dans ses yeux qu'il avait découvert sa machination.

— T'es un futé, toi ! dit-il. Tu as deviné mes intentions. Alors devine maintenant comment sera ta fin si tu ne me dis rien. (Il lui assena un grand coup-de-poing sur l'oreille) Elle sera sanglante ! lui cria-t-il dans le visage.

Teddy poussa un râle sourd et chancela sur sa chaise. Par réflexe il voulut porter ses mains devant sa figure pour se protéger d'un nouveau coup et tira violemment sur ses entraves. Il eut la sensation que les os de ses poignets se brisaient. Il serra alors les dents à cause de la douleur et de l'atroce sifflement qui lui déchirait l'oreille, mais également pour se retenir de se dresser et de donner un coup de tête à Wander Giesen.

Celui-ci répéta « Ta fin sera sanglante ! » avec une joie mauvaise lorsqu'il vit couler un mince filet de sang de l'oreille de Teddy.

Puis il s'efforça de reprendre son sang-froid et tira le fauteuil dans lequel il s'avachit. Il le fit basculer au rythme de ses pensées. En épousant Katherine Fershaw, il était entré dans une des familles les plus riches et les plus puissantes de Dallas. Il avait gravi l'échelle sociale en un rien de temps pour atteindre le sommet du pouvoir alors qu'il n'était qu'un type issu de la classe moyenne. Même après des années d'efforts et de travail acharné, il n'aurait même pas pu rêver de mener la vie qu'il avait. Mais il n'était que le gendre de Benjamin Fershaw, il était vulnérable.

Si celui-ci retirait sa main protectrice, il redégringolerait l'échelle pour retrouver une condition qu'à présent il méprisait. Il n'aurait plus rien car sa femme l'avait épousé sous le régime de la séparation des biens. Le contrat de mariage prévoyait qu'en cas de divorce, Kate Fershaw ne lui verserait qu'une pension de mille dollars par mois. Or depuis quelque temps leur couple battait de l'aile et sa femme parlait de séparation.

Il ferma le poing :
— Dis-moi où est le blé sale petite crapule !
— Vous vous êtes fait avoir par Bob Bellamy. C'est lui qui a caché l'argent...
— C'est impossible (Et comme Teddy montra qu'il était sceptique, il répéta :) C'est impossible, je te dis !... Je me comprends !
À cet instant Wander Giesen se frotta les yeux comme s'il chassait de son esprit des images abominables.
— Vous l'avez dérouillé, flaira Teddy.
L'autre ne répondit pas. Il laissa passer un silence avant de questionner :
— Comment tu as fait pour quitter les États-Unis ? Cette question me trotte dans la tête depuis que je te traque. Tu as réussi à passer entre les mailles du filet alors que toutes les polices des gares, des ports et des aéroports du pays avaient ton signalement.
— J'ai eu de la chance.

Dans le bus de nuit qui reliait Tucson à Phoenix il avait pleuré Lili tout le long du trajet. C'était la première fois qu'il pleurait pour une fille.

Le bus déposait les voyageurs dans le centre-ville de Phoenix au petit matin. Il aurait pu rester dedans car celui-ci poursuivait sa route jusqu'à Los Angeles. Mais il pensait que c'était plus prudent de se déplacer en changeant de moyen de transport. À Phoenix, il comptait monter dans le train de nuit à destination de la Cité des Anges.

En attendant le soir, il alla se réfugier dans un vaste parc public du nom de South Montain Park. Il faisait déjà chaud quand il y pénétra bien que le soleil fût à peine levé. Il trouva un banc situé à l'abri des regards. À proximité il y avait les restes d'un feu que des pique-niqueurs avaient fait en toute illégalité. Il s'y allongea, son sac sous sa tête, et s'endormit. Depuis Tucson, il n'avait pas fermé l'œil. Une demi-heure plus tard il fut attaqué par trois hommes qui cherchèrent à le voler. Apparemment, c'était dans leurs habitudes de s'embusquer dans ce parc et de guetter les personnes à détrousser.

Mais Teddy réussit à se dégager avant qu'ils ne parviennent à le maîtriser. Il ramassa un bâton qui avait servi de tisonnier aux pique-niqueurs et les menaça avec. Son regard terrible et son air à braver la mort impressionnèrent ses assaillants, qui finirent par détaler. Lorsqu'il lâcha le morceau de bois, il sentit que ses mains lui brûlaient. Il les examina, elles étaient couvertes d'échardes. Des éclats, fins comme des aiguilles, avaient pénétré sous la peau. Il essaya de les retirer avec les dents, mais il y en avait trop et elles étaient trop incarnées. Il fallait qu'il trouve un dispensaire avant que la chair ne commence à s'infecter. Il errait dans la ville lorsqu'une voiture de police ralentit à sa hauteur. Il poussa précipitamment la porte d'un herboriste.

Une vieille Amérindienne, au visage foncé et raviné, apparut de l'arrière-boutique en soulevant un rideau de perles. Cela fit comme un bruit de cascade lorsqu'elle le laissa retomber. Elle le salua d'un signe de tête, sans sourire ni montrer d'expression engageante. Il s'avança vers le comptoir, commença un laïus en tentant encore de se faire passer pour un touriste français. Mais devant le visage placide de la vieille femme, une sorte de masque inexpressif, il perdit contenance. Ses yeux s'emplirent de larmes et il baissa la tête.

— Qu'est-ce que tu cherches ? demanda l'Amérindienne.

Il montra ses paumes sans relever la tête. Elle prit ses mains dans les siennes, les caressa. Ses mains à elle étaient calleuses.

— Suis-moi, dit-elle en relevant le rideau.

— Je n'ai pas d'argent pour vous payer, balbutia-t-il. Je n'ai que ma montre.

— Le temps c'est plus que de l'argent, répondit-elle.

Elle mit près d'une heure à lui retirer les échardes. Elle ne prononça pas un mot durant tout ce temps. Puis elle appliqua sur sa peau écorchée un onguent qui sentait la résine de séquoias. Il tendit sa montre en paiement, elle secoua la tête.

— Garde ton temps, dit-elle. Je sens que tu en as besoin.

Puis elle pointa son doigt en direction de la boucle de sa ceinture. Un aigle du Texas était gravé dans le cuivre.

— Donne-moi ça en échange.

Il fut d'abord contrarié parce qu'il possédait cette boucle depuis son adolescence. Il l'avait gagnée lors d'un show de rodéo à Forth Worth où il avait tenu sur le dos d'un taureau plus de trois minutes. Ensuite il se dit que c'était régulier. La vieille Amérindienne n'avait pas posé de questions, n'avait pas cherché à savoir pourquoi il avait poussé la porte de son officine et s'était mis à pleurer. Elle lui était venue en aide. Il arracha la boucle et la lui donna. Elle contempla un long moment l'objet, puis l'embrassa avant de fermer les paupières et de fredonner une sorte de mélopée lente et lugubre. Teddy pensa qu'elle était folle, et que c'était pour ça qu'elle l'avait soigné sans le questionner.

— Mon petit-fils est mort en Afghanistan, dit-elle. Dans sa dernière lettre, il a écrit qu'il avait vu un aigle dans le ciel et qu'il avait compris alors que c'était le signe qu'il allait mourir.

Elle ajouta, la voix altérée :

— Il avait à peu près ton âge…

Teddy ne sut pas quoi lui dire pour la consoler. Il pensa à des excuses mais il était patriote, il était convaincu que son pays faisait une guerre juste. Il se racla la gorge, se balança sur ses pieds avant de ramasser son sac.

— Où est-ce que tu vas comme ça ?

— Je ne sais pas… Je vais chercher un centre d'hébergement pour la nuit…

— Avec tes mains abîmées ? Comment tu vas te défendre si des Sans-abris te tombent dessus dans le dortoir ?

Son visage impénétrable exprima alors une douleur, une souffrance qui n'avait rien à voir avec lui.

— Comment tu vas pouvoir te défendre ? répéta-t-elle.

Elle retira la bretelle du sac de son épaule :

— Viens Jim, dit-elle. Tu vas rester près de moi cette nuit.

La vieille femme, folle de chagrin, prononçait le prénom de son petit-fils et tapotait sa joue.

Le lendemain elle le conduisit elle-même à la gare ferroviaire où elle lui acheta un billet pour Los Angeles. Sans poser plus de questions. Sur le quai elle lui donna un petit pot de l'onguent qu'elle avait appliqué sur ses mains afin qu'elles cicatrisent. Elle caressa ses cheveux, et l'embrassa plusieurs fois sur le front. Il y eut le signal du départ. Avant que les portes ne se referment, elle cria :

— Adieu, Jim ! Fais attention à toi cette fois !

Deux jours plus tard il était à l'aéroport de Los Angeles où il se fit passer pour un bagagiste qui chargeait les animaux de compagnie des voyageurs dans la soute d'un avion à destination de Paris. Après quelques chargements, il réussit à s'y cacher.

— Oui j'ai eu de la chance, c'est tout…, répéta-t-il.

— De la chance, dis-tu ! lâcha Wander Giesen avec un rictus méprisant. À présent c'est moi, ta chance. Je suis même ta dernière chance.

Il redescendit ses manches de chemise et remit ses boutons de manchettes. Il se leva :

— Je te le demande encore une fois, Lamar. Où sont les trois millions de dollars ?

— Je ne sais pas.

— Très bien ! C'est toi qui l'auras voulu.

Il releva les stores et appela Burke.

30

— On ne peut rien faire pour Teddy, soupira Alicia. Wander Giesen n'acceptera jamais de le transférer à Huntsville, ses anciens complices y sont incarcérés. Et la prison du comté ne possède pas de quartier de haute sécurité.

— Mais on ne peut pas le laisser aux mains de Burke ! Teddy n'en réchappera pas !

Farraud avait des larmes de rage dans les yeux et dans la voix. Alicia secoua la tête :

— Tout ce que je peux faire c'est saisir le juge fédéral, dit-elle. Mais la procédure de transfèrement prendra des mois. Le procès sera fini d'ici là.

Ils étaient appuyés contre la Corolla, garée sur Preston Road. Ils attendaient Layton Sommers. Ils devaient entrer dans le centre commercial de Preston Valley afin de comparer les configurations des lieux avec les dépositions des témoins et les rapports des enquêteurs. Alicia trouvait qu'elle n'avait pas assez d'arguments pour contrecarrer ceux de l'accusation. Presque toute sa défense reposait sur le témoignage de Teddy. Il fallait trouver des failles dans ceux de Julius et Bob Bellamy, d'Otis Jackson, mais aussi des témoins. Elle avait engagé son ex-mari pour l'aider parce qu'il était le seul enquêteur qui acceptait de ne pas la faire payer tout de suite. Le département de la justice tardait à régler le premier versement de l'aide juridictionnelle de Teddy Lamar. L'agent comptable traînait délibérément les pieds, sûrement parce qu'il se sentait une âme de justicier après avoir vu les nombreuses émissions de la télévision locale consacrée au « *mall's slaughter* » [trad : le massacre du centre commercial].

Elle s'était adressée à un *bailman*, un prêteur de cautions, afin qu'il lui avance l'argent qui couvrirait les frais de l'enquête, mais celui-ci lui avait ri au nez, ouvrant grand une bouche aux dents gâtées :

— Écoutez, ma jolie. Soit votre client y passe et il ne nous laissera après sa mort même pas de quoi payer le fabriquant du produit de l'injection létale. Soit il survit et il y en a pour des années de procédure d'appel. Dans les deux cas je ne suis pas sûr de récupérer mon fric. C'est un chicot votre client !

— Un quoi ?

— Un chicot... Une branche déjà coupée, quoi ! (Le *bailman* demeura un instant pensif) Non, ce qu'il faudrait c'est qu'il s'échappe à nouveau. Dans ce cas je lui lancerai au train mes chasseurs de primes qui le ramèneront mort ou vif. Là, on toucherait le jackpot ! Fifty-fifty, ça vous dit ?

Alicia était sortie de l'agence écœurée par les paroles et la bouche noire du prêteur de cautions. Elle-même n'avait pas la somme à avancer. L'arrivée de sa fille dans sa vie l'avait contrainte à toucher à son compte épargne. Layton lui avait alors paru la seule solution.

Elle était assise à son bureau à répéter les mots qu'elle allait lui dire. Cela lui coûtait de lui demander son aide.

Quand soudain Sommers fut dans l'encadrement de la porte, agitant une enveloppe :

— Tiens ! C'est une lettre pour toi. Ils se sont trompés à la distribution.

Elle tendit la main :

— C'est chiant ! Ça fait déjà la troisième fois que ça arrive ce mois-ci !

— C'est pas grave, répondit-il en souriant. Je suis juste en face. Ça ne me dérange pas d'être ton facteur.

Elle détourna les yeux. Elle ne relevait pas ses sous-entendus. S'il était retombé amoureux d'elle, ce n'était pas réciproque. Elle remerciait même le Ciel qu'il ne fût pas le père de son enfant.

— Les affaires sont calmes, non ? dit-elle en décachetant bruyamment l'enveloppe. Tu n'as pas beaucoup de boulot actuellement ?

— Je suis débordé ! Je suis sur l'affaire Noren.

Et comme elle ne répondait pas :

— Tu sais le scandale des fonds de pension et des fonds de mutuelle ?…

Elle eut un geste impatienté de la main :

— Je suis au courant. La planète entière est au courant !

Elle fit semblant de parcourir le courrier, Sommers pensa qu'elle en avait fini avec lui. Il partait.

— Layton !... C'est que j'aurais besoin de toi

en ce moment.

Il afficha un grand sourire :

— Mais je n'ai pas de quoi te payer.

Le sourire de Sommers se fit triomphant. Enfin Alicia allait lui devoir quelque chose ! Il exigea, en plus du remboursement de ses frais, un dîner en tête-à-tête. Elle froissa le courrier qu'elle jeta avec humeur dans la poubelle avant d'accepter du bout des lèvres.

— Burke est fou, vous savez ! grogna Farraud en donnant un coup de pied dans la roue avant de la voiture.

— On ne sait pas si c'est lui, répondit Alicia comme si elle répétait ces mots pour la centième fois. (Elle regardait les voitures qui passaient devant eux) C'est une supposition de votre part.

— Je l'ai vu dans ses yeux !

— Ce pourrait être des détenus qui auraient reçu des ordres venus de l'extérieur. Tous les chacals du pays doivent être attirés par l'odeur de cet argent à l'heure qu'il est.

— Teddy ne sait pas où il est !

Elle le regarda avec perplexité :

— Qu'est-ce que vous en savez ? Il nous ment peut-être.

Elle se remit à observer les voitures qui filaient devant eux. Farraud bondit vers elle, les mâchoires serrées. Il articula d'une voix dure :

— Teddy ne me ment pas. À quoi ça lui servirait de taire un secret qui risque de l'envoyer dans le quartier des condamnés à mort ?

— C'est quand la dernière fois que vous en avez parlé avec lui ? C'était en France. Il l'ignorait alors. Il pensait que la procédure d'extradition lui permettrait de se soustraire à la peine capitale.

— Il est au Texas, maintenant. Et cette garantie a été balayée d'un revers de main par Wander Giesen. Pourquoi continuerait-il à me mentir ?

— Il joue à pile ou face, avança-t-elle. Il se dit qu'on arrivera peut-être à le sortir de là. Imaginez ! Trois millions de dollars ! J'en connais qui prendraient le risque pour moins que ça !

— Et moi je vous dis qu'il ne me mentirait pas !

Elle fut étonnée de son ton :

— Pourquoi le prenez-vous pour vous ? Ce serait à moi aussi qu'il mentirait. Je vous rappelle que je suis également son avocate !

Il se mordit la lèvre puis bafouilla des excuses. Il retourna près de la roue. Elle le contempla un moment, intriguée. Elle était sur le point de l'interroger sur les raisons de son comportement qu'elle trouvait bizarre quand plusieurs coups de klaxon retentirent. Sommers arrivait enfin, elle traversa en courant la chaussée pour aller à sa rencontre.

Les paroles de sa consœur avaient fait mouche. Farraud, appuyé sur l'aile avant de la voiture et les bras croisés, jurait à haute voix en français. Si son client était en train de jouer les flambeurs et de prendre son procès pour un tapis vert où la mise était sa propre tête, espérant ramasser le pactole, alors Farraud était foutu. Personne ne serait gagnant dans cette affaire. Le croupier de la mort poussera vers Teddy un flacon de thiopental sodique et vers lui un billet de retour vers l'enfer.

— P'tit con, va !

Il donna un coup de talon contre la jante.
Était-il possible que Teddy ait utilisé la procédure
française d'extradition pour échapper à la peine
capitale et compter un jour jouir du butin des vols ?
Pariant d'abord sur la possibilité que les tribunaux
français le déclareraient de nationalité française,
donc non extradable, il aurait ensuite joué son va-
tout sur le fait que la France ne livre pas des
accusés qui encourent une condamnation à mort ?
Le plan était ingénieux, il faut dire qu'il avait eu
quatre ans pour l'élaborer. Mais le petit malin n'avait
pas prévu ce grain de sable nommé Wander Giesen
qui était venu gripper les rouages de son plan.

— Quand je vais te tenir mon salaud, tu vas
passer un sale quart d'heure !

Il suspendit le coup-de-poing qu'il allait
asséner à la carrosserie. Ses mots lui rappelèrent
brusquement ce que Teddy venait de vivre entre les
mains de Burke dans sa prison. Il revit son corps
tuméfié et son doigt, dont l'ongle avait été arraché,
qui traçait sur le drap blanc les lettres tremblées.
Alicia se trompait, pensa-t-il en laissant retomber son
bras. Aucun homme n'aurait pu endurer de tels
sévices s'il avait eu cet argent en sa possession. Il
s'en voulut d'avoir douté du jeune homme.

Alicia présenta Farraud à son ex-mari, ensuite
se pencha en riant vers sa roue de voiture :

— J'espère que vous ne vous êtes pas
acharné sur elle ! J'ai fait changer les pneus juste
avant votre arrivée. Si j'avais su !

Elle leva une main comme une
accompagnatrice de groupe :

— On y va ! lança-t-elle.

Tous trois se dirigèrent en direction du centre commercial de Preston Valley qui avait été, quatre ans plus tôt, le théâtre d'une effroyable tuerie.

31

D'abord le directeur de la banque s'y opposa fermement :

— Vous ne pouvez pas débarquer comme ça et mener votre petite enquête ! s'était-il écrié avec une voix de fausset. Vous allez affoler les clients !

Il était lui-même éperdu. Sommers tenta de le calmer en lui assurant qu'ils se montreraient discrets. Mais l'autre continua d'être contre. Alors Alicia menaça :

— Vous préférez qu'on revienne avec une ordonnance du juge et des policiers ?

— Je ne comprends pas, soupira le directeur. C'est une histoire qui remonte à plus de quatre ans. Il n'y a plus rien à découvrir ici !

— On voudrait s'en assurer. À l'époque, il n'y a pas eu d'enquête faite par la défense.

Le directeur finit par céder devant la détermination d'Alicia.

— Et lui, qui c'est ? demanda-t-il en donnant un coup de menton en direction de Farraud.

— Je suis également avocat.

L'autre eut un mouvement d'indignation :

— Une petite frappe comme Teddy Lamar a les moyens de se payer deux avocats ! (Il fronça le nez) À moins que ça ne soit le contribuable américain qui paie les frais de la défense de ce criminel ?

Devant le silence d'Alicia, il s'exclama :

— J'en étais sûr !

Sur ce il s'éloigna en lançant :

— Alors dans ce cas, ne me demandez pas de surcroît de vous aider !

Les deux avocats et l'enquêteur furent au contraire soulagés de sa défection. Le personnel, qu'ils souhaitaient interroger, n'aurait pas parlé librement en sa présence.

Sommers sortit son smartphone. Il avait téléchargé les bandes vidéos de la banque sur lesquelles était enregistré le braquage. En les visionnant rapidement, ils constatèrent que les lieux n'avaient pas changé. On avait déplacé quelques meubles seulement. L'angle mort notamment était occupé à présent par un placard à dossiers suspendus. Farraud et Sommers le déplacèrent puis Alicia prit la place, que leur avait indiquée Teddy, de Julius Bellamy. Une caméra de surveillance était braquée vers l'endroit, mais laissait l'angle hors champ. Les témoins, piégés dans la banque, étaient alors allongés face contre terre. Lorsque les coups de feu sont partis, Teddy se tenait devant la cloison qui masquait l'angle, pointant son arme sur les clients qui tentaient de s'enfuir. L'examen de la bande pouvait laisser penser que c'était lui qui tirait. À la place des otages, dans la panique et la terreur,

Alicia et Sommers convinrent qu'ils l'auraient également cru. Seul Farraud doutait.

— En effet, fit-il remarquer, pourquoi après avoir tiré sur la deuxième victime Teddy tourne-t-il la tête à gauche ? On dirait qu'il observe quelque chose.

— Il regarde peut-être Julius Bellamy en train de tirer depuis l'angle mort, suggéra Alicia.

Il agita l'index. Il se plaça à l'endroit exact où se tenait alors leur client et tourna la tête comme lui :

— Si c'était son complice qu'il regardait, on verrait davantage son profil (Farraud mima la scène) D'un autre côté, pourquoi tourner la tête alors qu'on est en train de viser des personnes qui s'échappent ?

— Parce qu'il aurait aperçu un autre client s'enfuir, avança Sommers.

— Dans ce cas, il aurait également braqué son arme dans sa direction pour l'abattre lui aussi. Or elle reste pointée en direction des portes de sortie !

La remarque de son confrère fit réfléchir Alicia. Tandis qu'elle visionnait de nouveau la bande-vidéo, Sommers chercha, dans la zone située autour de l'armoire à dossiers, ce qui aurait pu attirer l'attention de Teddy alors qu'il faisait feu. Il pensait également que l'observation de l'avocat français n'était pas absurde. Mais il ne trouva rien, ni porte de service, ni trappe par lesquelles une personne aurait pu fuir ni un recoin où elle aurait pu se tapir. Il prit plusieurs clichés de l'endroit. Il revint vers Alicia et Farraud en secouant la tête.

— Que dalle !... Selon moi votre client a tourné la tête par réflexe. Une autre explication ne tiendrait pas devant un jury.

Alicia fit une grimace :

— Je ne suis pas d'accord avec toi…

Farraud tressaillit :

— Ni avec vous non plus !

— Pourquoi ?

L'avocate s'expliqua en baissant la voix pour ne pas être entendue des employés et des clients :

— On ne peut pas prouver votre version, Franck. C'est en effet surprenant qu'un type qui est en train de tirer sur des gens tourne subitement son regard sans braquer en même temps son fusil. Mais l'accusation dira qu'il a cru entendre un bruit ou cru voir quelque chose.

— Mais il fait plus que voir, il observe !

— C'est une supposition, pas un fait. Ça ne prouve rien. Ici on est au pays de la preuve, insista-t-elle. C'est elle qui est reine dans une cour de justice.

Elle se tourna vers son ex-mari :

— En revanche si on ne peut rien prouver, on peut déduire.

— Cette fois, c'est moi qui ne comprends pas.

— On va expliquer aux jurés que le mouvement de tête de Teddy incite à penser qu'il regardait une personne qui n'apparaît pas sur la bande-vidéo. Ça ne pouvait pas être un employé de la banque ou un client puisque les malfaiteurs les avaient regroupés devant eux. Ce ne pouvait être que Julius Bellamy. Car son frère Bob et Otis Jackson se tiennent à droite sur la bande. On les distingue très bien.

Sommers acquiesça de la tête.

— Nous expliquerons que la défense ne peut pas le prouver, continua-t-elle, mais qu'on peut raisonnablement penser que Bellamy junior se tenait dans l'angle mort. Il pourrait être le tireur. Si on parvient à les faire douter alors on marque un point contre l'accusation.

— Nous pouvons avoir plus que des doutes à offrir aux jurés, contesta Farraud. Je soutiens moi qu'il observait quelqu'un d'autre que son complice en train de faire feu !

Alicia s'agaça. Cette méthode qui consistait chez un avocat français à affirmer sur des conjectures et des intuitions l'irritait. Il n'y avait pas une heure il alléguait que Burke était impliqué dans le tabassage de Teddy parce qu'il « l'avait vu dans ses yeux ».

— Si cela avait été le cas, dit-elle, vous ne croyez pas que Teddy nous l'aurait déjà dit ?

— Peut-être qu'il ignore que c'est un élément important, répliqua son confrère. Peut-être aussi qu'il l'a oublié…

— Peut-être, peut-être !... Avec des « peut-être » on refait le Capitole !

— Rome, rétorqua Farraud vexé. On refait : Rome.

Alicia rendit son portable à Sommers. Elle proposa d'interroger le personnel. Elle sortit de sa serviette le dossier des dépositions des témoins, ensuite se dirigea vers le vigile. Celui-ci lui apprit que seuls Léonie Dwight et Alfred Green travaillaient encore à la banque. Les autres employés qui avaient assisté au massacre ont tous démissionné. Le braquage sanglant les avait traumatisés.

Il lui indiqua qu'Alfred Green était l'homme en cravate rouge qui se tenait derrière le comptoir.

— Il est toujours guichetier ? interrogea Alicia

en parcourant son dossier.

— Oui, Madame. Il est le seul otage à n'avoir pas fait de psychothérapie. Il dit que l'unique chose qui pourrait le guérir de ses cauchemars c'est de voir Teddy Lamar dans la chambre des condamnés à mort avec la seringue dans le bras. Il a déjà déposé sa demande pour assister à l'exécution.

Alicia eut un hochement de tête :

— Ça promet !

Elle préféra parler d'abord à Léonie Dwight qui avait son bureau au fond du couloir. Farraud la suivit tandis que Sommers partit poursuivre l'inspection des lieux.

Mme Dwight fut étonnée de voir les deux avocats pousser sa porte.

— Mais je n'ai pas de rendez-vous clientèle ce matin !

Alicia lui expliqua le motif de leur visite. Aussitôt l'employée appuya sur un bouton pour alerter la sécurité.

— Je ne dirai rien ! Je ne parlerai pas ! glapissait-elle. Adressez-vous à mon avocat.

Le vigile fit irruption dans la pièce mais n'intervint pas immédiatement.

— Je pourrais vous faire citer à comparaître, menaça Alicia.

Léonie Dwight ne fut pas intimidée :

— Faites ! Faites donc !... En attendant, sortez ! J'appelle mon avocat tout de suite.

Elle décrochait le combiné quand Farraud se présenta d'une voix douce :

— Je m'appelle Franck Farraud, je suis français. Je n'ai rien à voir avec le cabinet de Maître Ortiz-Sommers. Je n'aurais qu'une question à vous poser. Je suis persuadé que vous aurez la bonté de me répondre en apprenant que j'ai parcouru sept mille kilomètres pour ça.

Mme Dwight le regarda de bas en haut :

— Vous êtes français ?... Vous avez pourtant un accent anglais.

— J'ai appris votre langue dans une université britannique.

Elle continua de le jauger. Elle n'avait pas la quarantaine et cependant elle en paraissait plus. Elle avait la taille épaisse d'une alcoolique et les yeux bouffis d'une insomniaque. Quatre ans après l'attaque, les somnifères et le whisky ne devaient plus lui être d'aucun secours. Elle raccrocha, mais fit signe au vigile de rester :

— Vous avez de la compassion pour moi je le vois bien, dit-elle en étouffant un sanglot.

— Personne ne peut comprendre l'enfer que vous vivez, dit-il.

Alicia profita de l'émotion de Léonie Dwight pour la questionner immédiatement :

— Dans votre déposition, vous avez affirmé que c'était Teddy Lamar qui avait tiré. Comment pouvez-vous être aussi catégorique ?

— Je suis certaine de moi. J'y étais.

— C'est exact. Toutefois sur la bande-vidéo on vous voit allongée, face contre terre et les mains sur la tête lorsque les coups de feu sont partis…

— C'était lui. Teddy Lamar. Je n'ai aucun doute là-dessus. Je le revois faire feu toutes les nuits depuis quatre ans, coupa le témoin.

— Mais il portait une cagoule, avança Alicia.

Mme Dwight s'exaspéra. Elle commença par ouvrir un tiroir qu'elle referma aussitôt. Elle avait cherché par réflexe à prendre une flasque ou un tube de cachets. Frustrée, elle demanda au vigile de faire sortir les visiteurs.

— Je n'ai pas encore posé ma question, objecta doucement Farraud.

Il levait le doigt comme un écolier timide.

— Je vous écoute, soupira l'employée.

Il prit des mains d'Alicia le dossier de leur client, y chercha deux clichés tirés des bandes de vidéosurveillance et les plaça sous ses yeux :

— Lequel de ces deux hommes est Teddy Lamar ?

Mme Dwight les examina tour à tour, puis pointa l'index sur l'un d'eux.

— Vous n'avez aucun doute ? renchérit l'avocat. C'est bien l'homme que vous avez vu tirer ?

Elle le regarda dans les yeux :

— Aucun. Je suis prête à le répéter devant la cour !

— Je vous crois, répondit-il en reprenant les photographies.

Elle venait de désigner Julius Bellamy. Il lança un coup d'œil profond à Alicia, mais celle-ci ne semblait pas partager son enthousiasme. Dans le couloir il lui en demanda raison.

— C'est inutilisable, répondit-elle. Pour qu'on puisse décrédibiliser son témoignage il faudrait qu'elle reconnaisse qu'au moment des faits, elle n'était pas en mesure d'identifier Lamar sous sa cagoule. Elle aurait dû l'admettre lors de sa déposition.

— C'est bien ce qu'elle fait ! Elle les confond quatre ans après.

— Cette femme est devenue une ruine,

Franck. Ce braquage a anéanti sa vie. Les jurés ne remettront pas en question sa crédibilité. Ils comprendront qu'elle puisse confondre aujourd'hui les deux malfaiteurs. Ils auront même pitié d'elle. À la fin, ça se retournera contre notre client. Ils auront devant les yeux une quatrième victime de Teddy Lamar, voilà ce qu'ils se diront !

— C'est insensé ! Devant un tribunal français son témoignage aurait été disqualifié, s'exclama Farraud avec mauvaise foi.

— Je comprends, dit-elle en plongeant le nez dans son dossier à la recherche de la déposition du guichetier Alfred Green, mais ce n'est pas au système judiciaire américain qu'il faut vous en prendre, c'est à la stupidité de notre client qui a servi un cadeau royal à l'accusation.

— Comment ça ?

— Julius et lui se sont habillés de la même façon pour commettre le braquage afin de brouiller les pistes et afin que la police ne parvienne pas à les identifier. Cette ruse s'est retournée contre lui. C'est de sa faute à lui si elle le confond avec Bellamy aujourd'hui argumentera Wander Giesen. Vous verrez que les jurés seront d'accord avec lui !

Le raisonnement d'Alicia était implacable. Déçu, il rétorqua :

— Vous n'êtes pas loin non plus de le penser.

Elle leva sur lui des yeux orageux :

— Ce que je pense n'a aucune importance. Que Lamar soit coupable ne m'empêchera pas de lui donner la même défense que s'il était innocent. Ici un avocat est compétent non pas en fonction de ses sentiments ou de ses opinions, mais en fonction de sa maîtrise du système. C'est moins *sexy* que dans les romans ou dans les films, ou moins *romantique* qu'en France, mais ça garantit une justice objective et impartiale.

Farraud regarda ses pieds.

Elle ajouta avec fermeté :

— Vous ne pouvez pas forcer les indices et chercher à tout prix à ce qu'ils deviennent des preuves. Léonie Dwight se trompe certainement, mais ça n'établit pas que notre client est innocent.

Elle fit un pas vers lui pour l'inciter à lever les yeux vers elle. Elle y plongea les siens :

— Vous ne pouvez pas exclure la possibilité que Lamar soit un assassin. C'est même sur cette possibilité que vous devez vous concentrer.

32

Le guichet d'Alfred Green était comme sa personne : d'une tenue exemplaire. Son comptoir était lustré, ses affaires ordonnées, sa mise soignée. Rien ne dépassait ; les crayons de papier étaient taillés à la même hauteur. Rien ne clochait ; son nœud de cravate était impeccablement fait. L'écran de son ordinateur en mode veille n'affichait pas la photographie de son enfant, ni celle de son chien ou de la voiture de ses rêves, mais le logo de la banque. Aucune bagatelle fantaisiste dans son environnement, aucun objet personnel, aucun souvenir. À la première poignée de main, il se dégageait de sa personne une gêne qui devenait, au fur et à mesure de la conversation, un véritable malaise.

— J'attends ce moment depuis quatre ans.

— Notre venue ? s'étonna Alicia.

— Non, la capture de ce Jesse James des bidonvilles, rétorqua-t-il en tirant de sa poche un mouchoir en tissu pour essuyer sa main qui venait de serrer celle de l'avocate.

Farraud s'abstint de tendre la sienne.

— Vous vous teniez à ce guichet lorsque les quatre accusés ont fait irruption dans la banque ce matin du 28 septembre 2008 ? enchaîna Alicia sur un ton sec.

L'homme était un témoin de l'accusation, il fallait l'intimider.

— Il était 11h07 précisément.

— Pourriez-vous les décrire ?

— Ils étaient tous en cagoule. L'un était gros avec un blouson en synthétique noir, en jean et en baskets. C'était lui qui donnait les ordres. Le deuxième était habillé comme lui mais c'était un négro… un Noir.

— Comment le savez-vous ?

— J'ai vu la peau de ses mains qui tenaient le fusil.

— Les deux autres ?

— Ils étaient habillés de la même façon aussi. En jean et un sweat à carreaux.

— Est-ce qu'il y avait quelque chose qui permettait de les distinguer ?

— Les carreaux du sweat de l'un étaient bleus et blancs, les carreaux du sweat de l'autre étaient verts et blancs.

L'homme était précis et sûr de lui.

— Qui portait celui qui était blanc et vert ? demanda Alicia après une hésitation.

— Teddy Lamar.

La jeune femme se mordit la lèvre. Mais elle rétorqua au culot :

— C'est inexact. Il portait celui à carreaux bleus.

L'autre ne fut pas désarçonné. Il répliqua sans ciller :

— Non, le sien était à carreaux verts. Deux minutes après avoir fait irruption dans la banque, il est passé de l'autre côté du comptoir et a placé le canon de son arme sur ma tempe. Il se tenait plus près de moi que vous ne l'êtes en ce moment. Le sien était à carreaux blancs et verts.

— Mais comment pouvez-vous être certain que celui qui vous menaçait était Teddy Lamar ? Pourquoi pas un des frères Bellamy par exemple ? intervint Farraud d'un ton agressif.

Green ne perdit pas son assurance. Il répondit sans un battement de cils :

— Parce que son complice, Julius Bellamy, l'a appelé par son nom. Il a dit : « Ted », pendant que Lamar me menaçait avec son fusil.

Les deux avocats échangèrent un regard stupéfait. Pendant ce temps le guichetier repliait méticuleusement son mouchoir. Il le rangea dans sa poche en soupirant. Il trouvait que l'interrogatoire durait.

— Mais comment se fait-il que votre déposition ne dise rien à ce sujet ? questionna Alicia en consultant fébrilement son dossier.

— Parce qu'à l'époque je n'en ai pas parlé aux policiers.

— Pourquoi cela ? dit Farraud. Ce fait d'une importance capitale ne vous revient à la mémoire que maintenant ?

Une expression de malignité passa alors sur le visage de l'employé qui répondit avec une excitation dans la voix qu'il avait du mal à contenir :

— J'attendais le jour béni de la capture de Lamar pour le révéler. Je veux être celui qui à son procès l'enverra brûler en enfer pour toujours. Avec mon témoignage à la barre, il n'aura aucune chance de s'en sortir. Aucune !

Il tira de nouveau son mouchoir et tamponna sa lèvre supérieure. Son front aussi perlait de sueur.

— Je n'oublierai jamais cette scène, poursuivit-il la voix haletante. Il a placé la bouche froide de son arme sur ma tempe et m'a fait signe de m'allonger par terre. J'ai refusé.

— Vous avez refusé ? s'exclama l'avocate.

Il tourna vers elle des pupilles brillantes :

— Parfaitement ! J'ai refusé. J'ai été le seul à les défier. Le seul ! Tous se sont jetés à plat ventre dès qu'on le leur a ordonné. Moi, j'ai tenu tête. Il a alors insisté en frappant mon épaule avec le canon de son fusil pour que je me couche, mais j'ai résisté. C'est à ce moment-là que son complice l'a appelé. Il a crié : « Ted ».

— Ensuite ?

L'éclat mauvais de son regard disparut. Il poursuivit sa déclaration avec une moue méprisante :

— Lamar m'a attrapé par le revers de ma veste puis m'a traîtreusement fauché les jambes. Je suis tombé. Comme j'étais à terre, j'y suis resté. Mais jamais on ne dira que j'ai obéi à Teddy Lamar !

Alicia et Franck échangèrent un nouveau regard consterné. Cet homme n'avait pas l'intention de témoigner, il désirait se venger. Il irait à la barre non pas pour dénoncer un criminel, mais pour punir celui qui l'avait obligé à se coucher devant lui. Depuis quatre ans il ruminait sa rancœur d'homme offensé, l'extradition de Teddy lui offrait la chance d'assouvir sa vengeance.

— Mais il aurait pu vous tuer ! articula Alicia. Il

vous a épargné en vous faisant trébucher. Est-ce que vous y avez pensé ?

— C'est un point de vue. Si son complice ne l'avait pas interpellé, où serais-je aujourd'hui ? A six pieds sous terre avec les autres victimes. (Il secoua la tête) Non, c'est à Julius Bellamy que je dois la vie sauve.

Il poussa un fort soupir tout en regardant ostensiblement sa montre puis l'horloge de la banque. Ce type était infect, mais il allait en imposer aux jurés. Alicia laissa retomber ses épaules. De toute façon, comment démolir sa déposition à la barre puisqu'il affirmait avoir entendu un des braqueurs prononcer le prénom de leur client ?

— Après qu'il vous a fait tomber derrière votre desk, où étiez-vous allongé précisément ? questionna Farraud.

— Ici même. À peu près à l'endroit où nous sommes.

L'avocat fronça les sourcils :

— Dites-nous dans ce cas comment vous avez pu voir la fusillade alors que le comptoir manifestement vous en empêchait ?

Il poussa un siège et s'allongea sur le sol. Il demanda en tordant le cou :

— C'est comme ça que vous étiez au moment où les coups de feu sont partis ?

— Plus ou moins, oui.

— Dites-moi !

— J'avais les mains sur la tête.

Farraud croisa ses doigts sur sa nuque avant de s'exclamer :

— Ah ça, par exemple ! À moins d'avoir les yeux de Clark Kent et de parvenir à transpercer de son regard le bois du comptoir, je ne peux rien voir de ce qui se passe de l'autre côté. Ni assister à la fuite des clients vers la porte de sortie.

Alicia manqua d'applaudir. Elle renchérit, en aidant son confrère à se relever :

— Ni non plus apercevoir le tireur !

Le guichetier ne se troubla pas. Il les contempla tour à tour avec condescendance avant de leur désigner d'un coup de menton un endroit qui se trouvait au-dessus d'eux. Franck et Alicia tournèrent la tête et pâlirent. Un miroir était fixé à quelques centimètres du faux plafond et orienté en direction de la porte de la banque. Dans la position où il était, Green pouvait avoir assisté à tout ce qui se passait de l'autre côté de son desk.

En désespoir de cause, Farraud alla se placer dans le champ où s'était tenu le tireur. Alicia répondit par un signe de la tête affirmatif à son regard interrogateur : Green avait pu également observer leur client au moment où celui-ci faisait feu.

L'employé leur signifia une nouvelle fois sa lassitude en expirant bruyamment.

— Si vous n'avez pas d'autres questions, j'aimerais retourner à mon travail.

Les deux avocats abandonnèrent la partie à contrecœur. Ils le remercièrent froidement.

— Voyez-vous, lâcha Green alors qu'ils s'éloignaient. S'il avait mis en joue le négro… le Noir, et pas seulement moi, j'aurais obtempéré. Et je n'aurais pas autant de haine à son égard aujourd'hui.

— Quel Noir ?

— Le client dont j'étais en train de m'occuper quand ils ont surgi, répondit-il distraitement.

Il replaça le siège qu'avait dérangé Farraud

puis leur tourna définitivement le dos.

Franck et Alicia rejoignirent Sommers à qui ils rapportèrent l'interrogatoire auquel ils avaient soumis Green.

— Quel Black ? s'étonna l'enquêteur.

— Un client dont il s'occupait au moment où l'attaque a eu lieu.

Sommers sortit son smartphone et repassa en vitesse accélérée les bandes de vidéosurveillance.

— Mais où est-ce qu'il serait ? dit-il, intrigué.

Les avocats penchèrent leurs fronts au-dessus de l'écran.

Les doigts de Sommers appuyaient avec une rapidité extraordinaire sur les touches afin de faire défiler les enregistrements.

Soudain Alicia frappa dans ses mains :

— Quelle idiote !... Quelle idiote je fais !

Elle ressortit son dossier dont elle se mit à tourner les feuilles avec vivacité. L'enquêteur continuait d'examiner les images.

— Quoi ? Qu'est-ce qu'il y a ? questionna Farraud.

Les deux ex-époux l'ignorèrent, absorbés chacun de son côté par ses recherches.

Alicia s'écria la première :

— Je ne l'ai pas !

— Moi non plus !

Sommers orienta l'écran de son portable vers elle :

— Enfin si, corrigea-t-il. Je l'ai bien au début lorsqu'il se pointe au guichet et après pouf ! il disparaît comme par magie.

Farraud se racla bruyamment la gorge :

— Je croyais que nous étions trois sur cette

enquête.

Sa consœur, tout à l'excitation de sa découverte, répliqua :

— Nous vous expliquerons tout à l'heure ! (Elle leva la main) Suivez-moi, vous deux !

Ils déboulèrent dans le bureau du directeur en poussant la porte sans frapper. Ce dernier fut scandalisé. Il glapit :

— Vous êtes toujours là ! Une banque est une propriété privée, allez-vous en !

— Ne vous fatiguez pas à appeler la police. Nous aurons fini avant qu'elle soit là, dit Alicia en posant son dossier sur le bureau.

Elle l'ouvrit et prit un tas de feuilles :

— J'ai ici les dépositions de sept clients qui étaient à l'intérieur de la banque au moment du braquage.

— Oui, et alors ? jappa son interlocuteur.

Alicia fit un signe de la main à son ex-époux. Celui-ci dirigea alors l'écran de son portable vers le directeur. La bande-vidéo de l'attaque était arrêtée sur l'image d'un homme signant un formulaire au guichet de Green.

— Or, poursuivit Alicia, si l'on fait le décompte des personnes présentes ce jour-là, à l'exception des quatre employés et du vigile, il y avait huit clients et pas sept.

Elle se pencha vers le smartphone et pointa l'index sur l'individu :

— Le voici à l'image. Un Afro-américain, d'environ soixante ans, peut-être plus, le front dégarni et vêtu d'un polo de couleur claire.

— Et alors ? Je ne vois toujours pas où vous voulez en venir !

Elle appuya sur une touche du portable :

— Observez bien la bande-vidéo. L'inconnu est au desk lorsque les malfaiteurs font irruption. Il n'est pas leur complice, il est trop terrifié pour ça. Regardez comme il chancelle et s'appuie au comptoir pour ne pas défaillir. Ensuite, l'un des malfaiteurs passe derrière le comptoir de Green et met celui-ci en joue.

Le directeur s'agaça :

— Je connais ces scènes par cœur ! Je n'étais pas là ce jour-là, mais on me les a racontées des centaines de fois. J'ai toujours refusé de visionner ces bandes. Pourquoi est-ce que vous m'infligez ça ?

Alicia eut un mouvement impatienté de la tête.

— Je continue. Vous allez comprendre. (Elle reprit en rivant de nouveau ses yeux sur l'écran) C'est le moment du face-à-face entre Green et l'un des braqueurs. Regardez ! Notre individu recule doucement le long du comptoir...

— Et il sue à grosses gouttes. Son polo est trempé aux aisselles et au torse, remarqua le directeur sur un ton ironique.

Soudain il sursauta. Alicia venait de frapper de la main un coin du bureau :

— Et hop ! s'exclama-t-elle. L'inconnu vient de disparaître de l'écran pour ne plus réapparaître. Où est-il passé ?

Farraud tressaillit à son tour.

— Il doit être sur les bandes des autres caméras, suggéra son interlocuteur en se laissant tomber dans son siège.

Sommers secoua la tête :

— Je viens de les visionner, on ne le revoit

sur aucune.

Le directeur s'empara alors d'une chemise vide qui traînait sur le bureau et s'éventa la figure :

— Que voulez-vous que je vous dise ! Je gère une banque, je ne suis ni policier ni expert scientifique. Je peux d'autant moins vous aider que je n'étais même pas là ce jour-là.

— Vous le pouvez, répliqua Alicia. Donnez-nous l'identité de cet homme.

Farraud se rapprocha brusquement du bureau pour entendre le nom du témoin mystérieux. Ce nom était l'élément capital dont lui avait parlé Audrey Lartigue, il venait soudain de le comprendre. Mais le directeur jaillit de son siège comme un diable de sa boîte :

— Son identité ? Mais vous n'y pensez pas ! Vous êtes dans une banque. C'est pire qu'un confessionnal ici. Si je viole le secret bancaire, j'engage ma responsabilité. J'ai une famille à nourrir et un prêt immobilier à rembourser. Je ne veux pas être viré. À présent, sortez !

— Un juge pourrait vous y contraindre, avertit Alicia.

L'autre ricana :

— Comment le pourrait-il ? Le procureur lui-même ne m'a pas adressé une telle requête. (Son rire devint un rictus moqueur) J'ai fait mon droit moi aussi, ajouta-t-il.

Farraud tourna vivement la tête vers Alicia. Il fallait continuer à faire pression sur lui.

— La défense ne vous demande qu'un nom.

Le directeur la jaugea, parut hésiter un instant, mais finalement se lança dans le bras de fer :

— Vous l'avez dit vous-même, Maître. Ce client est un fantôme. Il apparaît et disparaît. Je ne vois pas comment je pourrais vous donner son identité.

Alicia prit une longue inspiration pour garder son calme :

— En consultant vos registres. Cet homme était ce jour-là dans votre banque pour y effectuer un retrait ou un dépôt. On le voit remplir un formulaire. Manifestement, il possède un compte chez vous.

Il fut ébranlé par ses arguments car il alla subitement se servir un verre d'eau. Il était nerveux.

— Cocher et signer un de nos formulaires ne signifie pas forcément qu'on est client chez nous, finit-il par dire. Cet homme est peut-être entré ici pour obtenir le change d'une monnaie étrangère, par exemple.

Sommers s'agita :

— Écoute, mon vieux !…, commença-t-il.

Mais Alicia l'arrêta d'un geste de la main.

— Je me permets d'insister, dit-elle la voix ferme. J'obtiendrai l'identité de ce témoin d'une manière ou d'une autre. Prenons celle qui vous coûtera le moins cher en frais de procédure.

Le directeur marqua une nouvelle fois une légère hésitation, mais il tint bon :

— Je vous l'ai dit, j'ai des bouches à nourrir. C'est non.

Alicia quitta le bureau sans que cette fois le directeur le demande, ses deux compagnons sur ses talons. Elle était furieuse mais ne laissa exploser sa colère que sur le trottoir. Elle lâcha une bordée d'injures en espagnol qui fit se retourner sur elle les passants.

— Et maintenant ? demanda Farraud.

— Maintenant il faut retourner devant le juge Abogassian, répondit-elle en donnant un coup de pied contre la roue avant de sa voiture.

33

Le *Havana social club* sur Olive street ne filtrait pas à proprement parler la clientèle, mais la préposée au vestiaire inspectait discrètement les personnes à l'entrée puis adressait un bref signe de tête au gérant du bar. Si elles convenaient au genre de l'établissement celui-ci venait les conduire courtoisement à une table. Si c'était l'inverse, il leur annonçait tout aussi courtoisement que le bar était complet.

Il répondit à la question de Farraud:

— Non, cette personne n'est pas encore arrivée.

Avant de les inviter, Alicia et lui, à le suivre. Il les installa au fond de la salle, là où la lumière était tamisée. La table avait la forme d'un losange et les banquettes avaient des tonalités claires et foncées. Un homme en smoking improvisait au piano des variations. Il n'était que vingt heures. Il y avait peu de monde et la plupart des clients étaient concentré au bar. À leur façon d'être, à leur manière de s'adresser au barman, ils étaient des habitués.

Alicia regardait tout autour d'elle, plus révoltée qu'admirative :

— Je suis née et je vis à Dallas, et aujourd'hui encore je découvre ses richesses !

Elle n'aimait pas le luxe parce qu'il n'y avait jamais rien eu d'ostentatoire et de superflu dans sa vie. Elle avait acquis les choses de haute lutte. Ce qui n'était pas le cas d'Audrey Lartigue qui leur avait donné rendez-vous dans ce bar :

— Vous verrez, avait-elle dit à Farraud au téléphone. C'est très classe !

Comme si l'aspect somptuaire du lieu était important et qu'il devait le remarquer. À son tour il regarda tout autour de lui et soudain il la vit apparaître. Son cœur cogna dans sa poitrine. Audrey se trouvait à l'entrée de la salle et tendait la main au gérant qui s'inclinait devant elle pour faire le baisemain. Ensuite elle se dirigea seule vers leur table. Elle ne quittait pas Farraud des yeux comme s'il eût été une cible. De son côté, il demeurait pétrifié.

— Qu'est-ce que vous avez ? demanda Alicia surprise par son expression.

— La voilà !

L'émotion le suffoquait. Alicia ne comprit pas sa réponse. Elle lui demanda de répéter.

— Il vous dit que je suis là, répondit à sa place Audrey Lartigue qui se tenait à présent devant eux.

Elle avait son air impertinent mais pas son rouge à lèvres carmin.

— Vous permettez ?

Elle s'assit tout contre Farraud. Celui-ci eut un petit sursaut. Ce mouvement, qui trahit son émotion, amusa la journaliste qui se déplaça sur la banquette. Elle leur faisait face à présent. Elle se présenta elle-même à l'avocate. Farraud restait muet. Un serveur arriva. Alicia commanda un mojito, Farraud articula : « la même chose » et Audrey une vodka. Alicia attaqua aussitôt que le serveur eût tourné le dos :

— Franck m'a convaincue de vous rencontrer avant d'obtenir du juge une *subpoena*.

Audrey regarda Farraud en fronçant les sourcils :

— C'est une injonction du juge qui obligera le directeur de la banque à nous produire les registres de ses clients, dit-il en français.

Alicia avait été difficile à persuader. Ils étaient à peine sortis de la banque de Preston Valley et s'étaient engouffrés dans la voiture qu'il lui avait expliqué que c'était une mauvaise idée. La demande d'une *subpeona* est contradictoire. Par conséquent Wander Giesen serait présent à l'audience. Il apprendrait de leurs bouches l'existence de ce témoin. Tant qu'ils ignoraient qui il était et ce qu'il avait vu durant le braquage, ils ne pouvaient pas prendre le risque que le procureur lui mette la main dessus avant eux et l'influence…

— Il n'en a pas le droit. C'est un témoin de la défense.

— Il va se gêner ! avait rétorqué Farraud en triturant le thermostat de la climatisation. L'homme que nous recherchons vit dans la peur depuis quatre ans sans cela il se serait déjà manifesté. S'il détient des informations qui sont en notre faveur, Wander Giesen va l'intimider. Nous abattrons notre dernière carte avant même que le procès commence !

Il faisait une chaleur étouffante dans l'habitacle. Le bitume de l'autre côté du pare-brise semblait cuire sous le feu du soleil texan. Farraud, qui tirait la langue, s'escrimait à tourner le bouton :

— Il est cassé, avait-elle dit distraitement.

Il avait aussitôt baissé la vitre de sa portière et avait passé la tête. Mais l'air brûlant de l'extérieur l'avait suffoqué. Il s'était alors emparé d'une carte routière glissée dans le vide-poches et s'était mis à s'éventer.

— Mais comment retrouver ce mystérieux témoin ? avait demandé Alicia, pensive. Nous n'avons qu'une image prise de lui par une caméra de surveillance.

À demi penchée sur le volant et les yeux dans le vague, son maquillage intact, elle n'était nullement incommodée par la touffeur.

— Je connais quelqu'un qui peut nous aider, avait-il répondu. Audrey Lartigue, cette journaliste française dont je vous ai déjà parlé.

Sa consœur s'était braquée. Elle lui avait rétorqué que la contrepartie qu'exigeait sa compatriote était impossible à honorer.

— Jamais Burke n'acceptera qu'on vienne interviewer Lamar dans sa prison. C'est déjà un miracle qu'il tolère que vous y pénétriez. Quant à Wander Giesen, n'en parlons pas !

Elle en était revenue à son idée de faire signifier au directeur de la banque une injonction sans perdre de temps. Farraud avait bataillé pour qu'au moins Alicia rencontre la journaliste auparavant.

— Nous arriverons peut-être à la convaincre de nous donner l'info sans contrepartie ?

— Pourquoi ferait-elle maintenant ce qu'elle n'a pas voulu faire avant ?

Il avait rougi, ça ne s'était pas vu parce que son visage était congestionné par la chaleur accablante.

— Eh bien parce que récemment nous avons eu un… contact. Elle est bien disposée envers moi.

Alicia avait insisté pour qu'il s'explique davantage, mais il avait répété, mot pour mot, sa réponse. Elle avait poussé des soupirs contrariés, mais avait cédé à la condition que le rendez-vous soit fixé dans les vingt-quatre heures. Ensuite elle avait baissé sa vitre, celle de la portière arrière gauche et lui avait demandé de faire de même de son côté.

— Voilà, avait-elle dit en démarrant. Je vous mets la climatisation !

L'arrivée du serveur interrompit Alicia. Et pendant que ce dernier plaçait les verres sur la table, les deux femmes ne se quittaient pas des yeux. Elles se jaugeaient. Farraud les regardait tour à tour.

— Je n'ai pas l'intention de vous lâcher quoi que ce soit sans rien obtenir en retour, prononça Audrey tandis que le serveur s'éloignait.

Farraud prit aussitôt la demi-rondelle de citron de son mojito entre ses dents pour ne pas avoir à croiser le regard de sa consœur. Il lui avait assuré que la journaliste venait au rendez-vous avec la volonté de lâcher du lest.

— Vous comprenez bien qu'un pénitencier n'est pas un hall de gare, argumenta Alicia. Je ne peux pas vous obtenir un laissez-passer sur un claquement de doigts.

— À vous de voir.

— Les médias du pays n'accepteraient pas que l'exclusivité d'une interview ne soit pas accordée à un journaliste américain.

Audrey trempa son index dans sa vodka, et se mit à remuer lentement les glaçons. Farraud intervint :

— De toute façon cette interview a peu de chance de paraître avant le procès, dit-il doucement. Les familles des victimes porteraient plainte contre ton magazine. Ton rédacteur en chef le sait bien.

Alicia acquiesça vigoureusement de la tête.

— Je ne suis pas idiote, répliqua Audrey Lartigue. Je veux uniquement être la première à avoir un scoop au lendemain du verdict.

Il haussa les épaules :

— Tu ne connais pas l'issue du procès ! Tes questions seront périmées avant même l'énoncé de la sentence. Les lecteurs se foutent pas mal de connaître les pensées intimes du détenu Teddy Lamar. La seule chose qui les intéresse c'est de savoir s'il ira ou non s'allonger sur la civière !

La journaliste ôta son doigt de sa vodka et le mit dans sa bouche. Elle contempla Farraud avant de le retirer :

— Je le sais déjà, moi, s'il sera ou non reconnu coupable des meurtres. (Elle marqua une pause) Et vous pourriez le savoir vous aussi dès à présent.

Les deux avocats échangèrent un regard. La journaliste leur confirmait que l'homme qu'il recherchait était un témoin capital pour eux.

— Ton prix est trop élevé. Nous n'avons pas les moyens de ton exigence.

— Peut-être que le procureur, lui, les aura, dit-elle en se rejetant contre le dossier de la banquette.

Farraud et Alicia demeurèrent interloqués. Elle était prête à jouer avec la vie d'un homme juste pour avoir son papier.

— Tu plaisantes, là ? Hein ? dit-il.

— Est-ce que j'en ai l'air ?

Alicia but une gorgée de son cocktail puis subitement frappa la table du plat de la main :

— Expliquez-moi quelque chose ! Comment pouvez-vous détenir une information qui serait cruciale à la fois pour la défense et pour l'accusation. Soit elle bénéficie à l'un, soit à l'autre, mais pas aux deux.

— Vous savez mieux que moi qu'un procès n'a rien à voir avec la logique. Tout est dans la manière de présenter les preuves aux jurés.

Elle avait l'impression que les deux avocats s'étaient entendus pour lui soutirer l'identité du témoin alors qu'ils n'avaient rien à lui proposer en retour. Franck le savait lorsqu'il l'avait appelée ce matin, mais lui avait laissé croire le contraire. Pas correct ce traquenard et lui, un beau dégueulasse. Il voulut parler à cet instant, elle l'arrêta d'un geste de la main :

— Ne te fatigue pas Franck, dit-elle en français. Tu ne m'auras pas au sentiment. On a juste couché ensemble.

Décontenancé, il referma la bouche. Il devina la désillusion d'Audrey mais il prit son sentiment pour du dépit. Il pensa qu'elle aurait préféré faire affaire avec eux plutôt qu'avec Wander Giesen. En cas d'acquittement, son reportage aurait fait bien plus de bruit, les lecteurs raffolant des erreurs judiciaires où les condamnés à mort échappent de justesse au bourreau.

En réalité elle était blessée. Pas parce qu'elle avait la sensation que ses interlocuteurs tentaient de la flouer. Ou parce qu'ils s'imaginaient qu'elle était un vautour, capable de planter son bec dans le cadavre d'un petit braqueur juste pour avoir un bon papier. Elle était habituée à ce qu'on pense ça d'elle. Mais parce que Franck n'avait pas été franc avec elle au téléphone ce matin. Il aurait suffi qu'il lui demande le nom de ce témoin pour qu'elle le lui donne. Sans contrepartie.

— C'est vous ou Wander Giesen, dit-elle avec un air glacial qui ne la quitta plus durant la conversation. L'offre est sur la table.

— Je peux vous obliger à nous répondre.

— Comment ? En me prenant à la gorge ?

— Je n'aurai pas besoin d'aller jusque-là. Je n'aurai qu'à vous faire citer à comparaître devant un juge. Le recel d'informations est un délit.

Audrey ricana :

— Vous oubliez un petit détail, Maître. Je suis journaliste. Le secret de mes sources est protégé par la Constitution de votre pays.

Alicia se mit à agiter la paille dans son cocktail. Sa tentative de bluff n'avait pas fonctionné. Farraud gardait les yeux baissés, il serrait les mâchoires et respirait avec difficulté. Il se retenait de ne pas exploser de colère contre Audrey, contre Vettel, Humbert, Vicky, Teddy... contre la terre entière !

— Je vois hélas que nous ne conclurons pas de marché, dit Audrey en ouvrant son sac à main.

Il y eut alors un coup sourd qui fit trembler les

verres. Il venait de frapper la table de son poing.

— Il n'y a que ça qui t'intéresse, dit-il en français. Ton torchon ! Ta carrière (Sa voix grossit) Toi ! Toi ! Toujours toi ! Des autres tu n'en as rien à foutre ! Sais-tu faire autre chose que de te regarder le nombril ?

Elle battit des paupières :

— Oui, et je pense que tu en as une vague idée, siffla-t-elle.

La raillerie le fit devenir rouge :

— Tu crois vraiment que c'est le moment de plaisanter avec une histoire de fesses ?

Alicia s'interposa en allongeant les bras entre eux comme un arbitre sur un ring.

— Nous allons reprendre notre calme et reparler en anglais, proposa-t-elle. (Elle se retourna vers Audrey) Vous ne voyez pas comment nous pourrions trouver un terrain d'entente ?

— Si, répondit-elle sans cesser de fixer Farraud des yeux furieux. Vous pourriez enregistrer la confession de Teddy Lamar en prison.

— Quoi ? Comment ? s'étranglèrent les avocats.

— Je vous remettrai un dictaphone très discret avec lequel vous recueillerez sa confession, poursuivit celle-ci. Sa retranscription n'aura pas le poids d'une interview du condamné, mais je m'en contenterai.

— Tu sais ce que tu es ? commença Farraud.

— Une garce, oui. Mais tu n'as pas toujours eu à t'en plaindre.

Il prenait une longue inspiration pour garder son contrôle tandis qu'Alicia répliquait en secouant la tête :

— Vous savez bien que c'est impossible.

— Ce n'est pas mon avis. Les parloirs avocat sont les seuls entretiens que le service pénitentiaire ne peut pas écouter.

— Restons-en là, trancha l'avocate.

— Bonne chance, alors ! lança la journaliste en s'emparant de son sac.

Elle glissait sur la banquette pour contourner la table et se lever quand Farraud s'exclama :

— C'est bon !... Je vais le faire.

Alicia tressaillit :

— Vous êtes fou ! C'est une faute déontologique et un délit pénal. Nous sommes des avocats pas des malfrats !

— Justement ! dit-il. C'est parce que nous sommes des avocats que nous devons tout faire pour sauver la tête de notre client.

— Mais il y a des moyens légaux, insista Alicia. Nous ne sommes pas obligés de nous plier à ses conditions !

Il dévisagea Audrey avec des yeux si durs qu'elle garda son expression obstinée.

— Je crains que si, souffla-t-il. Dans le cas contraire, Wander Giesen sera au courant avant même que nous ayons eu le temps de nous retourner. Je me trompe ?

Audrey pâlit mais répondit la voix ferme :

— C'est exact.

Il détourna les yeux :

— Je le ferai Alicia, dit-il. Je le ferai seul. Ainsi, s'il venait à y avoir un problème, j'endosserai la responsabilité et vous pourrez continuer à défendre Teddy. Au pire je serai expulsé du territoire américain.

Alicia argumenta encore, mais il s'entêta. Voyant qu'elle ne parviendrait pas à le raisonner, elle lança à Audrey Lartigue sur un ton vif :

— Vous n'avez aucune conscience ! Je ne sais pas ce que Franck vous trouve, mais moi, vous me donnez envie de vomir !

La journaliste leva d'abord un sourcil pour saluer sa perspicacité avant de répliquer, avec un demi-sourire :

— C'est parce que vous n'avez pas couché avec moi.

Puis sans attendre, elle ouvrit son sac et sortit un dictaphone qui tenait dans le creux de la main. Elle l'avança sur la table.

— Je veux d'abord connaître le nom du témoin avant de prendre ton magnéto, dit Farraud.

— Je vois que la confiance règne ! Mais tes désirs sont des ordres ! répondit-elle en appuyant sur un bouton de l'appareil.

Du haut-parleur s'éleva un bruit confus de sirènes de police, de cris affolés, de coups de klaxons et de portières qui claquaient. C'était une scène de rue qui fit plisser le front des deux avocats. Audrey Lartigue battit l'air de la main pour leur signifier de patienter. Soudain la voix d'une journaliste perça le brouhaha. Elle tendait le micro à un jeune homme bouleversé qui répondait à ses questions entre deux sanglots :

« — *Mon grand-père est à l'intérieur ! Je l'ai conduit à la banque, j'attendais dans la voiture qu'il ressorte quand j'ai entendu les coups de feu !*

— *Comment vous appelez-vous ?*

— *Rowdy Brown. Et mon grand-père, Cassius Brown. Il n'est pas ressorti ! La police a fait sortir tout le monde mais pas mon grand-père !... Oh ! Mon Dieu !*

— Peut-être qu'il est parmi les blessés ?

— Non, non ! Les braqueurs n'ont tiré que sur des Blancs. Les ambulanciers m'ont dit qu'il n'y avait que des Blancs dans les voitures de secours. Oh ! Mon Dieu ! »

Audrey coupa la bande. Elle expliqua aussitôt :

— C'est le premier reportage fait à l'époque sur le braquage meurtrier. C'est celui d'une station de radio locale qui avait pour habitude de se brancher sur les fréquences des radios de police et celles des véhicules d'urgences des hôpitaux afin de dépêcher très vite quelqu'un sur les lieux des accidents et décrocher l'exclusivité. Ça, c'est du journalisme ! (Elle soupira) Malheureusement, ce professionnalisme leur a coûté cher. Les autorités ont fait fermer la station six mois après l'attaque et dispersé ses animateurs.

— Comment vous êtes-vous procuré cet enregistrement ?

— En passant des dizaines d'heures sur le Net. Vous n'allez pas le croire, je l'ai trouvé sur un site qui explique les différentes méthodes pour réussir un hold-up. Celui de Teddy Lamar était cité comme un contre-exemple, ajouta-t-elle un brin ironique.

Farraud et Alicia se regardèrent. Il était probable que le témoin oculaire qu'ils recherchaient fût ce Cassius Brown. D'après l'enregistrement, il était d'un certain âge et Noir, comme l'homme que l'on apercevait sur les bandes de vidéosurveillance de la banque. Mais mille questions se bousculaient dans leurs têtes. Pourquoi ce dernier ne s'était-il pas retrouvé parmi les otages interrogés par la police ? Pourquoi n'y avait-il aucune trace de son petit-fils dans les rapports d'enquête ? Par où s'était-il enfui avant que l'assaut ne soit donné par les forces de l'ordre ? Pourquoi alors les malfaiteurs l'avaient-ils épargné ?

— Je pourrais peut-être partager vos interrogations ? intervint sèchement Audrey.

Elle était vexée qu'on la tînt à l'écart. Elle était surtout déçue que son amant ne manifestât ni admiration, ni reconnaissance pour la piste providentielle qu'elle leur apportait. Celui-ci restait amer et fâché.

— Nous n'avons qu'un nom, dit-il sur un ton agressif. Nous n'avons pas d'adresse.

Elle accusa le coup en buvant d'un trait le fond de son verre :

— J'ai cherché où son petit-fils et lui habitaient, dit-elle. Je ne les ai pas retrouvés. Apparemment ils ne sont dans aucun des cinquante états du pays. J'ai même fait des recherches en Australie et au Canada. Ils ont disparu de la surface de la terre. C'est comme s'ils s'étaient volatilisés.

— Ton témoin est peut-être mort à l'heure qu'il est, grinça entre ses dents Farraud. Auquel cas ton information ne vaut rien.

— J'ai rempli ma part du contrat.

Il était sur le point de s'emporter, mais Alicia posa la main sur son bras :

— Layton retrouvera leurs traces, dit-elle. Les noms lui suffiront.

Le visage de l'avocate s'assombrit à la pensée qu'elle allait devoir, en contrepartie, concéder un autre dîner à son ex-mari. Distraite, elle ne retirait pas sa main posée sur le bras de Farraud. Elle ne le fit que lorsqu'elle croisa celui, fixe, d'Audrey.

— C'est d'accord, lâcha-t-il en s'emparant du dictaphone. Mais je n'enregistrerai la confession de Teddy qu'à la condition qu'on retrouve avant Monsieur Cassius Brown.

— Marché conclu !

L'air d'Audrey Lartigue était faussement dégagé. Elle se saisit de son sac et se leva. Elle avait quitté la table et s'éloignait quand Farraud l'interpella en français :

— C'est pour ça que tu as couché avec moi ?

Audrey ne se retourna pas immédiatement ; ses épaules frissonnèrent et sa nuque se raidit. Mais lorsqu'elle fit demi-tour sur elle-même, elle souriait :

— Si tel avait été le cas, selon toi quel rouge à lèvres j'aurais mis ce soir ?

34

— L'un est mort et l'autre est vivant.

C'est par ces mots qu'Alicia accueillit Farraud qui grimpait dans sa voiture. Elle passait le prendre à son hôtel. Elle était exaspérée car elle lui avait laissé une dizaine de messages sur son répondeur avant qu'il ne finisse par décrocher. Sans explication, elle lui avait alors demandé d'être sur le trottoir de l'hôtel dans un quart d'heure.

— Cassius Brown est mort !

— Non, son petit-fils, Rowdy Brown. (Elle se signa) Nous avons de la chance !

Son confrère poussa un soupir de soulagement avant de se frotter le visage comme s'il se remettait d'un choc. Il avait les cheveux mouillés, il sortait de la douche, mais il semblait déjà accablé par la chaleur.

— Bon sang ! Où étiez-vous ? questionna-telle sur un ton qui fut vif malgré elle. Ça fait des heures que j'essaie de vous joindre !

— J'étais à Corsicana. Je voulais m'assurer que Teddy allait bien. Mais je n'ai pas pu le voir. Ils l'ont transféré à la prison du comté.

Alicia se mordit la lèvre. Elle avait oublié de l'avertir que quarante-huit heures avant l'ouverture de son procès, un prisonnier est toujours extrait du pénitencier pour être détenu dans la maison d'arrêt proche du tribunal.

— C'est la procédure. J'aurais dû vous prévenir. Excusez-moi.

Il agita la main pour lui signifier que ce n'était pas grave puis se retourna et se contorsionna par-dessus son siège :

— Qu'est-ce que vous faites ?

— Je mets la clim, répondit-il en baissant la vitre de la portière arrière.

Elle sourit : son exaspération s'était envolée. Elle était toujours dans cet état à la veille d'un procès difficile où l'existence d'un client était en jeu parce que celui-ci risquait de perdre soit la vie, soit sa liberté en cas de condamnation à perpétuité. Elle était alors à prendre avec des pincettes car elle s'irritait facilement.

Farraud avait attaché sa ceinture et demandait où se cachait Cassius Brown.

— À Henrietta, tout près de Wichita Falls. C'est à environ deux heures d'ici.

Ils quittèrent difficilement la ville à cause des embouteillages et prirent la direction du nord-est de l'état. Farraud bombardait Alicia de questions. Elle lui répondait souvent en se répétant parce que le vacarme de la circulation, qui pénétrait par les vitres ouvertes, couvrait souvent sa voix. Layton avait retrouvé la trace des deux hommes grâce à ses contacts dans les services du sheriff. L'un des adjoints avait découvert dans les fichiers le rapport d'une patrouille de la route qui faisait état d'un accident mortel de la circulation dont Rowdy Brown junior avait été la victime. À partir de là, Layton avait remonté la piste jusqu'à Cassius Brown. Leur témoin vivait depuis quatre ans dans une maison de retraite située dans la banlieue de la petite ville d'Henrietta. Il y séjournait sous le nom de Henry Lee Taylor. Son unique petit-fils, Rowdy, y travaillait comme aide-soignant à l'époque du braquage. Un mois après l'attaque, ce dernier avait été tué dans un accident de la circulation à Fargo, une bourgade située à une soixantaine de kilomètres de Wichita Falls.

Elle prit sur la banquette arrière un dossier dans lequel il y avait les photocopies des permis de conduire des Brown, de la fiche d'admission à la maison de retraite « Les Genévriers » d'un certain Henry Lee Taylor et du rapport de police de l'accident de voiture qui avait coûté la vie au jeune Rowdy.

Sur les photos d'identité des permis de conduire le grand-père et le petit-fils se ressemblaient étonnamment. Farraud les scruta tout en se demandant ce qui avait pu pousser le jeune homme à cacher son aïeul sur son lieu de travail. Quelle menace pesait sur lui ? Quel secret devait-il dissimuler ?

— Rowdy a fait prendre à son grand-père la place d'un mort, précisa l'avocate. Il existait bien un Henry Lee Taylor, Afro-américain lui aussi, du même âge, mais qui était pensionnaire dans une autre maison de retraite à Henrietta.

Alicia secoua la main quand elle vit l'expression horrifiée de Franck:

— Non, rassurez-vous ! On a seulement

usurpé son identité. Le vrai Henry Lee Taylor est mort de mort naturelle. Son cœur s'est arrêté de battre à l'âge de quatre-vingt-huit ans quelques mois avant l'attaque de la banque.

La maison de retraite « Les Genévriers » se trouvait dans la banlieue sud de la ville d'Henrietta, face au lac Arrowhead. Il faisait très chaud, mais l'air, chargé d'humidité, était plus respirable qu'à Dallas.

Avant de descendre de voiture, Alicia fouilla dans la boîte à gants. Elle jurait en espagnol ce qui amusait Farraud. Ne trouvant pas ce qu'elle cherchait, elle retourna les vide-poches. Enfin elle mit la main sur ce qu'elle cherchait, à savoir un badge qu'elle épingla à sa veste. À côté de la représentation du Capitole d'Austin, il y avait tracé un sigle qu'il ne connaissait pas.

— C'est celui des services sociaux de l'état, expliqua-t-elle. Je... J'ai oublié un jour de le leur rendre. Il ne faut pas qu'on dise à l'accueil que nous sommes avocats parce qu'ils ne nous laisseront même pas aller plus loin que le hall d'entrée.

Elle boutonna sa chemise jusqu'au col, lui demanda d'enlever sa cravate et de faire de même avec la sienne :

— Ne dites pas un mot ! dit-elle. Vous me laisserez parler.

À l'accueil, elle prit un air revêche et un ton sec :

— Nous sommes des agents des services sociaux. Nous souhaiterions nous entretenir avec l'un de vos pensionnaires, Henry Lee Taylor.

— C'est à quel sujet ?

— Il a déposé une demande de revalorisation

271

de sa pension. Nous venons voir si nous pouvons y donner une suite favorable.

L'hôtesse, qui mâchait bruyamment un chewing-gum, jeta un coup d'œil au badge d'Alicia avant de prendre dans une bannette un formulaire :

— Remplissez ça.

Lorsque ce fut fait, elle appuya sur un bouton qui ouvrit une double porte vitrée :

— Il est sorti du réfectoire à cette heure-ci. Il doit être sur la véranda. C'est au bout du couloir.

Alicia et Franck reconnurent sans difficulté Cassius Brown. Il était le même que sur la photo de son permis de conduire, mais avec les cheveux blanchis et le visage allongé et ridé. Sa peau foncée s'était éclaircie avec les années.

Il était assis au bout de la galerie en bois, dans un fauteuil de rotin, une bible ouverte entre les mains. Il ne la lisait pas, il contemplait la pelouse bordée de palmiers qui s'étendait devant la véranda et au milieu de laquelle un arroseur automatique répandait une pluie tournoyante. Au bruit des pas des deux avocats, il referma sa bible d'un geste sec et se raidit.

— Bonjour Monsieur Brown ! Je suis Alicia Ortiz et voici Franck…

— Vous êtes des flics ? coupa le vieil homme.

Ce n'était pas vraiment une question, plutôt une exclamation étouffée. Il était terrifié, la peur avait pâli ses yeux.

— Non, répondit doucement Alicia. Nous sommes les avocats de Teddy Lamar. Nous voudrions seulement vous parler.

— Je n'ai rien à vous dire ! souffla-t-il.

La jeune femme posa une main sur la sienne

mais de manière à toucher la Bible également :

— Et moi je crois que c'est le contraire, Monsieur Brown. Je crois que ça fait quatre ans que vous attendez de soulager votre cœur.

Il laissa retomber ses épaules et hocha pensivement la tête. La peur ne le quittait pas, mais il parut se résigner. Alicia fit aussitôt signe à son confrère d'apporter deux des chaises qui se trouvaient derrière eux, contre le mur.

— Je tiens à vous dire combien je suis désolée pour votre petit-fils, dit-elle en s'asseyant.

— Rowdy était un brave petit, murmura M. Brown. Ce n'est pas lui qui aurait dû mourir, mais moi !

— Il ne faut pas vous torturer ainsi. C'était un accident. Une terrible tragédie.

Le vieil homme releva la tête, chercha à contenir son émotion, mais la colère et la douleur le submergèrent. Il répondit d'une voix rauque, les larmes aux yeux :

— Ce n'était pas un accident ! Il a été assassiné !

Les deux avocats échangèrent un regard stupéfait. Comme ils demeuraient interloqués, le vieil homme poursuivit :

— C'était un meurtre ! Je sais bien qu'ils l'ont tué.

— Qui « ils » ? questionna l'avocate.

— Les frères Bellamy ! Qui voulez-vous que ce soit d'autre ?

Les visiteurs croisèrent cette fois un regard sceptique. Le vieil homme apparemment n'avait plus toute sa raison. Alicia tapota sa main :

— Monsieur Brown, les frères Bellamy sont en

prison depuis quatre ans. Comment auraient-ils fait pour assassiner votre petit-fils ?

— Ils ont commandité le meurtre ! Ils connaissent des gens à l'extérieur qui ont été capables de le faire. Avec les trois millions de dollars qu'ils ont volés, ils avaient de quoi payer toute la pègre du Texas et du Mexique !

Les deux avocats se mirent à réfléchir. L'air assuré de M. Brown, son ton convaincu rendaient plausibles ses propos :

— Avez-vous des preuves de ce que vous affirmez ? questionna Farraud.

Son accent britannique surprit son interlocuteur qui se méfia. Son visage se ferma :

— Si vous êtes envoyés par Bob et Julius Bellamy, alors finissons-en ! Finissons-en vite ! Ça fait trop longtemps que je vous attends.

Farraud sortit sa carte professionnelle :

— Nous ne sommes pas des hommes de main des Bellamy. Je suis l'avocat français de Teddy.

Cassius Brown examina la carte mais garda son air soupçonneux :

— J'ai lu dans les journaux qu'il avait été arrêté en France. Mais je ne lis pas le français, ça ne me dit pas si votre carte est authentique. (Il eut un mouvement de la tête en direction d'Alicia) Le badge de Madame par exemple, c'est un faux !

Alicia se pencha vers lui et le regarda dans les yeux :

— Si nous étions venus pour vous éliminer, dit-elle, vous ne pensez pas que nous l'aurions déjà fait depuis un moment ? Croyez-vous qu'on aurait pris le temps de bavarder avec vous ?

Brown hocha brièvement la tête sans qu'on pût dire s'il acquiesçait aux paroles d'Alicia ou s'il acceptait son sort d'homme à abattre.

— Je n'ai pas de preuves du meurtre de Rowdy, dit-il, je n'ai que des suppositions. Le lendemain de son accident je suis allé à Fargo. Je me suis rendu à l'endroit où sa voiture a quitté la route pour plonger dans la *Red River*. Le rapport de police dit qu'il roulait probablement trop vite et trop près du précipice, et qu'il aurait raté le virage. Mais je n'ai vu aucune trace de freinage sur la chaussée. L'herbe de l'accotement n'était pas non plus retournée. C'est comme si Rowdy avait laissé filer la voiture dans le vide sans rien tenter.

Farraud ouvrit le dossier d'enquête fourni par Sommers et tira le procès-verbal de la patrouille de la route dépêchée, ce jour-là, sur les lieux de l'accident. Le vieil homme agita la main :

— Si vous cherchez à savoir si mon petit-fils était saoul ou avait pris des stupéfiants, c'est inutile. Rowdy était sobre et clean. Je ne l'ai jamais vu boire une seule goutte d'alcool ou fumer une cigarette. Il avait ça en horreur !

Il demeura un instant songeur avant de reprendre :

— Une autre chose m'a tracassé sur place. J'ai remarqué que la voiture était tombée dans le fleuve par le seul endroit où il n'y a pas de glissière de sécurité à cause d'un chemin qui mène à une habitation située en contrebas. Par le seul endroit ! Partout ailleurs la glissière aurait empêché la voiture de quitter la route.

Ses mains esquissèrent la forme de la glissière ainsi que la trouée, puis il ajouta :

— Sur le moment, j'ai eu des doutes. Ensuite, après l'enterrement, j'y pensais jour et nuit. Mes doutes sont devenus des certitudes. On a noyé Rowdy dans la Red River.

Des larmes apparurent aux coins de ses yeux qu'un battement de cils fit couler sur ses joues. Il leva l'avant-bras afin de les essuyer sur le coton de sa chemise, mais il le laissa retomber sur ses cuisses. Le vieil homme était épuisé d'avoir pleuré son petit-fils.

— Nous devons aller voir la police, s'exclama Farraud. Elle doit ouvrir une enquête rapidement.

Alicia secoua la tête. Son confrère se laissait encore gagner par l'émotion. Le récit du vieil homme était troublant, elle en convenait, mais pas probant :

— Monsieur Brown le dit lui-même. Il a fait des observations ce jour-là sur la route de Fargo, il n'a pas trouvé de preuves matérielles. De toute manière, quatre ans plus tard il ne reste plus d'indices sur les lieux qui pourraient étayer ses dires.

Farraud allait protester, mais elle questionna :

— Pourquoi selon vous les frères Bellamy auraient cherché à supprimer votre petit-fils ?

Ce dernier répondit sans hésiter :

— Ils avaient intérêt à ce qu'il se taise.

Et devant l'expression d'incrédulité de la jeune femme, il précisa :

— Rowdy en savait trop.

Alors d'une voix grave, entrecoupée d'étranglements, il expliqua que selon lui Rowdy avait voulu les faire chanter et avoir sa part du butin dérobé. Les médias disaient qu'il se montait à trois millions de dollars. Ce chiffre lui tournait la tête. Il en parlait tout le temps, il en était obsédé. Il disait que s'il les avait il les mettrait sur un compte aux îles Caïmans puis qu'il irait se planquer en Argentine ou au Brésil. Il était devenu comme fou, on aurait dit un possédé.

Ce dernier mot lui fit reprendre sa bible entre les mains.

— J'ai bien tenté de le raisonner. Je lui disais que cet argent était l'appât du diable et que sa convoitise avait fait suffisamment de morts comme ça. (Il eut un geste d'impuissance) Mais que voulez-vous, il avait vingt-deux ans et il n'avait jamais gagné plus de soixante dollars par semaine dans sa vie.

D'après lui, Rowdy avait rendu visite à l'un des frères Bellamy, probablement Bob, au parloir du pénitencier d'Huntsville. Il lui a dit qu'il détenait la preuve qu'ils avaient participé au braquage…

— Les frères Bellamy ne l'ont jamais nié, coupa Alicia. Ils ont été arrêtés sur place.

— …Et que c'était Julius qui avait tiré sur les clients, poursuivit Brown. Pas Teddy Lamar.

Devant l'intensité du regard de ses interlocuteurs, il détourna le sien et le posa sur le jet tournoyant de l'arroseur automatique.

— C'était Rowdy qui s'occupait de la pelouse, murmura-t-il après un silence. Tout le monde vous le dira ici, l'herbe était courte, serrée, sans mottes comme celle des terrains de golf. Sa couleur verte était irréelle !...

— Monsieur Brown, vous étiez dans la banque le jour de l'attaque. Dites-nous ce que vous avez confié à votre petit-fils, le pressa Alicia.

Mais le vieil homme continua à voix haute sa pensée :

— Tous les jours j'essaie de faire pousser la

même herbe sur sa tombe. J'ai commandé du gazon d'Angleterre, mais elle a séché comme sèche le cœur des hommes.

— Monsieur Brown…

Il tourna vers la jeune femme un visage furieux où ses iris pâles se foncèrent :

— Rien de beau ne pousse sur cette terre aride, prononça-t-il, car nous la creusons sans compassion.

— Je comprends que la perte de votre petit-fils…

— Vous ne comprenez pas ! Vous ne comprenez rien !

Ses yeux étaient à présent d'un noir d'encre :

— Vous n'avez pas enterré un enfant de votre chair ! Vous n'avez pas vu ce que j'ai vu ce jour-là dans cette banque, dit-il les lèvres tremblantes. Cette… cette pauvre fille enceinte qui a plaqué ses mains sur son ventre au moment du coup de feu pour protéger l'enfant qu'elle portait !... Cet homme abattu dans le dos qui a supplié pour sa vie !... Cet autre homme dont la cervelle a explosé et a éclaboussé les murs !...

La nuit avait enveloppé son regard, agrandi par les images effroyables qu'il revoyait. Il était entré dans la banque ce jour-là pour retirer trente dollars parce qu'il avait oublié sa carte de crédit chez lui. Il répéta : « trente dollars » comme si le sort ce matin du 28 septembre 2008 avait joué sa destinée à pile ou face et que la pièce était retombée du mauvais côté. Il était à un guichet en train de parler à un employé méprisant qui faisait des difficultés pour lui remettre la somme. Quand les quatre malfaiteurs ont surgi en criant et en menaçant. Il avait fait le

Vietnam, il avait appris à fuir l'ennemi en disparaissant dans le milieu hostile où il se trouvait. Aussitôt, sans perdre son sang-froid, tournant le dos aux braqueurs et les bras levés, il avait glissé le long du comptoir pas à pas, centimètre par centimètre, se fiant à son instinct et aux échanges de paroles entre les bandits et les clients pour continuer d'avancer ou s'arrêter. Il avait repéré une armoire en métal ouverte au bout du comptoir, de l'autre côté d'une cloison.

À cet instant Alicia et Franck échangèrent un coup d'œil aigu. Cassius Brown était en train de parler du meuble qu'avaient déplacé Sommers et Farraud pour s'assurer qu'il n'y avait aucun endroit masqué par où le témoin aurait pu s'échapper. En réalité le témoin n'était jamais sorti de la banque, il s'était caché dans un placard.

Le vieil homme raconta que parvenu à l'extrémité du desk, il s'était accroupi au moment où l'un des braqueurs collait son arme sur la tempe du guichetier qui avait fait des difficultés pour le servir, puis avait bondi dans le compartiment inférieur de l'armoire qui ne contenait qu'un petit tas de prospectus. Il frissonna comme si, quatre ans plus tard, il échappait de nouveau à la mort. Au moment où il repliait ses jambes, Teddy Lamar, qui se tenait à proximité mais tournait le dos à l'armoire, s'est adressé à Julius Bellamy, alors sur le point de faire sauter la tête de l'employé.

Cette fois Alicia et Franck tressaillirent.

— Vous vous trompez ! C'était Teddy Lamar qui tenait le canon de son arme contre la tempe du guichetier.

Le vieil homme secoua la tête. Il était

catégorique. C'était Julius Bellamy. Farraud l'interrogea d'une voix haletante :

— Le guichetier affirme qu'un complice a appelé celui qui le menaçait : « Ted ».

Cassius Brown le contredit :

— Il n'a pas dit « Ted ». Il a dit « *dead* », « *dead end* » plus précisément, mais en détachant les mots. Et il s'adressait à Julius Bellamy, qui a les yeux bleus. J'ai vu son regard de fou que sa cagoule rendait encore plus effrayant. Le guichetier aura compris : « Ted », suggéra-t-il.

— Ou voulu comprendre ce prénom ! s'exclama Alicia en se rejetant contre le dossier de sa chaise. Bordel de merde ! lâcha-t-elle après un gros soupir.

À l'instar de son confrère, elle se mit à fixer le vide. Elle se demandait également pourquoi Teddy avait parlé de « *dead end* », d'impasse. À quelle voie sans issue pensait-il ? C'était important de le savoir car les jurés poseront la question. Si la réponse n'était pas convaincante, ils n'accorderont pas foi à ce témoignage et déclareront leur client coupable des meurtres.

Soudain Alicia sentit une main se poser sur son bras. Cassius Brown se penchait vers elle :

— Voilà quatre ans que je cherche à comprendre pourquoi les Bellamy ont tué Rowdy. Il suffisait de lui faire peur et il n'aurait rien dit. Jamais ! Il était d'un naturel craintif.

Elle posa sa main sur la sienne et répondit avec une expression désolée :

— Ils n'ont pas voulu prendre le risque de le laisser en vie. S'il avait parlé, un jour, n'importe quand, la justice rouvrait leur procès et Julius

Bellamy aurait été condamné à la peine capitale.

Le vieil homme la dévisagea tristement. Il se mit à trembler.

— Mais vous faites erreur en pensant que votre petit-fils était un froussard, intervint Farraud. Il a été courageux en ne leur révélant pas votre existence. Sans cela, vous seriez un homme mort à l'heure qu'il est.

Cassius Brown eut un pâle sourire avant de tourner son visage vers le gazon. Il devait se dire que c'était le cas depuis quatre ans.

35

Une aide-soignante vint les interrompre pour leur demander qui ils étaient et ce qu'ils faisaient là. La frange de ses longs cheveux blonds tombait sur ses yeux et lui faisait continuellement cligner des yeux comme une taupe sortie d'une galerie. Elle avait l'accent traînant d'une fille venue de la région des Grands Lacs.

Alicia, avec assurance, déclina sa fausse identité en pointant son index sur son badge. Cassius Brown ne protesta pas. Au contraire, il tint tête à l'aide-soignante et refusa d'aller faire sa sieste quotidienne. Il préférait régler ses problèmes administratifs.

— C'est moi qui en aurais si vous restez trop longtemps dehors par cette chaleur, rétorqua-t-elle. Je viendrai vous chercher dans un quart d'heure que ça vous plaise ou non.

La jeune femme s'éloigna d'un pas qui traînait lui aussi. Alicia attendit qu'elle fût rentrée pour sortir son téléphone portable de sa poche :

— Monsieur Brown, commença-t-elle, je vais

vous montrer une vidéo prise par une caméra de surveillance de la banque…

Le vieil homme l'arrêta aussitôt. Il ne voulait pas revivre cette journée atroce, il ne désirait pas revoir des images de l'attaque, il en avait déjà assez des siennes que sa mémoire refusait d'effacer. Elles le hantaient la nuit et le poursuivaient le jour.

— Cela ne dure que quelques secondes, insista Farraud. C'est important pour nous que vous commentiez cette vidéo.

Brown menaça de se lever et d'aller dans sa chambre.

— J'ai consenti à répondre à vos questions parce que moi-même je m'en posais sur la mort de Rowdy. Mais je n'irai pas au-delà, dit-il.

— Il est question de la vie d'un homme qui a l'âge qu'aurait votre petit-fils aujourd'hui, répliqua Farraud en avançant sa chaise jusqu'à le toucher de son genou. Ne laissez pas les assassins de Rowdy commettre un autre meurtre en livrant Teddy Lamar au bourreau.

Son interlocuteur fut ébranlé, mais ne céda pas. Sa vie était beaucoup trop pleine de cauchemars.

Farraud s'empara du portable et proposa :

— Je vais vous montrer une image arrêtée, Monsieur Brown. Une seule ! Je souhaite seulement que vous nous disiez ce que fait Teddy à ce moment-là.

Le vieil homme hésita encore, finalement accepta d'un battement de paupières. La vue de leur client tenant son arme et la tête tournée vers la gauche lui arracha d'abord un cri. Puis la voix nouée il expliqua qu'à cet instant Teddy hurlait à Julius

Bellamy de ne pas faire ça.

— De ne pas faire quoi ? demanda fébrilement Farraud.

— De ne pas tirer sur les clients. Julius les menaçait.

Les deux avocats se retinrent d'exulter de joie.

— Ce n'est donc pas Teddy qui a abattu les trois victimes ? Vous en êtes sûr ?

— J'ai vu Julius Bellamy appuyé sur la détente tout en riant comme un dément. Il se tenait à quinze pas de moi.

— Où ça ?

Il désigna en tremblant un endroit en dehors de l'écran :

— Il était ici, entre la cloison et l'armoire dans laquelle je m'étais réfugié. On ne le voit pas sur cette image, mais il se tenait là.

Alicia et Franck ne purent s'empêcher de se taper dans la main comme s'ils avaient marqué un panier. Leur client était sauvé ! Soudain l'avocate fronça les sourcils. Un doute traversa son esprit :

— Vous déclarez, Monsieur Brown, que le malfaiteur que l'on voit sur l'écran est Teddy Lamar et que celui-ci ne tirait pas, mais qu'au contraire, il enjoignait Julius Bellamy de ne pas faire feu sur les clients. C'est bien ça ?

— C'est exact.

— Alors dites-nous pourquoi il ne s'est pas précipité sur son complice pour lui prendre son arme ou pour l'empêcher de continuer de tirer après le premier coup de feu ?

Une ombre passa sur le visage du vieil homme. Il baissa les yeux et répondit d'une voix si faible qu'elle fut presque couverte par le bruit du tourniquet de l'arroseur :

— Parce qu'il m'a vu.

— Comment ça ? s'exclamèrent en même temps ses interlocuteurs.

— Tout s'est passé si vite ! poursuivit le vieil homme en se tordant les mains. Au moment où Teddy Lamar tournait la tête en direction de Julius et qu'il s'est mis à crier, il m'a aperçu dans le bas de l'armoire. Il a été si surpris de me voir qu'il a marqué un temps d'hésitation, à peine quelques secondes… Mais elles ont été fatales aux autres. Ça a donné le temps à Bellamy de commencer son carnage.

Comme il semblait vouloir confier autre chose, les avocats gardèrent le silence. Dans un sanglot, il raconta :

— Teddy n'a pas seulement été surpris de me voir. Il… il a eu peur pour moi. Peur que ce fou de Julius ne me voie à son tour. Il m'aurait abattu sans hésitation. (Il avala avec difficulté sa salive) Vous comprenez ce que ça signifie ? dit-il. Sans moi, ces pauvres gens n'auraient peut-être jamais été assassinés ?

Cassius Brown ne vivait pas seulement hanté par ses cauchemars, il était également rongé par la culpabilité.

Le vieil homme ne relevait pas la tête et ses visiteurs n'osaient pas parler. C'est alors que l'aide-soignante revint dans la véranda en courant. Elle leur lança d'abord un regard appuyé puis commença par faire rentrer les autres pensionnaires qui s'étaient assoupis dans leurs sièges à l'autre extrémité de la galerie.

— Comment avez-vous réussi à sortir de votre

cachette ? demanda précipitamment Farraud.

— Et de la banque ? renchérit Alicia. La police l'avait encerclée et avait donné l'assaut ? Comment avez-vous fait pour ne pas être interpellé ?

L'homme passa une main sur son front :

— Je suis fatigué, soupira-t-il. Cela fait des siècles que je n'ai pas autant parlé.

Il n'y avait pas que l'épuisement : Cassius Brown ne voulait pas répondre à la question. Plus Alicia insistait, plus il se dérobait. Farraud, qui avait remarqué que l'aide-soignante raccompagnait le dernier vieillard, le pressa :

— Teddy vous a sauvé la vie. Il aimera apprendre comment vous vous en êtes sorti. Vous lui devez bien ça, vous ne croyez pas ?

L'autre passa une nouvelle fois sa main sur son front :

— Les braqueurs s'étaient enfuis, répondit-il la voix lasse. Les frères Bellamy et Otis Jackson par la porte de sortie en prenant une employée comme otage, et Teddy en passant par l'arrière. Les flics et les secouristes ont alors envahi la banque. Ça a été la panique générale. Les survivants hurlaient et étaient prêts à casser la vitrine pour sortir. Les flics les calmaient tandis que les secouristes s'affairaient autour des victimes. Dehors aussi c'était la cohue. J'entendais les sirènes et des cris. Il y avait déjà les journalistes. Ils essayaient de pénétrer à l'intérieur avec leurs caméras…

— Monsieur Brown, c'est l'heure ! ordonna l'aide-soignante qui se pointa.

Alicia et Franck tressaillirent.

— Encore un instant !…

— C'est impossible, Madame. J'ai

suffisamment été coulante comme ça. Allez, on va s'étendre une petite heure, Monsieur Brown !

La jeune femme se penchait pour le saisir par le bras afin de l'aider à se lever de son fauteuil. Farraud lança un regard désespéré à Alicia. Celle-ci préféra provoquer un incident et gagner du temps que de laisser filer leur témoin.

— Nous sommes avocats, dit-elle en se dressant. Nous sommes en train d'interroger un témoin capital dans une affaire. Accordez-nous quelques minutes !

Comme l'aide-soignante pouffait, Alicia sortit sa carte professionnelle et la lui colla devant les yeux. L'autre devint aussitôt cramoisie :

— Sortez !... Vous n'avez pas le droit d'être ici ! s'écria-t-elle en se plaçant devant Cassius Brown comme s'il courait un danger et qu'elle cherchait à le protéger de son corps.

— C'est ce que nous verrons, rétorqua l'avocate. Allez chercher le directeur de l'établissement, c'est avec lui que j'en discuterai !

— Mais j'y cours ! répliqua la jeune femme en s'élançant vers la porte. Et j'appellerai la sécurité par la même occasion !

Alicia s'accroupit devant le vieil homme que l'altercation avait rendu nerveux.

— Nous avons peu de temps Monsieur Brown, dit-elle précipitamment. Je vous en prie, terminez votre déclaration !

— C'était la pagaille ! s'irrita leur interlocuteur qui s'appuyait déjà de ses mains sur les bras du fauteuil pour tenter de se lever. J'ai guetté le moment où personne ne me voyait pour sortir de l'armoire et filer.

— Mais pourquoi vous n'êtes pas resté sur les lieux pour témoigner auprès des enquêteurs ? Vous étiez un otage dans ce braquage, s'étonna Farraud, pas un criminel !

— Parce qu'on ne raisonne pas en enfer, Maître, on essaie avant tout de s'en échapper ! Et puis j'avais vu le regard de Julius Bellamy quand il tuait, ajouta-t-il après avoir avalé sa salive. Jamais je ne l'oublierai. J'avais peur qu'il me retrouve et qu'il pose sur moi ce regard-là.

Alicia et Franck le soutinrent par les aisselles lorsqu'il se releva.

— Et personne ne vous a vu quitter la banque ? questionna incidemment Alicia.

— Si, répondit-il. Un policier en uniforme. Il m'a demandé ce que je faisais sur la scène de crime. Il m'a pris pour un badaud. Et pour punir ma curiosité, il m'a dressé une contravention de cent quatre-vingt quinze dollars !

Un homme, long et maigre, accourrait flanqué d'un vigile et de l'aide-soignante. Il dit :

— Foutez-le camp d'ici ! en désignant de l'index la porte.

Alicia l'ignora et continua d'interroger Cassius Brown afin de savoir s'il préférait, avant de déposer à la barre des témoins lors du procès, faire une déclaration auprès du procureur. Ce dernier s'agita et protesta. Il n'irait pas au procès, il ne verrait pas le procureur, il avait dit tout ce qu'il avait à dire. Farraud tenta de le convaincre de les aider :

— Vous êtes notre seul témoin ! Sans vous un innocent va être exécuté…

Il ne put terminer sa phrase, le vigile le bouscula vers la sortie. L'aide-soignante s'empressa d'éloigner Cassius Brown tandis qu'Alicia et le directeur se fixaient :

— Vous faites obstacle à une enquête. Cela risque de vous coûter cher.

L'autre fit une moue railleuse avant de lui montrer sans rien dire la porte.

L'avocate retrouva Farraud sur le parking. Il était si abattu qu'il demeurait les bras ballants, sous le soleil de plomb. Il était appuyé contre le capot d'une voiture, sa serviette coincée entre ses pieds :

— Vous vous êtes trompé de voiture, dit-elle en s'esclaffant. La mienne est plus loin.

— Vous trouvez qu'il y a de quoi rire ? grommela-t-il en la suivant. On vient de perdre notre seule chance...

— ... de sauver Teddy Lamar, ânonna-t-elle en le parodiant.

Il la saisit par le bras et la fit pivoter :

— À quoi vous pensez ? demanda-t-il fébrilement. Vous, vous avez une idée derrière la tête. Je me trompe ?

Elle se balança sur ses jambes tout en souriant avec malice. Il l'attira à lui :

— Répondez !

Son visage était si proche du sien qu'Alicia cessa de sourire et se troubla. Elle dégagea doucement son bras et chercha ses clés de voiture.

— En effet, dit-elle. Cassius Brown a commis une erreur en nous révélant qu'il avait été verbalisé sur la scène de crime. Le service informatique de la police a gardé la trace de cette contravention sur laquelle il y a son nom, la date et le lieu de son délit. Il nous suffit d'en produire une copie pour obliger Monsieur Brown à comparaître devant le tribunal en qualité de témoin direct du braquage.

Elle esquissait un mouvement pour s'éloigner quand il l'étreignit, la souleva et la fit tournoyer en riant.

36

Chaque fois qu'elle retirait un vêtement, la surveillante pénitentiaire le palpait, le retournait avant de le déposer sur une table en pin placée contre le mur. La petite pièce était sans fenêtre. La surveillante avait longtemps examiné ses espadrilles, tordant plusieurs fois les semelles de corde. Elle lui demanda ensuite d'enlever ses sous-vêtements.

— Vous pourrez remettre votre culotte tout de suite après, précisa-t-elle. Vous en êtes à combien ?

— Huit mois.

La gardienne fit semblant de vérifier le fonctionnement de son talkie-walkie pour laisser la visiteuse se mettre nue sans gêne. Celle-ci tremblait comme une feuille. Elle prit les sous-vêtements et les palpa ; le latex de ses gants crissait sur le nylon de la lingerie. Elle s'attarda sur l'agrafe du soutien-gorge. Elle dit sans lui rendre ses dessous :

— Levez les bras en croix et écartez les jambes.

Lili gardait les bras croisés sur sa poitrine et les jambes serrées. Elle secouait la tête.

— Vous n'avez pas le choix si vous voulez le

voir.

Lili obtempéra.

— Accroupissez-vous, s'il vous plaît !... Maintenant, toussez ! Plus fort !

Le règlement interdisait l'exploration des orifices.

— Ça ira, dit-elle en lui rendant ses dessous.

Lili se rhabilla prestement tandis que la surveillante tournait un bouton de sa radio. Puis elle lui fit dénouer sa lourde tresse. Celle-ci était retenue au sommet par un chouchou et à la pointe par un élastique.

La chevelure se répandit sur ses épaules nues. Mais lorsque la gardienne eut fini de l'inspecter, Lili préféra se rhabiller immédiatement que de rattacher ses cheveux. Elle voulait sortir au plus vite du local de la fouille corporelle.

— C'est votre premier ?

— Non. J'ai déjà un petit garçon de deux ans.

— C'est Lamar, le père ?

Lili secoua la tête puis porta vivement son pouce à sa bouche. Elle venait de se casser un ongle en tirant à la hâte sur la fermeture éclair de sa jupe. Elle étouffait dans cette pièce.

— Alors pourquoi vous venez le voir ?

— C'était mon... C'est un ami.

La gardienne se mit à la contempler avec une grimace de réprobation tandis qu'elle retirait ses gants. Le latex claqua dans l'air comme une paire de gifles.

— Il a tiré sur une femme qui avait votre âge et qui était dans le même état que vous.

— Je le sais !

Lili ramassa ses cheveux qu'elle n'attacha

qu'avec l'élastique, gardant son chouchou rouge autour de son poignet. Elle courut à la porte :

— Je peux y aller ?

Son oppression était telle que c'était comme si elle demandait la permission de respirer. La surveillante, le regard plein de mépris, acquiesça d'un coup de menton. Dans le couloir Lili s'appuya un instant contre le mur, ferma les yeux et se mit à caresser doucement son ventre. Son bébé ressentait son malaise.

— Angelina Cruz ! tonna une voix d'homme à l'extrémité du couloir.

Elle leva la main.

— C'est vous ?... Eh bien ? On vous attend ! Le parloir n'est que de vingt minutes.

Elle s'élança vers l'homme qui retenait une porte. Elle poussa un cri au bruit que celle-ci fit en se refermant derrière eux.

— On est nerveuse à ce que je vois ! s'exclama le gardien. Quand on est dans votre état, on ne vient pas rendre visite à un criminel. Vous êtes sa femme ?

Lili secoua la tête.

— Une fan, alors ? Parce que vous savez, il y a des femmes que le crime excite. Comme des chattes en chaleur !

— Ce n'est pas mon cas.

Elle eut soudain un spasme de gorge, puis une violente envie de vomir.

— Où sont les toilettes, s'il vous plaît ?

— On n'a pas le temps, répondit le surveillant en s'effaçant devant une nouvelle porte.

Elle pénétra dans le parloir de la prison. Une dizaine de visiteurs étaient assis dans des box, séparés des détenus par une vitre épaisse et s'entretenant avec eux par le biais d'un téléphone. Un surveillant allait et venait dans leurs dos à pas lents et réguliers. Lorsque ce dernier les vit entrer, il se précipita vers une visiteuse, une femme d'âge mûr et d'aspect modeste :

— Faut libérer la place ! Tu reviendras voir ton rejeton dans quinze jours, lui dit-il en la bousculant sans ménagement.

La femme se leva sans protester, mais son fils résista au surveillant qui venait le chercher. Lili se laissa tomber sur la chaise et s'accrocha à la tablette du box. Tout tournait autour d'elle, elle se forçait à ne pas fermer les yeux pour ne pas être malade. Le box était humide, imprégné de la moiteur des corps qui s'y étaient succédé cet après-midi-là. Sur les coins de la vitre et sur le combiné, il y avait de la vapeur d'eau que des bouches avaient exhalée. Elle réclama à boire, mais le surveillant lui répondit qu'il ne pouvait pas quitter son poste.

— Pensez la prochaine fois à venir avec une bouteille d'eau.

Y aurait-il une prochaine fois ? Dans quelques semaines, elle mettrait son enfant au monde. Il lui avait été déjà difficile d'obtenir ce parloir. Au pénitencier de Corsicana on lui avait refusé ses demandes de visites au motif qu'elle n'était pas l'épouse de Teddy ni un membre de sa famille. Ici, elle n'avait réussi à ce que le directeur lui en concède une que parce qu'elle avait menacé de rester devant la prison nuit et jour, jusqu'à accoucher devant les portes s'il le fallait, tant qu'on la refoulerait.

Elle posa une main sur son front, il était

brûlant. Elle n'avait pas ses comprimés contre les nausées, elle avait dû laisser son sac à main à la consigne. Elle était si nerveuse qu'elle n'avait pas pensé à prendre l'enveloppe qu'elle destinait à Teddy. Il y avait à l'intérieur de l'argent. Elle en préparait aussi lorsque ses frères étaient détenus et qu'elle leur rendait visite. Elle y avait joint une lettre, qu'elle avait plusieurs fois recommencée parce que dès les premières lignes on voyait qu'elle était encore amoureuse de lui. Elle n'était pas gênée que Teddy le sache, au contraire elle était venue le lui dire. Mais c'était par rapport aux gardiens qui allaient la lire pour contrôler son contenu. Ils riraient, ils en plaisanteraient, ils la vendraient le jour même aux médias.

La personne dans le box d'à-côté s'était mise brusquement à parler très fort. Elle était en colère et remuait sur sa chaise. Ses pieds heurtaient et raclaient le carrelage, et le cordon du combiné, dans lequel elle invectivait, frappait continuellement la fine cloison qui les séparait. Ces bruits contractèrent davantage son estomac. Elle était sur le point de supplier de nouveau le gardien de lui apporter un verre d'eau quand, de l'autre côté de la vitre, la porte s'ouvrit. Teddy apparut le front baissé, menotté, et entravé par une chaîne qui l'obligeait à faire glisser les semelles de ses baskets sur le sol. Ensuite le gardien ne libéra que ses poignets.

Il s'assit devant elle sans relever la tête. Lili fut si surprise de son aspect qu'elle resta un moment sans rien dire. Elle contemplait sans comprendre ce détenu à la tête rase couverte de coupures, aux joues creuses, au teint d'une blancheur effrayante et qui était si efflanqué qu'il flottait dans sa tenue. Elle cherchait à retrouver le jeune homme qu'elle avait connu et découvrait un homme qui semblait avoir été affamé et malmené dans un camp de prisonniers. Elle remarqua qu'il portait un tee-shirt de coton à manches longues sous son uniforme alors que la chaleur était presque insupportable. Son cou frémissait parfois comme l'encolure des chevaux lorsqu'ils craignent des coups de cravaches.

Elle appuya doucement sa main ouverte contre la vitre et la corolle rouge de son chouchou irisa le verre. Teddy jeta d'abord des coups d'œil farouches à cette paume qui demandait la sienne. Puis il avança ses doigts, effleura plusieurs fois la vitre, intimidé, sans oser lever complètement les yeux. Dans un geste brusque, il posa enfin sa main contre la sienne. Elle souriait, mais il ne la regardait toujours pas. Alors gardant sa main contre la paroi, elle décrocha le téléphone. Il fut long, hésitant à faire la même chose de son côté.

— Regarde-moi, Teddy.

Il serrait très fort l'appareil sans relever la tête. Il jetait seulement des coups d'œil en biais à sa main ouverte. Aussi la retira-t-elle.

— Teddy, dis-moi quelque chose. Parle-moi !

Ses doigts avaient laissé leurs marques sur la vitre. Ce n'est que lorsqu'elles s'évaporèrent tout à fait qu'il murmura :

— Pourquoi tu es venue ?

— J'ai pensé que tu avais besoin de quelqu'un... À la télévision, ils disent que tu vas aller tout seul à la mort.

— Je ne t'ai pas abandonnée. C'est Madame Consuelo qui m'a chassé.

— Je le sais !

Ils demeurèrent un moment silencieux durant lequel des visiteurs et des détenus en remplacèrent d'autres dans les box. Teddy ne semblait pas les remarquer alors que ces allées et venues affolaient Lili. Elles lui signalaient que le temps du parloir s'écoulait et que sa visite allait bientôt prendre fin.

— Tu es mariée ? demanda-t-il brusquement.

Par réflexe elle toucha son ventre.

— Oui.

— Je le connais ?

— Non... Il n'était pas client au bar. Je l'ai rencontré après... Enfin, ailleurs.

Elle ne savait pas comment lui dire qu'elle était venue pour lui, c'est-à-dire comme une femme qui rendrait visite à son compagnon enfermé. Alors elle souffla :

— Ça n'a pas d'importance !

Elle accompagna ces mots d'un geste du bras au bout duquel il y avait le chouchou. Teddy le suivit des yeux comme s'il contemplait un cerf-volant. Elle supplia :

— Regarde-moi, Teddy !

Cette fois il ne déroba pas son regard, mais ce qu'elle y vit lui fit étouffer un cri.

— Mon Dieu ! Qu'est-ce qu'ils te font ici, Teddy ? (Elle serrait à deux mains le combiné) Dis-moi !

— Rien, murmura-t-il.

Elle examina son tee-shirt :

— Relève les manches de ton tee-shirt ! dit-elle la voix épouvantée. Je veux voir ! Je veux voir !

Elle criait, ce qui fit accourir le surveillant.

— C'est quoi le problème ici ?

Mais Lili bouleversée continuait de répéter :

297

— Qu'est-ce qu'ils te font ici, Teddy ? Qu'est-ce qu'ils te font ?

Celui-ci s'alarma. Il se leva à moitié et lança au surveillant :

— Elle ne va pas bien !... Vous voyez bien qu'elle ne va pas bien !...

— Je ne suis pas infirmier, répliqua l'autre. Tu te rassois ! Et toi *señorita*, tu baisses d'un ton ! ajouta-t-il en touchant de l'index l'épaule découverte de Lili.

Ce contact lui rappela ceux des doigts de la gardienne qui l'avait palpée durant la fouille. Elle eut une convulsion. Elle plaqua ses mains sur son estomac et ouvrit la bouche, à cet instant elle sentit le long de ses jambes couler un liquide chaud. Tout autour d'elle des bruits retentirent. Il s'éleva un tumulte assourdissant comme si toutes les personnes présentes couraient dans tous les sens en dérangeant les chaises avec violence. En face d'elle Teddy tapait des poings contre la vitre et criait, mais elle ne comprenait pas ce qu'il disait. Elle chercha à reprendre le combiné qui se balançait contre sa cuisse, mais le mouvement qu'elle fit déclencha des douleurs aiguës de chaque côté de la paroi abdominale. Elle se dressa et se raidit. Elle toucha son bas-ventre puis regarda le sol : elle perdait les eaux ! La vue du liquide amniotique se répandant sur le carrelage crasseux la figea de stupeur. Elle demeurait interdite, apercevant les grosses chaussures d'un surveillant tourner autour sans oser marcher dedans. Soudain elle fut prise d'une peur panique pour son bébé. Elle soutint son ventre à deux mains et se mit à crier. Elle appelait à l'aide, elle suppliait qu'on sauve son enfant. Ses hurlements provoquèrent une nouvelle contraction plus intense que les précédentes. Ses jambes fléchirent, elle se cramponna à la chaise mais tomba de tout son long.

Elle crut voir, lorsqu'elle rouvrit les yeux l'instant d'après, le visage de Teddy se pencher vers le sien ; elle savait que c'était impossible puisqu'il était enchaîné de l'autre côté de la vitre. Elle sentit pourtant ses doigts qui effleurèrent sa joue, son bras puis son poignet. Elle cligna des yeux, elle cherchait à rester éveillée, mais la sensation des caresses disparut brusquement. Elle perdit connaissance.

Cependant, Teddy avait bien été à ses côtés. Dans l'affolement qui avait suivi le moment où Lili avait perdu les eaux et s'était mise à crier de douleur, le gardien qui surveillait les détenus avait ouvert la porte qui séparait les box des prisonniers de ceux du parloir. Détenus et visiteurs s'étaient soudain trouvés mêlés. Teddy avait alors sauté à pieds joints jusqu'à Lili allongée sur le dos. Dans la confusion générale, personne ne vit qu'il dérobait le chouchou qu'elle avait à son poignet.

C'est alors que d'autres gardiens avaient surgi dans la pièce en braquant des fusils. L'un d'eux donna aussitôt un coup de botte dans le flanc de Teddy :

— Recule, bâtard ! (Puis pointant son arme sur un autre détenu) Recule toi aussi !... Reculez tous ! Retournez dans vos cellules ou j'en bute un !

Ensuite, la crosse levée, il avança vers un prisonnier qui le fixait avec un regard plein de haine et de défi quand il sentit soudain que ses semelles collaient. Il regarda par terre et vit qu'il était en train de marcher dans le liquide amniotique. Sa fureur retomba subitement. Le visage décomposé et la voix blanche, il ordonna qu'on appelât vite les secours. On lui répondit qu'ils étaient en route néanmoins il ne bougea pas. Il resta dans la même position, un talon levé, n'osant profaner davantage le liquide fœtal.

37

Teddy ne se relevait pas. Le violent coup de pied que le gardien lui avait donné dans les côtes lui en avait certainement brisé une car il portait la main à son flanc gauche, gémissait et respirait avec difficulté.

Un des gardiens qui étaient restés à la porte du parloir vint à lui en longeant le mur et lui ordonna à voix basse à cause d'Angelina qui était allongée à un mètre de lui, de se relever :

— Arrête ton cinoche, Lamar debout !

Le prisonnier lui répondit par un râle. Le surveillant posa alors son pied sur sa cuisse et le remua rudement :

— C'est un ordre ! Tiens, je vais t'aider, dit-il en lui tendant la main. Allez, plus vite que ça !

Mais le détenu se recroquevilla sur lui-même et se mit à geindre. Exaspéré, le gardien l'agrippa par ses vêtements et le tira à lui. Teddy ne fit aucun effort, il se plaignit qu'il avait mal, qu'il ne pouvait pas se relever avec ses entraves aux pieds. Le surveillant hésita, jeta un regard à ses collègues qui avaient leurs fusils braqués sur les prisonniers avant de poser le sien par terre. Il se pencha vers lui et le prit par les aisselles :

— Tu vas pas nous faire chier longtemps, Lamar. Debout ou je t'envoie au mitard !

Le prisonnier finit par obtempérer. Il s'appuya sur son coude droit et leva son bras gauche pour s'accrocher au cou du gardien. Son visage se tordait de douleur, sa chaîne faisait un bruit épouvantable.

— Passe ton second bras autour de mon cou, souffla le surveillant la face congestionnée.

Ce que fit aussitôt le détenu. Mais celui-ci se pendait à lui sans parvenir à se redresser de sorte que le gardien le prit par la taille et le colla contre lui pour l'aider. A son tour Teddy l'enlaça. Un court instant ils tanguèrent, sur le point de tomber tous les deux, mais le prisonnier s'appuya sur ses talons et d'un coup de reins se redressa. Curieusement, son visage n'exprimait plus la souffrance.

— Va rejoindre les autres, bâtard ! aboya le surveillant en ramassant son fusil.

C'est alors que des bruits de pas précipités résonnèrent dans le couloir. La seconde d'après deux ambulanciers munis d'un brancard et une femme médecin surgirent dans la pièce. Le policier, qui jusqu'ici se tenait devant Angelina sans oser bouger, fit un bond en avant :

— C'est cette femme ! dit-il. Elle est tombée dans les pommes !

Sans un mot, le médecin courut à elle, l'examina de quelques gestes rapides puis se tournant vers les secouristes elle leur lança :

— Vite !... Il faut l'emmener d'urgence au bloc !

À ces mots, Teddy sauta vers elle à pieds joints en demandant d'une voix affolée :

— Qu'est-ce qu'elle a, Docteur ?... C'est pas grave, dites ?...

Un surveillant lui barra le chemin :

— Ça va l'être pour toi si tu ne retournes pas avec les autres, prononça-t-il.

Le prisonnier recula jusqu'au mur où il s'accroupit. Il recommença à grimacer de douleur, mais l'homme l'ignora. Il se mit à contempler les secouristes qui évacuaient avec précaution Angelina. Deux gardiens accompagnèrent le brancard vers la sortie. Des quatre qui restèrent, deux firent quitter les lieux aux visiteurs, les deux autres reconduisirent les détenus dans leurs cellules. Arrivés à celle de Lamar, ils s'aperçurent qu'il ne se trouvait pas dans la file. Un surveillant courut aussitôt au parloir. Il découvrit, abandonné contre une plinthe, un uniforme de prisonnier roulé comme une boule. Stupéfait, il alla le soulever : les entraves de Lamar ainsi que leur clé, qu'il avait furtivement décrochée de la ceinture de son collègue tandis que celui-ci l'aidait à se relever, gisaient sur le sol. Il resta un moment bouche bée, secouant la tête d'incrédulité, avant de bondir jusqu'au dispositif d'alarme. Il cassa la vitre d'un coup de coude, pressa le bouton et, tandis que la sirène retentissait, il se mit à crier dans son talkie-walkie :

— Un prisonnier s'est évadé !... Lamar s'est évadé !

38

La porte du garage s'était refermée depuis longtemps, cependant Mike Wander Giesen ne coupait pas le moteur de sa voiture. Il contemplait à travers la vitre de sa portière l'emplacement vide où son épouse garait sa voiture. Elle ne l'avait pas informé qu'elle sortait ce soir ; il était à peu près certain qu'elle ne rentrerait pas de la nuit. Leur mésalliance avait fini par entamer leur couple, comme la rouille entame le fer, jusqu'à le désunir. Leurs désaccords éclataient à présent devant leurs amis pour une broutille, un mot mal interprété, un objet qui n'avait pas été remis à sa place. Ils n'avaient pas eu d'enfant malgré les nombreux protocoles d'assistance à la procréation qu'ils avaient suivis. Wander Giesen aurait aimé en avoir un, un garçon de préférence, parce qu'il aurait ainsi consolidé sa présence au sein de la famille de Kate. Qui plus est avec un petit-fils, jamais Benjamin Fershaw n'aurait accepté que sa fille divorce.

Il ne redouterait pas l'avenir s'il avait eu les trois millions de dollars. Il crispa ses mains sur le volant. Il revoyait le visage de Lamar, son cou d'agneau qu'il aurait dû trancher. Oui, il regrettait de ne pas avoir coupé la gorge de cette petite frappe qui ne disait pas où il avait caché l'argent malgré les coups. Il s'était maintenant évanoui dans la nature, il y avait peu de chances qu'on lui remette la main dessus après trois jours de traque infructueuse par toutes les polices du comté. Il frappa le volant :

— J'aurais dû le saigner !

La pensée que sa complice hispanique était morte avant d'arriver à l'hôpital ne le réconfortait pas.

Il descendit de la voiture. Il prit sa serviette qui se trouvait sur la banquette arrière, il allait refermer la portière lorsque subitement il se figea. Il éprouvait une sensation étrange comme si quelqu'un l'observait. Il se retourna d'un bloc : personne. Il regarda tout autour de lui : rien. Il poussa un profond soupir mais il n'était pas tranquillisé. Il restait vaguement inquiet, avec l'impression qu'il n'était pas seul dans la maison. Était-il possible que Kate fût là après tout ? Peut-être qu'elle n'avait fait que donner sa voiture à réparer. Il se souvenait qu'en effet ce matin elle avait parlé d'un problème qu'elle avait avec ses clignotants. Il laissa retomber ses épaules et se moqua de ses frayeurs. Il monta le petit escalier du sous-sol, traversa la buanderie, gravit les deux marches qui menaient au rez-de-chaussée. Lorsqu'il poussa la porte et qu'il se retrouva dans le hall d'entrée, il comprit qu'il était seul. Toute la maison était plongée dans le noir. Son silence l'oppressa. Il alluma à la hâte le lustre du hall.

Il se dirigea ensuite vers la console où l'employée de maison mettait le courrier. Il posa sa serviette sur le meuble, il était sur le point de s'emparer de la pile de lettres quand il suspendit son geste. Il sentait une odeur, une odeur bizarre... une odeur d'essence ! Instinctivement il leva la tête vers l'escalier qui se trouvait au-dessus de lui et qui menait à l'étage. Penché par-dessus la rampe, Teddy Lamar inclinait un jerrycan d'essence qu'il se mit à verser sur lui. Wander Giesen poussa des cris d'épouvante et frotta ses vêtements avec ses mains avant de réaliser qu'il fallait reculer. Il s'enfuit, mais l'évadé dévala deux à deux les marches et le poursuivit armé de son bidon avec lequel il continuait de l'asperger. Ils pénétrèrent dans la cuisine, Wander Giesen se précipita pour ouvrir la porte de derrière, mais elle était close. Il tournait et tirait la poignée comme un forcené tout en hurlant à l'aide. Il était piégé : le volet roulant de la fenêtre était baissé.

C'est alors qu'il entendit un petit bruit métallique, sec et sonore, puis le souffle d'une flamme. Il se retourna, muet, livide, les pupilles agrandies par l'effroi. Lamar avait jeté son bidon et s'avançait vers lui avec au bout du bras un Zippo allumé. Ses yeux ne clignaient pas, son bras ne tremblait pas, la flamme du briquet elle-même ne vacillait pas. Il se vit brûler vif. Il poussa alors un hurlement de terreur qui cassa sa voix. Ses jambes fléchirent, il tomba à genoux et se mit à supplier pour sa vie. Il sanglotait et balbutiait des excuses, des prières, des promesses... Teddy s'était arrêté à quatre pas de lui.

— Je te donnerai tout ce que j'ai !... J'ai de l'argent !... J'ai du pouvoir ! Je peux te faire faire des papiers pour sortir du pays. Je peux te faire gracier. Je peux te trouver quelqu'un qui endossera tes crimes... Demain, si tu le veux, tu seras innocenté de tout. Tu seras un homme libre !...

Ses larmes l'étouffaient, le goût et l'odeur de l'essence lui donnaient des convulsions, il crachait et toussait entre deux supplications mais il continuait d'implorer la clémence parce qu'il se disait que s'il s'arrêtait de parler, cet acte lui serait fatal : Lamar le transformerait alors en torche vivante.

— Ce n'est pas moi qui aie voulu tout ça !... C'était une idée de Burke !... C'est lui qui a ordonné qu'on te torture pour te faire avouer où était caché l'argent. Je n'étais pas au courant, je te le jure !

Il cessa brusquement de se frotter les yeux qui lui brûlaient car Teddy avait sorti de sa poche quelque chose qu'il lui montrait. C'était un rond de tissu froncé de couleur rouge. Wander Giesen cligna des yeux pour mieux voir, mais il ne devinait pas :

— Qu'est-ce que c'est ?

— Un élastique que les femmes mettent pour retenir leurs cheveux, prononça Teddy.

L'autre secoua la tête :

— Je ne comprends pas…, commença-t-il.

— Il appartenait à Angelina Cruz.

Le visage de Wander Giesen se décomposa. Il comprit au regard de son assaillant que celui-ci venait se venger de la mort de la jeune femme et qu'il venait prendre sa vie en compensation. Rien ne pourrait le fléchir, ni la promesse d'argent ni celle de sa liberté.

Soudain il vit une occasion de s'échapper. Lamar avait fait tomber le chouchou en voulant le ranger dans la poche de son jean, et se baissait pour le ramasser. Il s'élança vers la porte et au passage le bouscula. Teddy perdit son briquet. Lorsqu'il le retrouva sous un meuble, le plafonnier de la cuisine s'éteignit brusquement. Wander Giesen avait coupé le courant. Mais ce faisant il s'était piégé lui-même. Son assaillant avait non seulement cloué les portes de la maison avant son arrivée, mais également baissé tous les volets électriques. Il pouvait le traquer dans les pièces en flairant l'odeur de l'essence qui imprégnait ses vêtements. Il sortit de sa poche revolver une lampe électrique avec laquelle il s'était éclairé pour pénétrer à l'intérieur.

Il se précipita d'abord dans la véranda de peur que Wander Giesen n'ait réussi à s'y faufiler et à fuir par le jardin. Mais les portes vitrées étaient fermées et il ne sentait pas dans la cage de verre l'hydrocarbure. Par précaution il flaira les poignées des portes coulissantes : il distingua un parfum de femme. Il dirigea son faisceau lumineux vers le sol : il n'y avait pas de traces de pas ni de gouttelettes. Il alla ensuite dans le salon, puis vérifia dans le bureau qui lui était contigu.

Il entreprit de monter à l'étage. Au moment où il posait le pied sur la première marche de l'escalier, son instinct lui fit tourner la tête vers la porte du sous-sol. Il tressaillit. Il braqua aussitôt sa lumière sur elle : il vit les contours d'une main qui s'évaporaient.

— Le salaud ! lâcha-t-il. Il est dans le garage !

Il s'y rua, traversant comme un fou la buanderie, ouvrant sa porte à toute volée. Le garage était éclairé par les phares. Il poussa un cri d'impuissance. Wander Giesen était en train de faire ce qu'il redoutait, il démarrait sa voiture pour enfoncer la porte verrouillée en l'absence d'électricité. Teddy se mit alors à chercher des yeux un objet qui pourrait casser la vitre de la portière quand un grand bruit, brutal et sonore, retentit. Dans sa hâte, Wander Giesen avait oublié de passer la marche arrière et venait de rentrer dans le mur. La violence du choc le laissait étourdi dans l'habitacle, le buste couché sur le volant.

Teddy s'empressa de faire le tour du garage. Dans un coin, il découvrit des outils de jardinage et une bouteille de white-spirit. Il s'en saisit ainsi que d'une bêche.

Trois coups lui suffirent pour faire voler en éclats la vitre. Puis sans ménagement il extirpa le procureur de sa voiture à qui il asséna un coup dans le dos avec la manche de son outil.

— Ce n'est pas ma fin, enfoiré, qui sera sanglante mais la tienne !...

Il levait la bêche pour lui fracasser le crâne, mais sa victime se laissa tomber sur le sol en ciment et protégea sa tête de ses bras. Il cria, éperdu :

— Je n'ai pas tué Angelina Cruz !... Elle est décédée dans l'ambulance. C'est le sort ! Pitié !...

Teddy suspendit son geste. Il haletait et battait des paupières car la sueur, qui perlait de son front, accrochait ses cils.

— Le sort, dis-tu ? articula-t-il après un moment. Non, il n'a pas pu être si aveugle.

Il le saisit par le col de sa veste et l'obligea à se mettre debout.

— En revanche, voyons voir ce qu'il va décider pour toi.

Il ramassa par terre la bouteille de white-spirit puis le poussa dans le dos avec la bêche :

— Avance ! dit-il. Tu vas remettre le courant sans faire d'histoire.

Wander Giesen obéit sans un mot, sans un geste de protestation. Il réalisait que sa chance était passée. Devant le tableau électrique, il eut une dernière velléité, faire sauter les plombs pour déclencher l'alarme à incendie. Mais Lamar, qui avait deviné sa pensée, l'en dissuada :

— Je t'aurai défoncé le crâne avant que ton plus proche voisin se pointe.

L'autre eut un hochement de tête puis précéda son assaillant dans le couloir. Ils allèrent dans le salon. Là, Teddy lui ordonna d'avancer un fauteuil près de la cheminée et de s'y asseoir. Wander Giesen fit des yeux étonnés, mais obtempéra. Lorsqu'il fut devant l'âtre, il mordit sa lèvre de déception : Lamar avait retiré les tisonniers.

— Tu as tout prévu et dans les moindres détails, lâcha-t-il entre ses dents. Depuis combien de temps tu fouines chez moi dans tous les coins ?

— Trois jours, répondit laconiquement Teddy.

— Depuis que tu t'es évadé ? s'étrangla le procureur. On te cherche dans tout le pays alors que tu es tranquillement installé chez moi !

Il l'examina plus attentivement.

— Mais ce sont mes vêtements que tu portes ! s'exclama-t-il.

Comme il se levait d'indignation, Teddy lui intima, avec l'index, l'ordre de rester immobile. Il cherchait quelque chose qu'il avait caché dans le manteau de la cheminée et semblait inquiet de ne pas le trouver. Enfin son visage s'éclaira. Il sortit des cordes et un rouleau de chatterton. Il ligota Wander Giesen à son fauteuil et colla un morceau de ruban adhésif sur sa bouche. Ce dernier se laissa faire, stupéfait, mais en même temps rassuré. Il se disait que si Lamar avait l'intention de le tuer, il l'aurait déjà fait.

Ensuite Teddy fit un feu. Il n'utilisa pas le white-spirit pour obtenir des braises, mais le soufflet. Wander Giesen fut intrigué. Il remua sur son siège. Sa nervosité augmenta lorsqu'il le vit choisir avec soin les bûches. Lamar les soupesait, retenant apparemment les plus lourdes. Il écoutait le son qu'elles rendaient en les cognant avec son index replié. Il mettait de côté celles qui sonnaient clair. Pourquoi faisait-il ça ? Qu'est-ce qu'il avait dans la tête ? Wander Giesen avait beau s'agiter dans son siège et crier derrière son bâillon, Teddy l'ignorait. Il était occupé à obtenir une grande quantité de charbons ardents.

Quand ce fut fait, il déposa sur les braises une grosse bûche. Des flammes jaillirent et la dévorèrent aussitôt. Lamar, accroupi, la contempla hochant la tête chaque fois que le bois craquait. Il mit alors d'autres bûches, plaça le pare-feu devant le foyer puis tourna son visage vers lui :

— Même en ce moment je suis sûr que tu penses aux trois millions de dollars, dit-il avec mépris. Tu aimerais savoir si c'est moi qui les aie. (Il ricana). La juge m'a dit que la mémoire des victimes de la banque vaut plus que ces millions. À mon tour de te dire que la vie d'Angelina Cruz valait plus que la tienne.

Il se releva avec des yeux terribles. Il dévissa la bouteille de white-spirit et aspergea le tapis sur lequel le fauteuil de Wander Giesen se trouvait. Celui-ci affolé se débattait pour défaire ses liens. Teddy prononça :

— La loi que tu fais appliquer dit qu'on doit payer de sa vie, la vie qu'on a prise. Le feu sera ton jury. Lui seul décidera de ton sort.

Wander Giesen se mit à secouer violemment la tête et à pousser des cris désespérés. Teddy s'accroupit de nouveau devant le feu, grand et clair, ajouta une bûche sur laquelle il déposa le ruban de Lili, puis retira le pare-feu. Des étincelles jaillissaient de la cheminée à chaque crépitement et de longues flammèches s'envolaient au-dessus du manteau. Wander Giesen s'arrêta brusquement de bouger. Il venait de comprendre que Lamar avait choisi le bois le plus sec et le plus compact afin que les éclats incandescents des bûches atteignent ses vêtements imprégnés d'essence ou retombent sur le tapis imbibé de white-spirit. Dans peu de temps il allait s'enflammer.

À l'idée de brûler vif, il leva sur Teddy des yeux remplis d'épouvante. Celui-ci parut un instant hésiter, mais il jeta le pare-feu à l'autre bout de la pièce et s'en alla.

39

« *Le corps sans vie d'un jeune homme a été retrouvé ce matin flottant dans le lac Texoma, tout près de la frontière de l'Oklahoma. La police se refuse pour l'instant à confirmer qu'il s'agit bien de celui de Teddy Lamar, ce criminel dangereux qui s'est évadé de la prison du comté de Dallas deux jours avant son procès. Il est accusé d'un triple homicide, dont celui d'une femme enceinte, lors d'une attaque à main armée en septembre 2008 et de plusieurs autres braquages. Pourtant un chasseur de primes, qui tient à garder l'anonymat, nous a affirmé que le cadavre que les plongeurs ont repêché est bien celui de l'homme le plus recherché des États-Unis. Il l'aurait traqué dès le jour de son évasion, il y a près de deux semaines, et débusqué ici dans cette cabane de pêcheurs que vous voyez derrière moi. Mais Lamar aurait réussi à s'échapper avant que le chasseur de primes ne l'appréhende. S'en serait suivie une course-poursuite dans les bois qui aurait fini sur le lac. Lamar tentait de fuir à bord d'une barque et de passer la frontière de l'état. Le chasseur de primes n'aurait pas eu d'autre choix que de l'abattre. C'est lui-même qui a prévenu les autorités de sa capture. Une récompense d'un montant de deux cent cinquante mille dollars était offerte à celui qui le prendrait mort ou vif* ».

La journaliste était si émue par l'exclusivité de son reportage qu'à la fin de son annonce elle abaissa le parapluie, avec lequel elle se protégeait d'une pluie battante, au lieu du micro. Farraud continua de fixer l'écran durant l'avalanche de publicité qui suivit l'info de CBS-News. Mais son esprit était ailleurs.

— C'est le troisième Teddy sur lequel ils mettent la main ! s'exclama Alicia qui revenait avec des gobelets de café.

Il y avait des écrans de télévision dans tout l'aéroport. Elle n'avait pas pu rater l'info.

— Oui, mais celui-là, ils l'ont tué, répondit Farraud en prenant le gobelet qu'elle lui tendait. Cependant la pensée qu'un type innocent avait été abattu pour rien lui donna la nausée. Il le posa au pied de son siège sans y toucher. De son côté, Alicia remuait son café sans jamais le porter à ses lèvres. Elle restait debout, promenant son regard sur les passagers qui attendaient le vol de 10 heures à destination de Paris. La salle d'embarquement était pleine. Elle trouvait la foule désagréable, certainement parce qu'elle avait le cœur serré. Elle voyait bien que Farraud éprouvait un sentiment d'échec et une vive amertume qui allaient bien au-delà de l'affaire Lamar. Elle avait essayé d'en discuter avec lui, mais il ne se confiait pas. Elle aurait aimé aider cet homme qui lui avait donné le courage de reprendre sa fille. Elle finit par s'asseoir.

— Qu'est-ce qui va arriver à ce chasseur de primes qui m'a tout l'air d'avoir tiré sur un vagabond ? demanda-t-il légèrement sarcastique.

— Il sera arrêté et jugé. Nous sommes en Amérique, répliqua-t-elle.

Il posait enfin les yeux sur elle, ils étaient amusés. Il aimait qu'elle le remette en boîte. Il aimait d'autres choses chez elle, assez pour s'attacher à elle. De son côté, elle s'était faite à ses manières d'avocat français et à sa façon de travailler. C'est la raison pour laquelle elle en voulait à Lamar de s'être évadé. À cause de lui, ils se quittaient sur un sentiment d'inachevé qui ferait que peut-être, avec le temps et la distance, leur affection réciproque se déliterait insensiblement.

Ils venaient de vivre pourtant dans une familiarité qui ressemblait à une intimité. C'est ainsi que, pour suivre la traque de leur client par toutes les polices de l'état et rester en permanence en contact avec le bureau du procureur afin qu'on ne donne pas l'ordre d'abattre le fugitif, Franck avait quitté son hôtel et s'était installé chez Alicia. Ils avaient vécu ces jours derniers comme des compagnons et lui, s'était comporté comme un père avec Catilina. Elle baissa les yeux et remua de nouveau son café froid.

— En tout cas, reprit-il, cette tragique erreur sur la personne ne va pas être du goût de Wander Giesen. Avez-vous de ses nouvelles ? (elle secoua la tête) Dommage. J'aurais aimé lui botter le cul avant de partir !

Elle répondit sur un ton vif :

— Cessez de faire le fanfaron un instant ! Il n'y a pas vraiment de quoi se vanter.

— Qu'est-ce que vous avez ? demanda-t-il étonné.

— Il y a que vous partez sans que toutes les questions concernant notre client n'aient été réglées.

— Lesquelles ?

— Eh bien, celle de l'argent par exemple !

Elle se pencha vers lui et baissa la voix :

— Où est-ce que Lamar a trouvé les deux mille dollars qu'il m'a demandé de remettre à la famille d'Angelina Cruz ?

Farraud secoua vigoureusement la main. Ils en avaient déjà discuté, il n'y croyait pas une seule seconde. Teddy n'a jamais su où les frères Bellamy avaient planqué les trois millions de dollars. L'existence misérable qu'il avait vécue à Paris le prouvait.

— Posez-vous la question. Et s'il avait vécu ainsi exprès ? objecta-t-elle. Pour mieux se fondre dans Paris et ne pas attirer l'attention sur lui. Il attendait que les choses se tassent et qu'on l'oublie. Je suis persuadée qu'il savait qu'on parlait toujours de ce braquage ici, et qu'on réclamait justice. Peut-être par le biais de Lili Cruz, qui sait ?

Farraud haussa bien haut les épaules. Alicia renchérit :

— Une autre hypothèse. Et s'il n'avait vécu cette vie de misère avec sa femme Lola que parce qu'il était dans l'impossibilité de récupérer le butin ? Il lui était très difficile d'entrer sur le territoire américain. Il était fiché par toutes les polices des frontières.

Son confrère ricana :

— Vous n'allez pas encore rabâcher que la procédure d'extradition est un coup monté par Teddy

?

— Pourquoi pas ? C'était le seul moyen pour lui de revenir légalement au Texas sans risquer d'être exécuté. Il comptait sur le gouvernement français pour qu'on ne lui applique pas ici la peine capitale. Certes, il savait qu'il encourait quand même la réclusion à perpétuité, mais comme il nous l'a brillamment montré, il y a toujours un moyen de sortir de prison !

Farraud la regarda dans les yeux :

— Vous ne pensez pas ce que vous dites ?

Elle dodelina de la tête :

— Expliquez-moi alors d'où viennent les deux mille dollars qu'il m'a envoyés pour que je les remette aux Cruz ? Et les deux autres mille dollars qu'il vous demande de donner à la mère de son enfant ?

Par réflexe, Farraud palpa la poche de sa veste. L'enveloppe destinée à Lola la bombait. Il se racla la gorge puis se leva d'exaspération.

— Je ne me l'explique pas ! Lorsque je l'aurai en face de moi, je le lui demanderai.

Il heurta le gobelet de café en faisant un pas sur le côté.

— Merde ! lâcha-t-il en français tout en secouant sa jambe.

Puis il se dirigea vers la baie vitrée qui donnait sur le tarmac. Il y colla son front. Quelque chose lui disait qu'il ne reverrait jamais Teddy. Le jeune homme avait réussi à passer la frontière mexicaine à Laredo, il ne prendrait pas le risque de revenir au Texas ou à Paris.

Il l'avait appelé quatre jours après son

évasion, un peu avant l'aube. La conversation n'avait duré que deux ou trois minutes c'était essentiellement Teddy qui avait parlé. Il n'avait pas dit : « Je vais bien », mais : « Je suis vivant ». Ensuite il lui avait indiqué qu'il enverrait deux enveloppes, l'une qu'Alicia devait remettre à Lili et l'autre que Farraud devait confier à Lola. Sur le moment, il avait pensé à des lettres alors il avait répondu : « Je te promets de retrouver Lola et Zach ». Il y avait eu un blanc ; Teddy cherchait à dire quelque chose, peut-être à le remercier. L'avocat avait eu peur qu'il raccroche subitement de sorte qu'il lui avait demandé précipitamment où il se trouvait. Teddy avait répondu sans hésitation, non pas parce qu'il était son avocat et qu'il était tenu au secret professionnel, mais parce qu'il avait confiance en lui. Farraud lui avait alors proposé son aide : « Donne-moi l'adresse de ton motel, je t'enverrai de l'argent pour tenir ». Teddy avait refusé de la lui donner : « Il vaut mieux pour votre sécurité que vous en sachiez le moins possible ». Farraud avait immédiatement enchaîné pour que celui-ci ne coupe pas la communication. « Pourquoi t'as dis *dead end* à Julius Bellamy alors qu'il allait tirer sur le guichetier ? ». Il y avait eu un silence comme si son client cherchait à se rappeler la scène du braquage. Puis il avait répondu : « C'était pour lui signifier que s'il tirait on se retrouverait piégés parce que le coup de feu serait entendu de la rue et que les flics ne tarderaient pas à nous encercler. Qu'on serait dans une impasse ». Il y avait eu un nouveau blanc. Farraud avait cru qu'il marquait une pause dans ses explications alors qu'en réalité, Teddy avait raccroché.

— Le petit con ! avait lâché Farraud en se retenant pour ne pas jeter son téléphone portable contre le mur.

Il avait ensuite tourné en rond dans sa chambre cognant les pieds du lit et les coins des meubles. Soudain il s'était arrêté les yeux écarquillés et s'était exclamé, horrifié :

— Non, jamais je n'aurais fait ça !

Il pensait : jamais je n'aurais dénoncé Teddy si celui-ci m'avait indiqué où il se trouvait. L'idée était tentante, avait-il admis, mais en même temps il savait ce qui attendait le fugitif si Wander Giesen lui remettait la main dessus.

Il s'était ensuite précipité dans la chambre d'Alicia, la secouant comme s'il y avait eu le feu dans la maison. Elle s'était redressée dans son lit, affolée, et avant qu'elle n'ait eu le temps d'ouvrir la bouche, il lui avait rapporté l'appel qu'il venait de recevoir de Teddy. Elle était son avocate, pas un instant elle n'avait envisagé d'appeler la police.

Ils avaient reçu les deux enveloppes le lendemain, il leur avait suffi de les palper pour comprendre que c'étaient des liasses de billets. Malgré l'opposition de Farraud, Alicia les avait décachetées. À la vue de l'argent, elle avait d'abord ricané puis lâché :

— J'en reviens à la première impression que j'ai eue de lui. Il n'est pas clair. Il n'a peut-être pas tiré sur les clients, mais c'est lui qui a monté le coup. C'est lui qui a dissimulé le butin, pas les frères Bellamy. Ses complices disaient la vérité lors de leurs interrogatoires.

Farraud avait alors protesté, mais elle lui avait

mis sous le nez les billets de banque en éventail et lui avait demandé sur un ton rude :

— Et ça, ça vient d'où ?

Il retira son front de la baie vitrée. Quatre mille dollars. Il ne s'expliquait pas non plus comment Teddy avait pu trouver tout cet argent. Soudain il sentit une main se poser sur son bras. Alicia lui souriait tristement :

— C'est l'heure, dit-elle.

Il regarda par-dessus son épaule. Les passagers pour le vol embarquaient. Ils s'étreignirent. Se quittèrent avec les mots d'usage. Farraud promit d'appeler dès qu'il atterrirait et Alicia lui assura qu'elle le tiendrait au courant s'il venait à y avoir du nouveau dans l'affaire Lamar. Ils s'embrassèrent.

Alicia marchait en direction des portes de sortie tout en fouillant dans son sac à main à la recherche de son portable. Elle avait l'intention d'appeler son ex-mari et de lui proposer de boire un verre ce soir. Elle avait besoin de parler à quelqu'un, de préférence à quelqu'un qui connaissait Franck.

Elle levait les yeux pour éviter un groupe d'enfants quand elle s'arrêta net, frappée de stupeur. Wander Giesen s'avançait vers elle. Il traversait le hall assis dans un fauteuil roulant poussé par un de ses adjoints et suivi de policiers armés jusqu'aux dents. Une couverture enveloppait ses jambes, mais sa blouse de patient laissait entrevoir des pansements qui couvraient la moitié droite de son corps. Ses mains étaient enroulées dans de gros bandages croisés et celui qui était appliqué sur les pansements de sa joue droite serrait également une épaisse compresse posée sur son œil avant de faire le tour de sa tête.

Lorsqu'il fut devant elle, Alicia ne put s'empêcher de porter la main à sa bouche :

— Je vous fais horreur, hein ? Je vous dégoûte, dit-il.

Seules deux moitiés de lèvres remuaient quand il parlait. Elle prit sur elle pour ne pas détourner le regard. La peau de son visage était comme roussie, son sourcil avait disparu et son œil de cyclope n'avait plus de cils. Cependant sa pupille était démesurément dilatée.

— Vous savez comment on me surnomme au service des grands brûlés ? continua-t-il avec sa moitié de bouche. Quasimodo. C'est le nom d'un personnage d'un roman français, si je ne m'abuse.

C'est alors qu'il fit un signe de tête aux policiers. Ceux-ci se dirigèrent au pas de course vers la salle d'embarquement. Alicia demeurait interdite. Elle ne parvenait pas à lui demander ce qu'il lui était arrivé. L'œil fixe qui la contemplait la mettait mal à l'aise.

Des éclats de voix la firent tressaillirent et pivoter sur ses talons. Les policiers bousculaient Farraud sans ménagement. Il était menotté dans le dos et trébuchait à chaque poussée d'un agent.

— Qu'est-ce que vous faites ? Qu'est-ce que ça signifie ? s'écria Alicia qui n'hésita plus à regarder Wander Giesen en face.

Celui-ci souriait : sa bouche se tordait en une grimace hideuse. Il attendait que Farraud fût devant lui pour répondre :

— Comme mon apparence vous l'indique, j'ai eu un accident. J'ai pris feu chez moi. Ce n'était pas un accident domestique, mais une tentative d'assassinat. Votre client a pénétré chez moi, m'a ligoté, aspergé d'essence et installé devant le feu de ma cheminée. J'en ai réchappé en plaçant les liens qui attachaient mes poignets dans les flammes jusqu'à ce qu'ils cèdent et avant que je ne m'embrase complètement.

Il souleva ses mains en grimaçant, mais son œil n'exprimait que la haine. Son adjoint lui tapota l'épaule tout en lui enjoignant de ne pas faire de mouvements brusques. Les deux avocats frémissaient d'horreur.

— J'ai été pour un temps qui m'a semblé une éternité dans les flammes de l'enfer.

Sa paupière se ferma un instant sur cette nuit d'épouvante.

— Je comprends... Je suis sincèrement désolée de ce qui vous est arrivé, balbutia Alicia.

— Moi aussi, je suis navré pour vous, s'exclama Farraud. Mais qu'est-ce que ça a à voir avec moi ?

Wander Giesen fit signe à ses hommes de disperser la foule qui s'attroupait autour d'eux. Le policier qui resta près de Farraud le saisit par la chaîne des menottes et tordit ses poignets.

— Arrêtez ! Vous me faites mal !

— Je vous le redemande Monsieur le Procureur, intervint Alicia. Qu'est-ce que tout cela signifie ?

Son interlocuteur se racla la gorge. Aussitôt son adjoint ouvrit sa serviette, et sortit des feuilles pliées en trois qu'il tendit à Farraud :

— C'est un mandat d'arrêt, M*onsieur* Farraud. Vous êtes soupçonné de complicité dans l'évasion de Teddy Lamar.

— Quoi ? s'exclama Alicia.

— Vous voyez bien que je ne peux pas le prendre, railla Farraud.

— Moi, je le prends ! dit sa consœur en l'arrachant de la main de l'adjoint du procureur. Franck Farraud est à compter de maintenant mon client. Il ne vous dira rien de plus. Qu'avez-vous qui étaye la charge de complicité d'évasion ? demanda-t-elle d'un ton brusque.

Wander Giesen se racla de nouveau la gorge. Son adjoint tira alors de sa serviette un jeu de feuilles agrafées entre elles :

— J'ai une conversation téléphonique que Teddy Lamar a eue avec… votre nouveau client il y a de cela huit jours et interceptée par nos services. Lamar avait déjà passé la frontière mexicaine et Monsieur Farraud lui proposait de lui envoyer de l'argent.

— Vous m'avez mis sur écoute ! rugit Farraud. Vous n'avez pas le droit, je suis avocat !

— Pas ici, coupa Wander Giesen. Sur le territoire américain, vous êtes un touriste. C'est moi qui vous ai donné votre accréditation pour assister maître Ortiz. Elle vous a été retirée à la minute où votre complice s'est évadé.

— Vous êtes un beau salaud !

Alicia s'interposa entre les deux hommes. Elle se pencha vers le procureur et posa les mains sur les bras du fauteuil. Elle soutint un instant la fixité de son unique œil puis prononça :

— Nous savons vous et moi que l'accusation ne tiendra pas une minute devant un juge. Alors dites-moi pourquoi vous faites ça, Mike.

Wander Giesen tordit sa bouche ; son œil aussi souriait. Il souffla dans son visage :

— J'ai besoin d'un appât. Quand Lamar apprendra que son avocat est dans la prison de Burke, il reviendra.

FIN

Dépôt légal : novembre 2012

www.ingramcontent.com/pod-product-compliance
Lightning Source LLC
Chambersburg PA
CBHW071240170626
46809CB00001B/26